ヘヴンズ・コンストラクター
高山理図
TAKAYAMA LIZ
ILLUST. なかばやし黎明

『物質化《マテリアライズ》！』
そして手の中に現れた数グラムの白い粉。

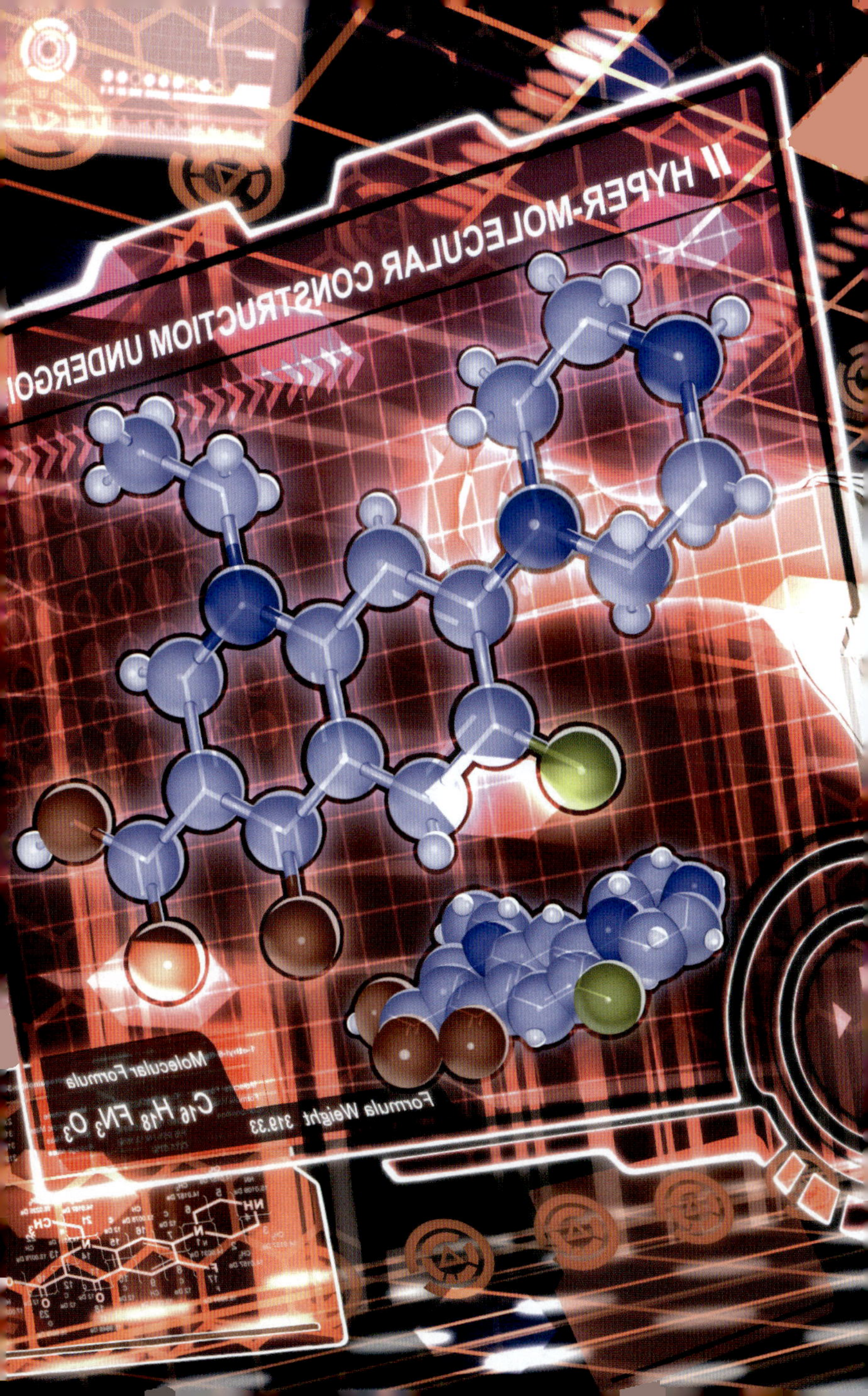
HYPER-MOLECULAR CONSTRUCTION UNDERGO
Molecular Formula
C16 H18 FN3 O3
Formula Weight 319.33

contents

ヘヴンズ・コンストラクター

高山理図

HEAVENS CONSTRUCTOR
MAIN CHARACTERS

キャラクター紹介

第一章　仮想死後世界アガルタの構築士

二十一世紀初頭まで、不老長寿といえば有史以来の人類の夢だった。

時の権力者が求め、人々が憧れ欲してきた。今世紀に入り医療技術の発展は人類の健康寿命の飛躍的な伸長に寄与し、不老不死の夢は実現した。人は多少のことでは死ななくなり、あらゆる病気がコンビニエンスストアで販売されている万能薬で治癒する、病気とは無縁であるばかりか老衰すらも、死の困難な社会となった。

このような寿命の伸長による人類不死化は、深刻な二つの問題を社会に投じた。

一つは資源の問題。有限面積の地球上で人口増加に歯止めがかからなければどうなるか。大陸と海洋、空と宙、太陽系を覆わんとする科学力を以てして、あらゆる場所に人類居住区が建設された現代でもなお、人は地球を最適の居場所と定める生物である。不死化によって爆発する人口は、環境資源を枯渇させた。

いま一つは精神福祉の問題。終わりなき生を、限られた環境の中でいかに心豊かに生きるか。

それらの問題への理想的解決策の一つが、各国参加型の仮想死後世界《ヴァーチャルユートピア》、アガルタの構築であった。アガルタ（ＡＧＡＲＴＨＡ）とは地球の中心に存在するという伝説上の理想郷をコンセプトとし、日本においては二一二五年四月より、仮想死後世界「アガルタ」日本版ゲートウェイとして開設された。開設八周年を経た今日、全世界三億柱、日本では二千万柱の利用者を抱えている。公的年金保険料を支払えば二十歳より利用できる。

その仮想死後世界アガルタを構築、拡充させ、仮想世界住民に公共サービスを提供する厚生労働省所管のスーパー公務員が存在した。

仮想天国の創造者、構築士《こうちくし》……その一人が、彼だ。

桜舞い散る四月一日。新品のスーツにネクタイを締めた一人の青年Ｋ（現時点では、本名は伏せる）、期待と不安に胸を膨らませ、厚生労働省へ初登省をしていた。

Ｋは仮想天国を創造する構築士として採用されたばかりの新人だ。構築士は最難関国家資格であり、海外ではヘヴンズ・コンストラクターと呼ばれている。構築士の受験倍率は年々増え続け、数万倍規模に達し、最難関たる甲種一級の今年度の最終試験突破者はわずかに三名だった。

そんな背景もあって、構築士としての任務初日を迎えるＫはことのほか緊張していた。厚労省職員、ましてや構築士としての採用など彼の経歴からすれば不釣合い。周囲がエリートの中で気おくれしたのだ。建て替えられたばかりの厚労省の超高層ビルの新庁舎は非常に立派に見えてしまい圧倒される。

「うっわぁ」

ただでさえぎこちなく挙動不審に歩いて来たのが、ますます緊張したようだ。

「ま、行ってみっかな」

人という字を掌に書いて飲み込み、おっかなびっくり省内に入ると、彼は職員に拍手と共に迎えられた。値段の張りそうな花束を贈呈された後、別室に通される。控室の椅子には不自然に目出し帽とサングラスがあり、それとともに、これをつけるようにとのメモ書きがあった。

「かぶりもの？　厚労省でしょ、ここ？」

新人は余興や一芸をしろという無茶を要求するのかと驚きつつ、かといってKには一発芸の持ち合わせもない。そういうことは事前に言って欲しかったと焦っていたところ、息つく間もなく認証式の運びとなる。


構築士認証式は大臣室で執り行われ、Kは目出し帽にサングラス姿で出席する。一国の大臣の御前で帽子など不敬もいいところだが、頭が痛いことに、目出し帽にサングラスの人間は大臣室に他に二人もいた。他の今年度新規採用者、同期たちだ。

客観的に見れば何と滑稽な三人組。

Kは赤い目出し帽。他には、白と青の目出し帽のトリオだ。白い目出し帽をかぶったベージュのスーツを着たスタイルのよい女性は、待遇に不満があるのか、愛想笑いをしつつ時折口がへの字に曲がっている。青い帽子の青年は高身長で、大臣の前でも構わず終始貧乏ゆすりをしていた。

にしても……赤、白、青と三人も目出し帽が揃ってはいかがなものか、とKは閉口する。世界一ダサいヒーロー戦隊か、それ以下だ。そんなふざけた恰好であっても、彼が緊張しながら大臣から受け取った認証証を見るに、彼はアガルタ第二十七管区担当。白は二十八管区、青は二十九管区の担当に任命されたようだった。

「君たちには大いに期待していますよ。溢れる若き情熱で素晴らしい死後世界を創ってくださいね」

形ばかりの激励の言葉を新人たちに送り、白髪の老大臣は次のスケジュールに追われて慌ただしく大臣室を退出していった。

「………」

部屋に残された目出し帽姿のトリオ――であっても、同期は同期。後で夕食を共にしながら親睦を深めるのもいいな、などと呑気に構えていた赤目出し帽のKの大好物は、もんじゃ焼きである。彼の脳裏には月島あたりのもんじゃ焼き屋のマップが広がっていた。

「入省おめでとうございます。わたくしは、構築士補佐官の西園沙織と申します」

ほどなく、大臣の隣に控えていた女性担当官のブリーフィングが始まった。小柄な彼女は黒縁メガネに髪の毛をシニヨンにしてまとめ、切れ長のエキゾチックな瞳をしている。黒スーツで隙がなく気が強そうでありながら女鬼教官の雰囲気もあり、キツそうな雰囲気にK青年は惹

厚生労働大

かれた。西園担当官は、芯が強く透き通った声をしていた。簡単な挨拶をしたところで、

「さて、あなた方はこれから仮想死後世界アガルタの構築士として勤務していただきます。初日ではありますが、実地でのトレーニングをすぐに開始いたします。トレーニングにあたり重要な注意点があります。送付したパンフレットにも記載のあったように、構築士は任期中、仮想世界の中でも決して本名を名乗ってはなりません」

パンフレットとは、予め自宅に届いていたデジタル資料「構築士の心構え」を指すのだろう。構築士とは仮想世界アガルタを構築し、人々の望む天国を具現化するという仕事だ。新任の彼らは開設前の仮想世界開発を期待されている。構築士の任期は十年で、任を終えると定年退職となる。

構築士の年収は、現代日本の平均年収のおよそ百倍。年収四億で十年の、四十億。破格の待遇の理由はまだ明らかにされていない。構築士には厳しい遵守事項があるようだ。

独身寮に住まい、家族や恋人、友人など外部とは完全に連絡を絶たなければならない。肉親の訃報があってもだ。とはいえ神奈川県平塚市に住むKの両親は健在で、大阪の弟にも事情を説明してきたため、その点問題なかった。そのかわりKは十年後、稼いだ金を家族に仕送りする予定だ。ということは同期三人組で自己紹介も連絡先の交換もできないのかと、Kが戸惑っていると、

「何故だか分かりますか、赤井さん」

西園担当官はKにそう呼びかけた、赤い目出し帽だからだ。

「いえ、……えっと、はい、存じません！」

「構築士は命の危険を伴います。そこで今年度より構築士の身元を明かさないことになりました」

ついでに理由も一切明かされないようだった。

「安全のため、定年退職までご自宅には帰れません。お気の毒ですが十年間、外部とは一切連絡はとれなくなります」

寮と職場に缶詰で誰にも連絡もとらず十年。青年はあっけにとられたが、パンフレットの記述内容に相違はない。白井も動揺を隠せない様子で、生唾を飲む。

「よろしいですね？　辞退は今このタイミングでしか受け付けません。赤井さん」

「はい……大丈夫です」

「白井さん」

「問題ありません」

一人ずつ、同意をとる西園担当官。いきなり重たすぎた意思確認後、脱落者はなかった。担当官は満足そうに頷くと、表情を引き締めた。

「では始めましょうか。あなた方は一つずつの仮想世界を築く神様となり、死後世界の神様となった構築士は仮想世界から十年間現実世界に出られません」

三者三様に、途方もなく嫌な予感を覚えていた。公務員というからには、九時から五時の勤務と勘違いしていたからだ。仮想世界で精神だけで十年過ごす、などと誰が想像しただろう。「最終選抜を勝ち残ったあなた方には、飛びぬけた適性があります。心からやりたかった仕事と伺っております。それでは、存分に仕事をしてくださいな」

何故か屈強そうな黒スーツの男たちに囲まれ、彼らは鎮静剤を打たれ意識を手放した。真っ暗な装置の中で体中に電極をつけられ、意識と肉体が引き離され、猛烈な吐き気と浮遊感を味わう。

その日、彼らは慣れ親しんだ東京の街とその肉体に別れを告げ、仮想死後世界アガルタの囚神となった。

《アガルタ第27管区　第1日目　居住者10名　信頼率0％》

仮想死後世界アガルタ第二十七管区と思しき場所でKの意識は、肉体から離れて覚醒した。心身を引き割かれたにも関わらず、先ほどの吐き気を引きずっている。大きな雨粒にしたたかに打たれ、水滴は体を被覆しながら伝い落ちる。寒い。五感はリアルで現実世界のそれと変わらなかった。

仮想世界に生まれ落ちた「神」は、震える身に鞭打ち腕をついて首をもたげ天を仰ぐ。襲いくる恐怖とあたり一面の暗闇に、溶け込んでゆきそうだった。Kは宇宙と繋がっている証を求める。現実世界にいた頃は社会人天文サークルに所属し、愛用のスコープ越しに夜空の星を見上げるのが趣味だった。東京の夜空は明る過ぎて星が見えず、今は暗すぎて不安になる。彼は無神経に雨を撒き散らす仮想の夜空が、宇宙と繋がっていないであろうことに怯えた。

そこはまさにアガルタ二十七管区。Kが甲種一級構築士として十年間を過ごす職場であった。

現実世界の身体は植物状態だ。十年後、筋力が衰えて歩けなくならないか。目も見えるのだろうか。さては人生棒にふったか、と後悔が押し寄せてももう遅かった。


気候は亜熱帯性のようだった。スコールのような雨に打たれ全身ずぶ濡れになりながら、見渡す限りに広がる雨夜の草原に佇む。土壌があり、植物が豊かに生い茂り天があり雨が降る。世界の土台は既に出来上がっているかに見えた。

『俺は一体、この状態で何すりゃいいってんだろ』

天地開闢をすっとばし、既に世界は完成しているようにしか見えなかった。

『さすがにどこかには誰かがいるよな？　誰か――』

返事がないのであてどもなく歩く。すると、手頃で狭い洞窟を見つけ、その夜は濡れた服のまま震えながら泥のようになって寝た。


翌朝。雨はあがり、洞窟の外に出ると新緑が眩しい。怪訝な顔で太陽と思しき天体を見上げると、現実世界と変わりなくぽかぽかと照りつけてくる。空には東京では見られないコバルトブルーの清澄な大気、雲が浮かび風も渡って長閑だ。草原の向こうに海か湖らしき水面が反射して見えたので、注意深く水平線に目を凝らす。

『あれ？　水平線おかしくないか？』

水平線が平坦だ。遠くの小島まで明瞭に見えるため、Kは違和感を拭えない。地球なら水平線の向こうに島の一部が沈んで見える筈だ。地球上で水平線までの距離を計算すると、観測者から僅か5キロメートル未満の距離にある計算になる。

『平坦で丸みがない世界？　アガルタ世界では万有引力とか物理学はどうなってるんだろ』

宇宙の平坦性問題や宇宙曲率Ωが1だ、という前に大地の曲率が1だ。彼は疑問を抱えつつばりばりと髪をかくと、爪の間に毛が何本か挟まる。何気なく見ると、

『赤っ！　赤かぁ……別に、黒でいいんだけどなぁ』

赤髪の長さは十五センチほど。現実世界の目だし帽の色のままの、くすんだワインレッドだった。睫毛も眉毛も抜いたがみな同じ色。手で顔をまさぐると、彫の深さや鼻の高さは日本人離れしている。そういえばと客観視すると、彼は裾の長い白いワンピースを着て、肩には長いストールをぐるりと巻いていた。股下はスカートも同然で丈も長く裾を引きずって歩くので、草原を歩くには邪魔だ。

まずは真面目に歩き続け、草原を抜けるために必要な距離の途方もなさに失望し、次に飛べないかと考え、アガルタでチュートリアルを確認できる機能があったとパンフの記述を思い返す。指先で空に大き目の長方形を書き四辺を閉じると、ぼうっと指先に沿って青い軌跡が宙に浮かび、中空に白いパネルを映じた。

『おおっ！　何か出た！　注意事項かな？』
一、構築士はアガルタ住民への奉仕の為に、万能かつ絶大なる力を持つ
二、アガルタ住民が構築士を信頼した場合に限り力を行使できる
三、構築士はアガルタ内では不老にして不死である
四、住民が苦痛を受けた場合、構築士は一人あたり三倍の苦痛を感応する
五、六、七……と、項目が並ぶ。つまり構築士の独裁を許さず、真に住民の為になるサービスを提供しろということかとKは意訳する。ちなみに彼の経歴というと地方国立大学、理学部生物学科出身だ。政治経済国際関係、交渉術、話術は、まとめて一切苦手分野。途方にくれていると、彼の背後からガサゴソ音が聞こえてきた。草原をかきわけ人が近づいてくる。子供だ。
Kは絶句した。草原の下草に隠れているが、何も着ていないようだ。日本人のような容貌で、小学生ほどの長い黒髪の少女。彼女は青年を見ると、にぱっと笑いちぎれんばかりに手を振る。


「おにいちゃんだぁれー？」

Kはその様子に一も二もなく、彼がワンピースの上から羽織っていた上着を彼女の肩に押しつけるように着せかけた。

『はじめまして。もしよかったらこれ、着てくれるかな？』

「なぁに、これ。いいよいらないよ。おにいちゃん、そんなことよりひかってるよー。きれぇーだねーそれどうやってやるのー？」

どうやら神々しく発光しているらしい。しかしKはじゃれついてくる少女に戸惑う。彼女は素民《そみん》という仮想世界の住民でA・I・だ。開発段階の管区には基本的に外部からの入居者はいない。少女の名はメグといった。彼はメグに服を着せると、メグはえへへ、と俯いて照れる。

「この、ふくってやつ……とってもあったかいなぁ」

ほっこりと息をつく黒髪の少女メグ。頭を撫でるとメグはKに抱きついてくる。以前より腕力がついていることを実感しながら、Kは彼女の体を軽々と抱き上げる。

『メグさん、この服をあなたたちの家族にも着せてあげたいですか？』

「うん、きせてあげたぁい！」

よしきた。今だ、彼女はKに願った。住民のニーズに応じるというかたちで構築士としての力が使える筈だ！　このさい何でもいい。男女兼用の服、綿素材でいい！　五十着ぐらい、と念じる。祈るような気持ちで彼は手を前に突き出し、力を込める。どんな決めポーズで力が発揮できるかなど知ったこっちゃない。

メグが期待に目を輝かせ息を飲んだ。そしてKの手の上に載っていたのは、木綿の種と思しき一握りの種子だ。オーダーが微妙に違う。木綿の種といえば栽培するのに二カ月を要する。

「それ、なぁに？」

メグの視線が綿の種にくぎづけだ。どうやらKが住民から受ける信頼の力が弱すぎて、この

程度が限度らしい。望んだ現物ではなく材料が出る。種は手の中で空しく転がるばかり。

『これは種子ですね。メグさん、もう一度私にお願いしてくれませんか。服をみんなに着せてあげたいと』

「うん!」

綿栽培より手っ取り早く服のできる素材といったら何だ。蚕か。気を取り直してKは蚕、千匹ぐらいカモン! と力んだが、掌には二匹の蚕が這っていた。てんで駄目だ。力をつけるには住民たちから信頼されなければ。


その後、Kは居心地の悪い洞窟で寝起きをはじめ、畑を耕しせっせと綿花の栽培に励んだ。いくら働いてもその身は疲れもせず空腹も知らない。メグは彼を慕って毎日会いに来るようになった。集落の人々から服を羨ましがられたと言って。

「えへ、これおみやげだよ」

彼女が握ってきた未知の果実の種を採取し畑に植え手をかけると、数日で芽を出した。Kは果樹園をひらこうと考えた。作物の安定供給が素民たちとの信頼関係の構築の第一歩だ。

そして作物が実り始めると、メグに素民たちへの土産として持たせた。

『これはおみやげのお礼のおみやげです』

話を聞けばメグの集落の住民は農作も狩猟も知らないようだ。彼らは主に道具も使わず採集を行っている。そして第二十七管区の素民人口は十名だと判明した。十名というと、もはや村ですらない。

そんなある日、チュートリアルの右上画面に刻まれた現実世界への帰還までの日数をカウントダウンするクロックの桁が、十年にしては様子がおかしいことに気付いてしまった。

青年は衝撃のあまり荷物を取り落とす。

『千年って何……冗談だろこれ、頼むよ……マジで』

これにはさすがに打ちひしがれていると、メグが切羽詰まったようにうったえた。

「あかいかみさま、はやくみんなにあって」

『そうですねぇ、私も皆さんに会うのは楽しみですよ！』

Kは頭がいっぱいで曖昧に返事をしながら、今日も作物の世話にとりかかる。

「ねえあかいかみさま……本当にまっているんだよぅ」

『この綿花が収穫できるまで、もう少しだけ待ってくださいね』

この話が出るたび、Kはメグが甘えているのだと勘違いをし、彼女からのSOSを真剣に捉えることをしなかった。

その時彼は予想だにしなかった。

このサインの見落としが、一人の素民の命にかかわる大事件に繋がろうとは――。

第二章　赤い赤井と十人の素民

《アガルタ第２７管区　第６１日目　居住者１０名　信頼率１０％》

ログインから既に二ヶ月。

遂にその日がやってくる。青年Ｋが手塩にかけて育てた綿花の収穫の日だ。摩擦熱で火を起こし草を灰にして土壌を中和し、素手で畑土を耕し、綿花の種をまき、日差しが強ければ日陰を作り、水やりを欠かさず、花がつけば喜び、実がはじけるのを待った。ようやくコットンボールが顔をのぞかせている。

『やっとここまできたか。嬉しいなあ……』

満足げな表情を浮かべるＫは、綿花栽培と共に養蚕にも精を出していた。二匹の蚕をこれでもかと甘やかし育てた。どこの世界にこれほど太った蚕がいるんだというほどに甘やかした。

蚕としてＢＭＩが大変なことになっていた。

丸々と太った彼らに木枠で小部屋を与えると、小さな口から糸を出し自分用の衣を纏い、カイ子とコウ太はめでたく繭をつくった。本来の絹糸の作り方はここでカイコ丸ごと熱湯で茹で絹糸をとるのだが、すっかり愛着の湧いてしまったKにはできなかった。彼らは純白の立派なカイコガとなって真綿を残し、交尾のあと五百粒ほど産卵し、十日後に生涯を終えた。愛着がわきすぎたKは小さな墓まで拵えた。この二羽を第二世代として、彼はまだ養蚕を続けている。

少女メグはというと何でも彼の真似をして、よい助手となった。二人は仲良く僅かばかりの真綿を覚束ない手つきで縒って紡ぎ、手編みで生地にする。二匹の蚕からとれた糸では一人分の貫頭衣の上半分も作れなかった。というわけで、大量に収穫の見込める綿花に期待を寄せた。

試行錯誤の間、彼はふと縄文人の衣装を思い起こす。そうだ、布に拘る必要はないではないか！　彼がメグに毛のある獣の存在を尋ねると、そんなの見たことないんだよねと言う。

そういえば、現実世界とは異なる完全な異世界を構築すべしとチュートリアルには記載されていた。現実世界の生態系を仮想世界に持ちこむことは好ましくないのだ。にしてもだ、

『モフモフした毛のある獣に著作権なんてあったっけ？　あるとしたら誰が主張してるんだ』

Kはお門違いなことを考えていた。ともあれ、素民たちと合流したら養蚕と綿花栽培、作付けの方法を伝えようと彼は決めていた。

黒髪の少女メグは日に日に彼に信頼を寄せ、Kの力もそれに呼応し僅かずつ強くなっていった。とはいえ子供一人が寄せる信頼の力に支えられた奇跡は、素手で弱い火を起こせるようになった程度。火を知らなかったメグは燃え盛る炎を見て随分怖がっていた。そこで彼は火打石での火の使い方を教え、食べ物には可能な限り火を通すように、火は夜を明るくするだけでなく獣を追い払い、安全を確保する便利なものですよ、と強調した。

メグは嬉しそうに小さな火打石を集落に持って帰ったものの、翌日には母様に捨てられたと泣いて戻ってきた。

『捨てられましたか……』

火を扱うことは人間が人間であるための、もっとも原始の最低限の知識ともいえる。彼女は肩を落としたKに、遂に本音をぶつけた。

「あかいかみさま、どうして、皆に会ってくれないの。どうして」

Kは衣類供給の準備をしたかった、防寒ができ、体温の維持が容易となる。二十七管区の気候は移ろいやすいうえ、亜熱帯性で乾季と雨季がありそうだ。

「ととさまたち、あかいかみさまなんていない、っていうの。おかしなことをいう子だって」

悔しそうに呟くメグを慰め、Kは彼女を軽く抱擁する。それは構築士の行う〝祝福〟という行為を兼ねていた。祝福された素民は神通力によって癒され、抱擁で構築士も神通力を行使するための力を素民から受け取る。信頼の力は、構築士、素民の双方にとって心地よく温かい。彼女を溺愛していた彼は、どんな願いでも聞き届けたくなる。彼が住民の喜怒哀楽に感応してしまうのは構築士の仕様なのだが、Kは知る由もない。Kの気持ちに、偽りはなかった。

『近いうちに、必ず会いに行きますね』

しかし綿花の収穫日の前日、大事件が起こる。夜中、洞窟で休息していたKは猛烈な腹痛に見舞われた。自らの痛覚ではなく、素民の三倍の苦痛を反映している。医療の発達していない未開の地で、誰かが病に倒れたのだろう、その痛みに彼が感応する。激痛に意識が千切れ飛びそうだった。

（現実世界ではコンビニで万能薬が買える時代だってのに——）

Kは二十二歳の今日という日まで、これ以上の痛みを味わったことがなかった。そこでようやく、彼は素民と接触しようと決めた。メグの言葉を今更のように思い出す。彼らは助けを必要としていた。何故気付かなかったのだろう。非常事態だ。這ってでも彼らに会いに行き、腹痛に苦しむ誰かを救出しなければ。しかし、気力ばかりが空回りし動けなかった。長い夜が明け、息を切らせたメグが洞窟に入ってきた。その頃にはKも誰かの容体も悪化の一途を辿っていた。

「あかいかみさま！　あにさまをたすけて！　あにさまが死んじゃう！」

昨夜から兄が腹痛に魘され熱で顔を真っ赤にして苦しんでいるのだと、衰弱激しく、意識も朦朧としているのだと、メグは泣きじゃくりながらうったえた。未開の地での病気は死に直結する。

『い……行きましょう、彼のもとへ』

Kはメグに寄り添うように、途方もなく遠く錯覚される草原を歩み始めた。苦痛感応ルールで肝心なときに動けないなんて、と内心絶望すれど、メグに気取られないようにする。いやな汗を流しKはひた歩むが、歩行も難しく草原に倒れる。彼女の兄の痛みは限界に達していた。

「たって！　……どうしてすぐころぶの」

メグはKの状態を理解できないので、急かす。Kが不可抗力で再三、再四と崩れ落ちると、メグが肩を揺さぶる。Kは彼女に、構築士の苦痛感応ルールを話していなかった。

『ごめんなさい。もう力が出ません』

「どうして！　心のそこからかみさまにいのってる！　あにさまを助けてほしいって」

メグの言葉がKの身に染みた。言葉のみならず彼女の温かな信頼の力がKの体に流れ込んでくる。Kも信頼の力に応えたいとは思えど、彼女の願いだけでは不足なのだ。そして遂に、

「どうしてたすけてくれないの！」

メグからKに絶え間なく注がれていた力が、突然断たれた。不甲斐ないと失望し見放されたのだろうか。メグの涙の滴がとめどなく草原に落ちてゆく。

「……ひどい……よ」

『誰かを連れてきて、もっと強く私に願ってください』

遺言のような言葉も聞かず、霞む視界の中で泣きながら集落に走っていったメグの背中を見届けながら、彼女を深く傷つけてしまったと思い知った。完全に失敗だった。構築士は片時も民の傍を離れてならなかった。メグは戻ってくるだろうか、

——無理かもしれない。

苦痛は去り、彼は草原の真ん中で意識を取り戻した。

《アガルタ第２７管区　第６２日目　居住者９名　信頼率０％》

震える手でスクウェアを描き確認すると、メグが去って数時間後。居住者が一人減っていた。

(メグ……君のあにさまが亡くなったのか)

信頼率は0%だ。この世界でただ一人の大切な存在に、見放されたとKは思い知った。

今やアガルタ第二十七管区の世界で、構築士であるKに信頼の力は誰からも流れてこない。アガルタの神の力の源が民からの信仰ではなく、信頼の力であることの意味を、Kはようやく理解しつつあった。神と人が信頼関係を築き上げるためには、たゆまぬ努力を必要とする。力を失い、昨日まで簡単に起こせていた火も起こせなくなった。代替できる火打ち石はまだあるが、洞窟で一人隠れて暮らす彼は素民たちに必要ない存在であり、もはや力は使えない。

過ちは消えない。だがこれからは誰よりも、素民の傍に寄り添い続けなくては。Kが素民たちの守り神であるなら、最初からそうすべきだったのだ。

(……行こう)

彼らに罵倒され嬲《なぶ》られたとしても構わない、そう気持ちを奮い立たせた。メグと収穫する予定だった綿花を寂しく摘みとり、Kは荷づくりを始めた。綿を天日で乾かし、温かで清潔な手編みの衣を徹夜で十着仕立て、翌日、拵《こしら》えたばかりの紐で縛り肩に担ぐ。実家の両親や祖母に、農家を継がせようとして仕込まれた農業経験がここにきて生きる。Kは若いが、農業家としてはベテランの部類に入る。また、方法論にも明るい。

豊富な知識と経験あって、大抵の作物は枯らさずに育てることができた、この仮想世界においても……。余った綿糸でネット状の手提げ袋を編み、収穫した桃色の甘い果実をみっちり詰め込んだ。メグも家族も泣き疲れて空腹だろうと、手土産のつもりだ。蚕たちの箱だけは持参し、予備のクワに似た葉も用意して洞窟を出る。拠点を移すべし、だ。

素民の集落の場所は分かっていた。水平線の平坦な、湖のほとりの岩陰。草原を抜け、難なく辿り着く。宙に出現させたインフォメーションボードで時間を確認すると一時間。例の洞窟との距離は四キロメートルと概算する。大人の足で一時間……思いを巡らせなかったかと思うと情けなかった。小さな足でこんなに遠くまで、と青年は胸が痛んだ。

岩陰にいた素民の集団の前に、彼は後先考えず大荷物のまま飛び出した。

『はじめまして、こんにちは！』

挨拶は社会人ならぬ社会神の基本。素民たちは岩陰に潜み円陣になって、途方にくれ肩を落し座っていた。ゴツゴツした地肌の岩場。直射日光は防げ、そこそこきれいな水もある。彼らの住処、というか野外活動中だ。

九人の素民の内訳は、大人が五人（男性三人、女性二人）、子供が三人（男児一人、メグ含む女児二人）、赤子が一人だった。

子供は全裸だが大人は枯れ草を編んで、服の代わりに纏っていた。メグは今更のように現れたKに驚いたようだった、彼は申し訳なさそうに見つめ返す。彼女の眼にはクマが張り付いている、泣き腫らしたのだろう。

『私はアカイといいます。あなた方を守るために来ました、これからよろしくお願いします』

これもまた偽名だが、他に適当な名前もないので仕方がない。


『これからずっと、あなたたちの傍にいます』

自らに課す誓いのように宣言したとき。誰かが石を投げた。それがKの頬に当たる。大きな瞳から透明な涙を零しつつ、投げつけたのはメグだった。彼女は最愛の兄を失った妹の顔だ。Kはメグの悲しみとかつてない怒りに触れ、黙して受け止めるしかなかった。彼女の信頼はもう、流れてこない。彼女がKに与えてきた温かな感情と真反対の憎しみが突き刺さる。

(今度こそ、この世界で俺は完全に一人だな……本当に愚かだった)

たまらずメグに顔を背け、俯きながら準備してきた手土産を並べる。こんなものがメグの兄の命より大切だったのか。そうではなかったはずだ、と後悔しながら。

『温かな衣を纏ってください。寒さをしのげます。そしてこれはお口に合うかと持ってきた果実です。召しあがって……』

大好物の、しかも大粒で瑞々しい果実を見て、子供たちの目は輝き、よだれを拭う。

「来ないでくれ」、とメグの父親と思しき人物がすっと立ち上がった。彼は髭をたくわえ、険しい顔立ちをしていたが、栄養状態が悪いのか、やや老けて見え、背は高くない。過酷な環境で必死に生きてきたと、彼の身が物語っていた。

『いいえ、私はここにいます』

譲らない。彼らのもとを離れるつもりはない。Kが彼らのためにできることは山ほどある。「あかいかみ、といったな。お前は私たちを不幸にする。息子が死んだのはお前のせいだ！」息子を失った苦しみを、青年に叩き付ける父親。一理あった。確かに青年が早く彼らに接触して、栄養状態をよくして彼らの健康に目を光らせておけば、「あにさま」は死なずに済んだ。再三、出ていけと言われても去らないKに父親が掴みかかってきたので、彼は避けもせず殴られた。気の済むまで殴られ、頬が疼き腫れる。存分にやられつつ、青年は父親を見据えタンカをきった。

『だから……だからもう誰も、いえ今後は一人も死なせません！』

言いきった。彼の剣幕が凄かったかはいざ知らず。彼らは出ていけとは言わなくなった。そのかわり素民全員から徹底して無視を決め込まれ、居心地はすこぶる悪い。子供たちはちゃっかり手土産の果物を食べていたが、あつらえた綿衣は着てくれない。メグとも視線は合わなかった。

たとえ空気的存在でもいい。彼らは円陣でしょんぼり座っているが、ハンカチ落としできるけどやる？　などと言える空気ではなかった。もう一度石が飛んできそうだ。Kは少し離れたところに無造作に横たえられたあにさま（仮名）の遺体に近付いた。手をあわせたかったのだ。素民たちに人を弔い埋葬する風習はない。死んだら野晒しに。それを惨いという感覚すらない。メグの兄はまだ幼く、十代前半で、華奢な体格をしている。Kは衣を一枚手に取り、メグの兄の肩から下を丁寧に綿布で覆う。最低限の、文化的で人間的な弔い方だ。手を合わせ、彼は心の中で力及ばずごめんなさいと詫びた。

（埋葬してあげようか）

居た堪れないし、メグの兄が感染症を患い死んだ場合、遺体が素民たちの傍にあれば彼らは一瞬で全滅。火葬は衛生的にも最良だが、見慣れない弔い方で素民たちの反感は強まりそうだ。

（俺はどう思われてもいいけど、彼らの心情を大切にしないと）

その時、ピローンとインターホンが鳴ったような音がした。やけに人工的な音だったので驚いて辺りを見渡すと。メグの兄の頭上に黄色の蛍光で「！」マークが出現している。

跳ね上がりそうになる心臓を押さえつけ、Ｋはインフォメーションボードを呼び出した。ボードは素民には見えないらしい。それでも隠れて覗くと、見慣れない項目が出ている。死亡者ログだ。

（な……何か出たよ）

Ｋはゴクリと唾を飲む。緊張しながら触れると、解析画面が開く。１％、２％、３％……解析中を示すナビゲーションバーの進捗が遅いので、先に墓穴を掘りに行く。少し離れた草原の、柔らかな土壌を選んでリアルな意味で墓穴を素手で掘る。手頃な棒も落ちていないのだ。ざくざく無心で掘りあげ、人一人分埋められそうな穴があいた。

（これでいい。屈葬がいいのかな）

兄の遺体のもとに戻ると、メグがせっせと傍にお供え物を並べていた。食べて元気になってという願望のあらわれだ。しかし寂しいことにメグが供えていた果実はＫが持ってきた果実ではない、メグが長い道のりを歩いて自分で採集した小ぶりの、なけなしのそれ。Kの収穫した果実の方が大ぶりで、栄養価も高いが……言える空気ではなかった。

メグはKが彼女の兄に近付くのを快く思わなかった。Kの接近を感じ取るや、兄の前に陣取る。だが彼に与えた綿布はそのままの状態だ。温かいと知っているから。ただ、彼女は悔しかったのかもしれない、とKは思う。成すすべなく死んでいった彼を、神だと信じていたKが救おうとすらしなかった、つまり信頼を裏切ったから。そこでKはメグに近付かず、再度インフォメーションボードを呼び出す。死亡者ログ、解析完了と出ていた。

犠牲から学べることがある、情報の断片をかき集め、教訓を生かすのだ。

(えーと。何て書いてある？　何か出ててくれよ、情報)

目に飛び込んできたのは緑、黄緑、赤、黄、青、ピンク、橙、赤……色の色彩。解析完了画面は一面、規則的に並んだ小さな水玉模様に覆い尽くされていた。

(はい？　……って、はい？)

何だろう。死因が出るものとばかり考えていたKは何のための死亡者ログなのかと混乱する。

(水玉模様って何だよ。バグってるのかい、これ？)

などとツッコミを入れているうちに冷静になり……思い出してしまった。

(これ、まんまマイクロアレイの生データじゃんねえ。何でこんなものが)

彼には心当たりがあった。今は一般的でない、かなり古い解析方法だが、原理も手法も知ってはいた。遺伝子発現解析《マイクロアレイ》とは、簡単に言うとその人の体で起こった全遺伝子の発現パターンが分かる遺伝子検査方法だ。ＲＮＡを逆転写しｃＤＮＡ（相補的ＤＮＡ）を作成、遺伝子の発現量を解析する。病を患っている人は遺伝子発現パターンが健康な人と比べて異常があるので、比較すれば何が異常か分かる。一昔も二昔も前の方法だ。精度も低い。

まさかこれ以後、素民が死亡すると毎回遺伝子解析を？　と思うと彼は気が遠くなりそうだ。幸い、生データに対応した遺伝子名リストが添付されていた。未開の地、原始時代よりなお酷いこの世界で、解析端末もないのに遺伝子解析だ。遺伝子と一概に言っても、人の遺伝子はざっと二万強もあるのだ。偽遺伝子やノンコーディングも含めると、もっとだ。暗記不可能である。

（俺もそんな一個一個の機能全部覚えてるわけないし）

それでも理学部生物学科出身のＫが教養として覚えているものは、一般人と較べればかなりのものだ。ひどい腹痛を起こす原因……Ｋはその痛みを、メグの兄の三倍強く知っている。増幅された痛みは病気を特定するための手がかりになるのだろう。四苦八苦していると、インフォメーションボードの上に最大赤フォントで「緊急！」と出た。

《第２７管区　住民全滅まで　９９時間５９分５９秒》

（えっ、もう詰んだ――!?）

カウントダウンだ。全員死亡が確定した模様だ。未知の死病の三の九乗の苦痛とともに住民を失い、世界構築も二か月前からやり直し……？　九十九時間で神通力のない状態で何ができるものか。先ほどは「誰も死なせません」などと言いながら、即死かよ、と青年は不甲斐ない。

（――とにかく、ぎりっぎりまで全力で足掻いてみよう）

心を落ち着け、痛みの記憶を辿る。腹部を中心に、消化管に沿い広がる痛みだった。彼はアガルタ世界では神様らしく食事も排便もないので下痢症状は反映されていなかったが、メグの兄は下痢をしていたかもしれない。

（腹痛で死ぬ病気。そんなものがこの世界にはあるんだろうか）

未知の病原菌だったら手がつけられない。と悶々と考えていると、メグの集落の素民の少年が草原に出てきた。痩せた小さな色黒の少年だ。用便の為に草原に出てきた少年に彼が後ろからそろりそろりと近づこうとすると、接近に気付いた少年は猛スピードで逃走した。

（お尻拭いてなかったのに悪いことしたな）

反省したKは、遠くから、「あにさま」が下痢をしていたか尋ねる。ぼさぼさ頭の茶髪の少年は草で尻を拭きながら、してたよと言う。

『ところであなたのお名前は？』

ロイだよーと言って彼は遠くから叫んだ。

（この子もこの子でかわいいな。前歯が二本ぬけてら）

死なせたくない、Kはそんな決意を懐く。果実を持参したKにロイは悪い印象は持っていない様子で、メグの兄の最期の状態を遠くから叫んだ。血の混じった激しい下痢をして熱を出していたと……念のためKがロイに腹痛の有無を問えば、やはり痛いと言う。

(ロイも感染してるのかなあ……)

Kは懇ろに礼を言うと、ロイの証言をもとに再度ボードを呼び出し、遺伝子発現解析結果にかじりつく。熱の原因は腸管炎症性の発熱だ。出血に、下痢に脱水症状ときた。炎症で発現する炎症性サイトカイン、インターロイキンなどを見てゆくと、軒並み炎症関連マーカーが発現していた。これらが上昇していなければ、別の可能性をあたらないといけない。

『そっか、……そっか。やっぱり炎症性マーカー出てるんだな』

炎症が起こっていなければ現れないマーカーなのだ。遺伝子発現解析の生データからは、人以外の遺伝子も同定されていた。

『何で人以外のがある？　そりゃ、多少は常在菌とか人の体にはいるもんだけど』

妙だった。

『エンテロヘモリシンが同定されて、インチミン（eaeA）も陽性、だって？　あ！　ちくしょう！　そういうことか！　病原性E.Coliかよ』

思わず彼は舌打ちした。腸管出血性大腸菌感染、しかもベロ毒素産生型（ＶＴＥＣ）だ。

『仮想世界にバクテリアなんているのか……怖っ』

彼は仮想世界アガルタのディティールの作りこみように戦慄した。人類は病気と闘い続けることによって小進化を遂げ強靭さを獲得した。だから仮想世界内でも素民の進化のために病気が必要、そういうわけだ。現代社会の人間は抵抗力が強いのでまず致死的ではない感染症だが、彼らは栄養状態が悪く免疫力に乏しい。最悪の想定をせざるをえない。

『せめて同定できてよかった。未知の病原菌ほど怖いもんはないからな』

ロイの証言から、彼らは既に感染している。飲み水、共通の食べ物から感染したのだ。現実世界のように万能薬は無理でも、抗生物質が必要。それで何とかなる。だが現代なら些細なこの病に対する唯一の方策、抗生物質を調達するすべがない。

インフォメーションボードに「緊急！」の文字が躍り、メニュー画面が赤く染まる。まさに緊急事態、彼は必死に画面上を縦横斜めに目を配ると、「呼出」というボタンが出現していた。

迷わず押した、押す以外の選択肢がない。すると画面の中に、さらに赤枠のウィンドウが出現。切り替わった画面の向こう、現実世界からこちらを覗く西園担当官の顔があった。頬杖なをついている。西園担当官は髪の毛をおろし、眼鏡に黒スーツだ。

『西園さ――ん！！　二か月ぶり、会いたかったですよ！』

彼は人恋しくなり彼女との距離感も忘れ画面にかじりつく
『どうしました、赤井さん。まだ二時間もたっていませんよ。あなただけです、アガルタに適応できていないのは』

画面の中の西園担当官は身をのけぞらせた。現実世界ではやっとランチタイムが終わった頃なのだろう。西園はぴしゃりと冷淡に言い切る、そしてやはり西園はKを赤井と呼んだ。

『え！　青井さんと白井さんは適応できているということです？　どうやって？』

『詳細を教えることはできません。ですが赤井さんにはこれだけは教えて差し上げます。アガルタ第二十八管区、白の女神の管区です。構築士への信頼率は百%、住民は十名で全員健康です。そしてアガルタ第二十九管区、青の神の管区ですが、こちらも構築士への信頼率は同じく百%、住民は十五名。住民の健康はすこぶる良好です』

『十五名ですか！』

住民が、増えている！　Kは驚愕したが、環境がよければ増えるのは当然かと納得する。

彼は同期構築士に完敗の様相を呈していた。

『一方、赤井さんはというと信頼率０%、住民は九名、全員栄養不良、見立て通り、全員病原性大腸菌に感染しています』

『ですね……』

度量のなさを改めて突き付けられ、Kはぐうの音も出ない。

『やり直せばいいんじゃないですか。ねえ』

『えっと、やり直す？　というのは』

西園担当官は黒ぶちメガネを直し、そっけなく言い放つ。

『心機一転、二か月前からね。頭でもぶつけて気絶しながら、彼らが消えるまで待っていれば、二か月前と同じ状態になります。住民も新調されて。どうせ今の住民には信頼を得られなかったのですから。それなら素民たちも新しい方がいいでしょう？』

彼女は相変わらず完璧な美人で、見た目通りの冷血人間だった。

『それって全員死んでいなくなる、つまり間接的に殺すってことですか。ですよね……？』

リセットするともいいますがね、と西園はちょっと考えて訂正した。

『ほかに、それ以外で何か情報はありませんか。彼らを死なせたくないんです！』

何故、彼女はこれほどまでに冷たいのだ。現実世界の、本物の人間なのに。彼女にとって素民はただのプログラムだろうが、Ｋはそうは思わない。

（西園さんは、いくらでも代わりがいるみたいに言うんだな……）

『緊急事態にはできることが増えますよ、ボードのメニュー画面を随時確認してみてください。あと、彼らは死にませんよ。最初から生きてないので』

西園担当官はＫが落ち込んでいるのを意外そうに見ていたが、思いついたように補足した。

『抗生物質だけをいただけませんか？　それで何とかしてみせます』

『いいえできませんね。万能の力を持つあなたに、本来できないことはないはずですよ』

赤井ことＫの必死の懇願は、担当官には届かなかった。

『赤井さんあなた、逃げたいだけでしょう？　私なら民を一人もロスせず、仕事ですから完璧に演じます。失敗したなら責任を取ります。だからあなたを見ていると腹立たしい。しかし見ています、それもまた、私の任務ですからね』

……西園担当官は、構築士になりたかったのだろうか。そして彼女は現実世界から、Ｋの行動を苛立たしく見ていたのだろうか。Ｋはふとそんな気がした。

『どうしても助けたいのなら。九人全員から強く信頼されることです。そうすれば民が発病してもあなたは苦痛を受けず、彼らの為に働くことができ、無限の力を揮えます。信頼の力は苦痛を打ち消します、それがアガルタの神です』

彼女はKを蔑むように見下ろすと、愛想をつかせて通信を切った。こうして現実世界との一回目の通信は絶たれ、九十九時間の猶予が与えられた。西園担当官との通信が切れ、彼は失望と情けなさで地べたに四つん這いになっていたところ、独り言を訝しんで近づいてきたロイに木枝でつんつんと尻をつつかれていた。彼はロイと草原に二人きりだ。彼ははたと気付いた。

『ロイさん……！』

ロイの信頼を得れば、構築士として再起できる。間に合うかもしれないと。

(話せばわかる、話せばわかる。怖くないよーロイ、怖くないから話を聞いてな……)

Kは抜き足差し足でロイに接近するも、ロイは逃げなかった。危害を加えないと分かっているというように。逃げられないうちに話しかける。

『ロイさん、皆さんに危険が迫っています。あなたたちの命が危ないのです』

Kは子供にも敬語だ。公務員として行政サービス中という以上、どんな相手にも礼を尽くす。それに、西園担当官の目も気になる。彼女がやりたかったように、完璧にしなければ、と。

「さっきはだれも死なせないっていってなかったっけ？」

小さな見かけによず口達者な少年に、青年は面食らう。

「なんなら、あかいかみさまがいるから皆が病気になるんじゃないの？」

しかも小生意気だった。三の九乗の苦痛が始まる前、彼らの症状が出る前に手をうっておく必要がある。彼らとも意思疎通ができなくなるうえ、彼も不死身だが激痛で動けなくなる。潜伏期の今が勝負なのだ。

（ってもロイはもうお腹が痛いって言ってるんだし……。やせ我慢してるのかな）

『ロイさん。あなたは死にたくないですか？』

「うん。当たり前だろ」

半ば誘導尋問のようではあったが、願ったことは願った。必要なのは一にも二にも抗生物質である、抗生物質さえあれば助かるのだ。

（よし、抗生物質、カモン！　頼む！）

彼の掌には何も現れない。口先の誘導尋問をしたところで、信頼関係が皆無なので当然だ。

「ねえ、どうして助けてくれなかったの？　メグはあなたのこと、しんじていたよ」

ロイの言葉は彼にとってあまりに直球だった。素民たちは本音だけで生き、建前や嘘などない。ロイは懸命に訴えかける。

「メグはね、ずっとあなたのはなしばかりしてたよ。だからナズがびょうきになったときも信じてあなたをむかえにいったんだ。なのに、なのにさ。なんで助けてくれなかったの！」

兄の名前はナズというらしい。実は苦痛三倍ルールで動けなくてですね……などという言い訳は通用するまい。彼は黙して少年の言葉に傾聴する。

「メグはあなたが、しんじることによって力を出せるかみさまなんだっていってたよ、ちがうの？」

『それは……そうです』

とは言いながら、そういう役柄なのだ。しかしてその実態は、国民の血税を四十億以上も投入された花形公務員。演技を続け、彼から信頼を得なくてはならない。――そう、演技だ。彼は「友達感覚で付き合える神様」キャラでいこうと決めていた。何故といって、親しみを持ってもらいたい。そう決めたからには、この世界で本名を名乗ることも、本当は人間だと主張することも許されない。失敗は即管区全体のリセットを意味し、構築もやり直し。それだけは絶対に避けたい。


アガルタ世界の住民を初期状態で放置すると、どうやら病に倒れて死亡するようだ。その代わり彼らは神の存在を信じ、構築士を神様だと最初から認めていた。最初は彼ら全員、赤い神に好意的であったのだ。ところがKは素民を長期間現地で定住生活をしている住民だと思い込み、距離をおいていた。だから彼らがよもや、Kが召喚された日に仮想世界で生じた模造生命だったとは想像していなかった。

素民たちは二ヶ月間、生きるすべも知らず小さな果実の採集だけで食いつなぎ、救いを求めていた。メグは強く言わなかったが、実状は困窮していた。

（だからメグは毎日会いにきてたんだ。そんな生活してたらカロリーもタンパク質も栄養も微

量元素も足りてないよ……防寒もできてないし)

病気になって当然だ。他の同期二柱は少なくとも彼らが自力では生きていけないと判断し、色々尽くして食べさせていたに違いない。衛生状態にも気を付け、感染症管理も怠らず。それで彼らは素民全員にますます信頼され、彼らの世界には死亡者ログも存在すまい。何かあったとしても信頼の力で相殺され、苦痛は打ち消されたことだろう。

(ごめんな……)

Kは悔悟しながらロイを見つめる。ロイもそんな彼を悲しげに見ていた。

「メグはあなたのことをしんじてたのに、きてもくれなかった。ナズはメグがあなたをつれてくるのをしんじながら、くるしんでしんだんだ。それってひどいよね」

ロイの口調は幼いが、主張は理路整然としている。

「メグはだいすきだったんだよ、あなたのこと。あなたはだれからもしんじられなくなったら、どうなるの?」

『あなたたちを守るための力が使えません』

しかも素民は九十九時間で全滅する。勿論、Kは神通力が使えずとも方策を尽くすつもりではいる。

(どうすっかな、抗生物質使えなかったら。今から火を起こし、飲み水を滅菌して、皆が下痢や出血を始めた場合の生理食塩水でも作っとく。グルコースの代わりに、果汁も絞っとくか)

岩塩はありそうだし、脱水症状だけでも防ぎながら、下痢によって大腸菌が体から出ていくのを待つ。

(明日か明後日で何人か死ぬかもしれない、正念場だ)

ビタミン豊富な食事を作って無理にでも食べてもらい、抵抗力と栄養をつけてもらおう……きっと治る。押さえつけてでも強引に食べてもらおう、抵抗されたって全員相手でも負けはしない。栄養状態がよければ治る……などと彼がぐるぐると考えていたとき……、

「なさけないやつだな、あかいかみさま。じゃあ、おれがしんじてやるよ」

(何故このタイミングで?)

嬉しくもあったが、複雑な気分が勝る。ロイは彼を憎んでいるが、少しでも素民の得になるかもしれないと読んでいるのだろう。計算のできる賢い子供だ。

「でもそのまえに、なぐる」

そうだろう。存分に殴るといい、と納得した彼は殴られるために膝をついてロイの目線の高さにまでかがんだ。青年は彼の顔を見つめ、頷く。できるだけ優しい表情を向けたつもりだ。

(さあ、やってくれ。私も償いたい)

少しでも気が晴れたらいい。それより小さな握り拳を大事に殴ってほしいと彼は心配だ。骨粗鬆症だろうし、骨折も危うい、拳を潰す痛みを味わってほしくない。

ロイは小さな握り拳を振り上げて睨み付け、ぷるぷると震わせ躊躇った末に。殴らなかった。

『殴ってください』

自分の拳を傷めないよう的確に殴ってくれ、殴られないことには話が進まない、と青年は促

す。

「おしえて……どうして、たすけてくれなかったの。おれ、なぐらないから」

ロイが涙ぐみ懇願するので、Kは正直に告げることにした。ロイは知りたがっていた、真実を。理由にもならないが、言うしかなかった。

『私の体はあなたたちの苦痛を三倍の強さで受け止めます。ナズさんの苦しみは相当なものでした、ナズさんの苦痛が私にも流れ込んできて、動けなくなって辿りつかなかった……情けないことに』

それでも彼は死ななかったが、ナズは死んだ。仮想空間での人生を終えた。僅か二ヶ月で。ロイは泣きながら、「さんばい？」とオウム返しにする。彼には倍数の概念がない。ロイは少し考えると、Kにしがみついた。彼らを見捨てた人間に何故心を許したのかKが理解に苦しんでいると、

「そうだったのか……ナズのいたみを、かみさまがやわらげてくれたのか」

赤い頭をごしごしと、乱暴に撫でられる。

(それやるの逆だよ、普通はさ……)

ロイは結局彼を殴らないまま信頼の力を施す。Kにとってそれは、温かかった。この世界で唯一心地よいと彼が感じ、彼の糧となるもの。それが信頼の力だ。

『ロイさん、ありがとう』

《アガルタ第27管区　第63日目　居住者9名　信頼率11%》

大慌てでボードを呼び出すと、ロイが百%の信頼を与えているのは一目瞭然だ。ロイの信頼に支えられた神通力がKの体に蘇り、彼は一度かぎりのチャンスを得た。

『力が湧いてきましたよ！』

「たすけてあかいかみさま……。ホントはみんな、ナズみたいに死にたくないんだ」

ロイは本音をこぼす。ロイが怯えているので、彼の不安を拭うようにKは少年を抱きしめた。メグの時と同様、祝福すると素民たちは癒しの力を受ける。ロイも落ち着いた。

（力を有意義に使わないと。もう失敗は許されない）

片手でロイをあやしながらボードを見ると、インフォメーションボードに項目が増えていた。そのひとつが迅速超分子構築（Hyper Molecurar Construction）だ。

（何この機能、前はなかったよな）

緊急事態だから特別に出現した機能、なのか。化学構造を入力すると直接分子を構築できるらしい。ひゃっほう、と彼は小躍りしたい気分である。

念願の抗生物質を作ろう！　元々は生物物理化学（Biophysical Chemistry）が専門であり、学生のときに無駄に応用薬学などを取っていたため、構造は覚えていた。ロイひとりの信頼の力で数グラムの抗生物質が得られるようだ。

（足りるかな。もしかすると、もう一人ぐらいに信じてもらわないと足りないかもな）

それでも、つべこべ言わず用意する。

「どう？　たすけてくれる？」

ロイが期待をこめてＫに尋ねる。Ｋはその信頼に応えなければならないと奮闘する。

『大丈夫ですよ。助けます』

ロイに微笑みかけたＫは、久しぶりに笑えた気がした。信頼される、それがこれほど心地よいことだとは。そして信頼の意味は現実世界とは異なっていた。死なない身だが、彼は死ぬほど嬉しかった。構築モードを展開する。Ｋの意識は暗闇の中に落ち、赤い３Ｄグリッドの中にいた。仮想世界の構築士という趣向だろう。分子構築フィールドだと理解した。

（化学式書けばいい？　まず分子式を書いてみるか）

意識を集中させたいがロイが片手を離さない。振り払うのも可哀そうで、片手で継続する。

『炭素（Ｃ）１６、水素（Ｈ）１８、鉄（Ｆｅ）１、窒素（Ｎ）３……で$C_{16}H_{18}FN_{3}O_{3}$っと』

必要な材料を念じる。

（いいかいロイ、化学式を書くときにはまず材料となる分子数を思い出すんだ。それを化学的に矛盾がないように……といっても同じ化学式でも許容される構造は色々あるんだけどね）

　誰かに説明したい気分だった。テニスボールほどの分子模型がボコボコとグリッド上に出現。分子ごとに色分けがされている。一つずつを指で触れると、元素を模したボールが宙に浮かぶ。化学式を記述し、その後分子もモデル片手で組み合わせてゆく。

『ええと、ここを水素結合？　それじゃ、共有結合は、こうか』

Ｋの念で分子同士が結合する。話のわかる分子だと、構築初心者Ｋは感動する。結合方式も様々だ。Ｋが学部で愛用していた構造式描画ソフトを思い出す。彼が構築に没頭していると、ロイが時々腕を引っ張ったりした。妄想中だと思ったのだろう。

（できた。多分これでいい。ミスはないか、分子数に矛盾はないか。んー、チェック機能ついてないのか）

使い慣れた構造式描画ソフトでは矛盾は自動的に抽出してくれるものだが、特に指摘はない。だからこの構造は化学的に安定か、Ｋは何度も何度も見直す。この薬に彼らの命がかかっているのだ。何度見直ししてもしすぎることはない。目的化合物はＩＵＰＡＣ（国際純正・応用化学連合）名表記で1-ethyl-6-fluoro-4-oxo-7-（piperazin-1-yl）-1,4-dihydroquinoline-3-carboxylic acidと表示されているのみだが、慣用名はノルフロキサシンという。十人が同じ構造式を書いても名前は十人十色、微妙に違う。化学的に合っていればどれでもいい。これはニューキノロンと呼ばれる種類の抗菌薬だ。広範囲の細菌に有効で、細菌のＤＮＡ複製を阻害する。子供にも大人にも使える。注射器がないので、薬剤は経口摂取を基本としたい。見直しも終わり……、

（「行け」っ！　いや、「来い」かな？　もうどっちでもいいや行ってこーい！）

『物質化《マテリアライズ》！』

そしてＫの手の中に現れた数グラムの貴重な白い粉。地味だ。地味だが、命綱である。風で飛んでいかないよう、蚕用のクワっぽい葉を薬包紙に見立てて大切に包む。念入りに。

（押すなよ、いま背中押したら薬がこぼれるから絶対後ろから押すなよ⁉）

などとロイを牽制しながら、Kは薬をとり分ける。化学式は合っていても薬剤のコーティングや代謝や薬物動態は怪しいよな、と処方にやや不安もあるが……放っておけば全滅は確定しているのだから、試すほかにない。

『できました、これがあなたがたのお薬です』

「おくすりって、それをのんだらたすかる？　そうだよねあかいかみさま？」

ロイは嬉しそうに表情を輝かせた。抜けた前歯が間抜けで愛嬌がある。

『これを滅菌した清潔な水に溶かして、皆に飲んでもらいましょうね』

うまくいけば、症状が出る前に薬が効いて何とかなる。すぐに飲めば、重症化してないから少量でよく皆にもいきわたる。

『助かりますよ、先ほど、助けると約束したではないですか』

ここにきて青年は調子のいいセリフが口をついて出た。

『その約束は嘘ではありませんよ』

にっこりと笑顔で安心させる。ロイは彼を見上げて「わー！」という顔をしていた。どん引きの「わー……」、ではないと思いたいが、そこは彼にも自信がない。

「これにつめて、みんなに一つずつたべてもらうよ。おれ、バレないようにやるよ」

ロイは彼らの大好物の果実に薬を詰めると言う。水を滅菌する手間も省けて一石二鳥だ。果実や野菜の中は、とりあえず無菌。だから滅菌水いらずですぐに薬が配れる。同時に食すと薬の作用に影響する果実もあるが、これは該当しない。

一時間後、心臓をバクバクいわせながら墓穴の前で待つKに、ロイが駆け寄ってきた。

「みんな、たべてくれたよ！　あと、かみさまにありがとう言いたいからこっち来てほしいって。おれ、いままでのことぜんぶ話したんだ！」

ロイの言葉と同時にインフォメーションボードが緊急画面から通常画面になった。住民全滅の危機を、間一髪で防ぐことができたのだ。

『それはよかった、ハンカチ落としでもしますか』

「はんかちおとしって？」

Kは明るくそう言い、ロイから質問されながら、ナズの犠牲を胸に刻みつけた。いつか万能の神様になったら、何とかしてナズを蘇らせてあげよう。この犠牲の責任をとるから待っててな、ナズ。その為にもっと強くなれるよう精進するよ。と、静かに空に誓う。

素民たちの許しを得て、草原をわたり彼らのもとに向かう。

そのとき見上げた雲間に、一瞬メッセージが浮かんだ。

《やれやれ、どうなることかと。まだ、わたくしを失望させないでくださいよ》

西園担当官の皮肉たっぷりのねぎらいではあったが、彼は大きく深呼吸をすると、担当官に感謝を忘れなかった。

『見ていてください！　やってみせますよ』

この、仮想死後世界アガルタの、あまりにも透明なスカイブルーの空の下で、
Kはようやく構築士としての第一歩を歩み始めた。

《アガルタ第27管区　245日目　居住者10名　信頼率100%》

『ここまでが負荷テストだったのです』

ある日、それは突然に、インフォメーションボードに西園担当官が現れた。Kはちょうど、素民らに行政サービス中で多忙をきわめていた。負荷テストとは何かと問えば、

『極限の苦痛とストレスを与えたとき、あなたがどのような思考を持ち、行動をとるかのテストです』

『はあ……』

ストレス耐性テストといっても、実験動物より酷い待遇である。

『……ところで今日は西園さんから私に何の御用です？』

Kこと赤い神は取り込み中だった。彼は十人分の信頼を集め絶好調、力もやる気もみなぎりつつ、簡素な小屋の中でメグとロイに算数を教えていたところだ。彼は素民たち全員が快適な共同生活を営むために、基礎教育をほどこし、そのうえで個別の能力にそった努力目標と課題を割り振っていた。

黒髪の少女メグには農業、そして少年ロイには工作全般の指導を。彼ら二人はとりわけ勉強もよくでき、飲み込みが早い。スポンジのように知識を吸収する様子に、自分の子供時代とは

正反対だなと感心する赤い神。ロイはようやく三倍という言葉の意味を知り、何か思うところがあったのか、メグと共に彼の頭を撫でに来た。

メグの父親のバルには測量法を。バルは計算が苦手であまりモノになっていない。まあ、これからだとKは長い目で見守ることにしている。

メグの母親のマチには養蚕を。彼女は蚕を可愛がって、質のよくきめ細かい絹糸を作る。

メグの妹のカイには料理を。とはいっても、焼く、煮るの二択だ。加熱を徹底するあまり、食材が消し炭になったりするのはご愛嬌。

ラテン系の青年ハクには建築法を。ハクは身重の妻のユイのために新居を建てようと奮闘している。あくまで建築物のデザインは素民任せ。明らかに構造が間違っていても、Kはハクの注文通りに、口出しせず手伝った。時折バランスが悪くて家が崩れる。『残念、次頑張ってね』と優しく励ますと、ハクはまたデザインに取り掛かる。妻の為だから頑張れるのだ。試行錯誤すればいい、とKは微笑ましく見守っている。

インド系の美人女性ユイには編み物を。素民たち全員分の服を手編みで作る。飽きっぽい素民たちの中で、集中力の続く彼女は向いていた。

最後の一人、ガチムチ青年のヤスには狩りを。彼はこと筋肉質で大柄な青年で、顎も割れていた。石を磨き、木の枝と組み合わせ拵えた銛での狩りも最近は上手くなり、一人では運べない程の大きさの、毛のない動物を狩る。収穫があるとヤスはその場で火を焚いて狼煙を上げるので、赤い神はそれを目印に迎えに行き、獲物を運んで帰る。数百キロの重量の運搬を、ものともしない。信頼の力があるので、万事万端上手くいく。ヤスの捕まえた良質なタンパク質が素民の腹を満たし体力をつける、いかにも旧石器時代という趣きだ。

　この世界の始祖となるべき素民たちのポテンシャルは一様に高かった。

　軌道に乗り始めた原始生活。ロイとメグは突然宙に向かって独り言をはじめた赤い神に驚いていた。西園担当官を映すインフォメーションボードは、彼らには見えていない。メグとロイから距離を取り、問題を解いておくようにと課題を出した。解いたら休憩してください、と付け加えて。

『はい、何でしょうか』

『わたくしも生身の人間が千年も仮想空間内で耐えられるとは考えておりません』

　唐突な流れに面食らう。逆に今までの待遇は何だったのだろう、彼はアガルタ生活の八ヶ月目を迎えていた。生活は少しずつ楽になってきたが……。

『わたくしも苦しむ赤井さんをモニタごしに見るのは辛かったのです』

　西園担当官は、黒ぶちメガネをずらしハンカチを目頭に当て涙ぐんでいた。八ヶ月遅れで今更ツンデレの、デレの部分がきたにしても、豹変ぶりについていけない。彼は愛想笑いを浮かべつつ頭の中が疑問だらけになり、

『つまりどういうことですか？』

『ですから、試用期間が終わったのです』

まさか今から本番ですと言われてリセットされないかと、Kは冷や冷やだった。

『あなたがこの仕事に向いているか向いていないか、見極めるための試用期間が先ほど終わりました。結果として、あなたは千年耐久できるだけの精神力がある』

Kがアガルタに入って、八ヶ月……西園担当官にとってはまる一日。続けるも続けないも、この仕事は辞められないと初日に聞いている。あの日、十年間絶対監禁だと宣告された筈だ。しかもサーバーが落ちれば仮想空間内で死を迎え、国家ぐるみで逃さないようにされているとばかり思っていた。


『え……この仕事、辞められないんじゃ……』

開いた口がふさがらない。それに西園担当官の眼鏡、伊達だったのか！　などとどうでもいいことに気付く。彼女は鬼畜教官キャラを装っていた。その演技力を分けてほしいぐらいだ。

『何を仰る。辞められない仕事など、法治国家の日本にはないでしょうに』

ド正論だ。職業を選ぶことは法律で自由と明記されている、辞められないなど厚労省にあるまじき話だった。

『てかそれにしたら試用期間、長すぎません？』

仮想世界内で八ヶ月。ふざけるなと言いたかった。現実世界では短時間だが。

『あなたはこの仕事をいつでも途中で辞められる。ですが何年も構築が進んで途中で辞められるのは非常に困るんです。こちらも税金を投入して真剣に実施している大型プロジェクトです。

リセットとなると費用がかさみます』
途中で投げるなら最初からやるな。それは赤井も同感だった。
『ここで辞表を出す場合に限り、あなたは現実世界に戻れます』
(辞表出したら東京に戻れるのか。……東京か……現実世界！)

近代化したビル群に、衣食住おまけに娯楽もあり。清潔な水も食料も欲しいがまま、酒もあるし、もんじゃ焼きもある（彼にとっては重要だった）。ここで国民のために誰もが入りたくなるパラダイスを創っているつもりが、東京の方が断然パラダイスだった。

仮想世界で今日や明日生きることも必死な民たちに行政サービス。肉体は日本にいるのに基本的人権のきの字もない世界だ。

(外、出たいな。出たくなってきた)

メグが物陰に隠れ、そんなKをおろおろと見詰めていた。

(外に出たら何すっかな。春だし友達とぱーっと花見にでも行こうか、東京の夜桜が懐かしい)

そう、仮想世界のことなど何もかも忘れてぱーっと現実を謳歌する……。素晴らしいではないか。

『では、また後程御意向をうかがいますので、よく考えておいてくださいね』

西園は通信を切ろうとしたので、彼は彼女を呼び止めた。

『西園さん、もしかして構築士になりたかったんですか？』

絶対そうだと踏んだのだが、西園は眉ひとつ動かさずつんとして即答した。

『いいえ。何故そう思ったのか分かりませんが。やりたいわけないでしょう』

Kは拍子抜けした。何を考えているかわからない西園に女性不信になりそうだ。元彼女との苦い過去を思い出したからだ。しかし、彼はメグに救われていた。彼女は正直で純情だ。

『わたくしにはあなたの代役は務まりません。人間が千年も生きて神様を演じ続けるなど、本来不可能なんです。でも、あなたにはそれができている』

この言葉はどういう意味だ？　などと疑いだすともうきりがない。

『私はまだ入省一日目でしょう、そちらの時間的には』

Kは反論した。何が分かると言わんばかりに。向き不向きを、他人に決められたくはない。

『あなたは普通の人間ではありません。赤井さん。あなたには酷いことをしてしまったけれど、わたくしは心よりあなたを尊敬しています。元気に生きて帰って、人間に戻って人生を全うしてほしいの』

尊敬します、と言われても彼は人間に戻りたいし、もんじゃ焼きを食べたいし、ビールも飲みたいのだ。今は食欲がないのが悔しいが、春の宴会でもしたいところだった。しかし今は宴会どころではない。色々尽力してはいるものの、食料供給も衛生管理も住居建築もぎりぎりだ。素民の協力を得て、教育して力を貸してやっとである。逃げ出したいが、しかしアガルタから逃げて、投げ出すのは違う。

リセットがかかるからだ。折角素民からの信頼を得、頑張ろうかと思い始めた矢先。辞職して彼らを殺し、新しい構築士を入れるということになる。それで現実に戻ったとて、一生猛烈な後悔に襲われそうだ。


『辞めませんよ』

彼は勢いで言ってしまった。後先を考えず。西園は何やら複雑な表情をしている。

『そうですか。では私は、あなたをサポートするまでです』

どうせならゆるーくやろうと彼は決めた。文明が発展すると楽になる。きついのは今だけだろう。それにまだ、ナズを蘇らせるという約束も果たせていない。最低でもそこまではやめまい、約束したのだ。約束は果たそうと彼は決意していた。


『これからよろしくお願いしますね、西園担当官』

真面目な顔で頭を下げると、西園は彼の顔を見て頬を赤らめた。これは想定外の事態だ。

『誠心誠意お仕えします。赤の神様』

(また神様って言った。神様フェチなのかなこの人)

西園の期待が重い。メグやロイのそれとは種類が違う。彼が閉口していると……、

『も、申し訳ありませんっ。そんなつもりでは』

あれ、見間違いだろうかとKは首を傾げる。よく見れば若く美人な女性が顔を真っ赤にして

いる状況だ。現実世界なら衝動的にキスの一つもしたい気がするが、

（でも物理的に二次元にいるから無理じゃないか。なんてこった、酷いですよ西園さん。演技じゃなく本気ですよね？　演技だったら怒りますよ！）

そして彼は少しだけ、西園の人間らしい一面を見て、西園を好きになれた気がした。勿論人間としてだ。

『……そんな、誠心誠意尽くしてもらわなくても。私も仕事してるだけなので』

二人とも照れて、言葉が見つからない。彼が担当官に求めるのは、彼女自身の体調管理をおこたらず、健康を害さないように、ということ。彼女は不死身ではないのだから。

『あまり仕事し過ぎないで、構わないのでカレンダー通りに休んでください。九時から五時まで、時々ちょろっと様子見にきてもらえばいいですから。できるとこは一人でやりますよ』

つきっきりで見守る西園担当官の健康も心配だ。

『小さなことでも何でも相談に乗ります。頼りにしてくださいね』

それは有難いが、彼女は以前にアガルタの構築士と何かあったのかと、少しだけ勘繰る。単に彼の身の上に同情してのことか、何なのか。あるいは神様フェチなのだろうか。恋する少女のような顔をしているが、現実世界ではごく普通の容姿をしている彼は複雑な心境だ。グラフィックで補正がかかっているのだろう。一つ、気になることといえば。

『私の肉体と私のリアルな家族、そちらで達者にしてます？』

『あなたの肉体は万全の管理で維持溶液中にあります、バイタル及びステータスは正常です。

私が抜かりなく見ているので安心してください』

(プロ意識が強くて几帳面な西園さんが随時サポートしてくれるって、心強い。彼女の信仰がちょっと重いけど。何で急にデレたんだろ。何かしたっけ？　現実世界で何か心境の変化があったのかな)

『それと、今後用いる仮名をあなたがご自由に決めてください。色をベースとした名前にして下さい。それがこの管区の決まりなので』

試用期間が終わった証に、仮想世界で名乗る芸名を自分でつけてよいらしい。

(自分でつけるとイタイのつけちゃいそうだし。赤井ってシンプルで覚えやすいよな)

彼は最初からメグたちには「あかいかみさま」と呼ばれている。長いので「アカイでいいですよ」と言ったところで、やはり「あかいかみさま」と呼ばれる。彼らなりの彼への尊敬の気持ちなのだろう。信仰ではなく信頼だ、人間的な関係である。どんなイタいネームに改名しても相変わらず「あかいかみさま」となる。もう赤井でいいという気もしないでもない。メグ達の言う「あかい」は形容詞だが、名前も兼ねて便利だ。

『赤井にしましょう！』

『千年名乗る名ですよ、適当にしないで真剣に考えてください』

『えっ⁉　だめなんですか⁉』

あの時目出し帽の色で安易に赤井などという名前をつけた張本人は、西園担当官ではないか。

『赤井でいいんですけど……』

西園担当官は不満そうだったが、手元の記録媒体に「赤井」と書いてモニタにかざした。今度こそ、Kが自身で選んだ名になった。もう引き返せない、という思いがこみ上げてくる。

この時を境に、西園担当官は少し優しくなった気がした。

『他に何かご希望はありますか？　何でも調達しますよ』

裾が短く、丈夫な服が欲しい、近代的で機能的な！　と赤井は調子にのってお願いしてみた。何でも調達してくれると言われたのだから。要求していいはずだ。

『それはだめです。そのコスチュームで暫くの間はやってください』

赤井は神様というイメージ商売を呪った。ワンピース、もとい神様服の裾が長すぎて子供に踏まれてよく転ぶのだ。着丈の丁度いい絹の衣装を素民に拵えてもらっても、すぐオーラにやられ朽ちる。裾上げをしようにも糸は切れ、裁断しようにも切れない謎素材だった。最近はロイにわざと踏まれている気がする。苛められているのだろう。

『引きずって歩けばよいでしょう』

『踏まれるんですってば』

『では、踏まれれば？』

西園担当官は、相変わらず落としたり持ち上げたり忙しい。だが、それでも少し和らかくなった西園の表情を見て、この世界で何とかやっていけそうな気がする赤井であった。

第三章　基点区画構築状況、中間報告

早いもので、アガルタ世界では既に八年が経過していた。甲種一級構築士の赤井は今日も普段と変わらず……素民に抱擁されていた。彼ら構築士は、老若男女問わず素民たちを祝福しなければならないのは前述の通り。神通力を抱擁で素民に返して素民を癒し、神は彼らの信頼の力を受け取る。それで神は力を得て、構築のエネルギー源とし、したがって素民全員に対する祝福は構築士の義務である。

人口が増えると祝福も大変ではあるが、その頃には大気と同化して力を回収し、大気を介して与えることができるようになると聞いた。彼が目指すはその地点、民とのスキンシップはほどほどに、早く次の段階に行きたくなった。

《アガルタ第27管区　8年306日目　居住者403名　信頼率100%》

現在の二十七管区の文明レベルは弥生時代を確実に突破している。衣食住はもちろん、ハクを中心に建築技術も発達してきた。メグによって農業に畜産、灌漑設備にも取り組んでいる最中だ。赤井はヒントを与えたり手伝うものの、特にこうしろと指示したわけではない。彼ら素民が自力で文明を進めている。

早くも実在の文明とは異なった。住居も高床式で三角形。素民はトックリのような土器が好みだ。誰かが染料を見つけ、服もカラフルになり、思い思いの色の服を着る。紫と黄色のシマシマがこの時代のトレンドのようだ。少しどぎついと赤井は思うのだが、何がウケるか分からないのが仮想世界というもの。


主食も決まった。ペンペン草のような植物だ。ペンペン草の花の部分が実になって旨いらしい。赤井はアガルタ内で飲食禁止であるため、味見ができない。素民は甲斐甲斐しく赤井に何か食べさせようとするが、その気持ちだけで彼は満たされた。

集落の統治者は不在ながら、赤井を中心によくまとまっている。しかし赤井はロイがリーダーとして集落を導いてくれることを期待していた。

一見順風満帆に見えるが、問題は半年ほど前から発生していた。赤井が大人を祝福すると興奮し、赤井に対して恋愛感情が生じるらしい。三角関係や1対5、1対10などという生ヌルいものではなく、1に対して素民全員、男女の別なくだ。

ちなみに彼のアバターは男女に分け隔てなく接することのできるようにか無性別であり、見た目は男性型ではあるが男性ではなく、性器などもない。赤井も素民に性別を意識させないよう、中性の一人称を用いている。アガルタに入った時から性欲すらほぼ完全に失われているのだが、そのぶん老若男女に対していとおしく思う感情が生じていた。神の愛、という感情らしい。

祝福は義務なのに、一体どのように素民に祝福すればと悩んでいたところ、神通力が彼らに一気に流れるのが不都合であり、彼らが必要なだけ癒しの力を受け取ればよいのだ、と西園担当官。


彼は今、男女の猛アピールに怯えていた。女性は強引にキスをしてくるし、屈強な男性に襲われると肋骨が全部折れそうだ、というか既に折れた。神は死なないが、心も体も傷つきはする。神体は一般人程度の強度。首を絞められたりもしたが、笑って許すしかなかった。

赤井は男性型の神だったからよいものの、同期の白井はどう対処しているのかと彼は甚だ疑問だ。白井は試用期間を終えて白椋《しろむく》に改名した。青井は蒼雲《そううん》になった——二人ともイタイ感じにやらかしてしまったようだ。

折角だからイタい名前をつければよかったのかな。赤井がそんなことを密かに思ったのは内緒である。しかし白椋のところは素民の暴走もなく、文明が進んで律令国家もどきにまで発展していると西園に聞いた。赤井は完全に素民の育て方を間違えたようである。


相変わらず、彼はアバターの素顔を知らない。彼も気にして、最初のうちは水鏡や黒曜石のような岩石に顔を映そうと試みたが、オーラに反射して見えなかった。近頃は忙しく、顔も姿も髪型もどうでもよくなってきた様子だ。髪も切ってないのに同じ髪型である。服の着替えもなければ、下着も最初から付けていない。

その代り、汚れても漂白されたようになる。現実にあれば絶対NASAが目をつけていそうな謎素材だ。衣は頻繁に洗濯をする。襟首にメイドインジャパンのようなタグもついてないが、実はドライクリーニング指定なのかもしれないが知ったことではない。体も汚れないが、せめてと毎日洗っている。西園も見ているし、彼も感染症予防のために不潔にしておきたくはなかった。

余談はともかく。赤井の神通力が強くなり、民への誘引力も強くなってきたのは大問題である。恋愛感情を向けられるのは非常に困る。全くもって不毛だからだ。素民の男女間でカップリングして結婚してもらわないと次の世代につながらず、二十七管区の発展も危ういときている。全員で出家されたら困るのだ。

アガルタには、血が濃くならないよう一風変わった人口増加システムがあった。集落が一定人数と生活水準に達するごと、新しい素民が追加される。どこからともなく集落にやってきて、家族ぐるみで住みつく。試用期間中に十五人になった蒼雲の管区は生活水準がたった二ケ月で一定の規定に達して最初の追加があったのだ。

集落に辿り着く素民たちは、子供は全裸、大人は枯草のコスチューム、つまり素体でやってくる。受け入れの時は、放浪している素民を見つけた人が我先にと彼らに衣を着せに行く。彼らを受け入れ彼らと結婚してもらっている限りは、血は濃くならない。

そんなわけで赤井は民たちに大いに恋愛をしてほしかった。半年もカップル成立も結婚式もないのはまずい。赤井はいつでもご祝儀を用意して待っていた。素民の欲しがっていた、特製の丈夫な鍋だ。あれあげるから、結婚して。そんなことも言えはせず。

状況を打開するため、赤井は合コンパーティーも画策した。彼なりに盛り上げようと尽力はしたのだ。湖の見えるロケーションにカフェのようなセットを作ってキャンドルもどきでムードよくライトアップ。料理もフルコースで拵え、神通力で花火もどきも打ち上げて。そこで合コンだ。絶対何組か成立する自信はあったし、お持ち帰りもありだ。なのに赤井のディナーショーのようになっていた。目の前には若い異性がいるのに、明らかに異常だ。

素民がおかしい。黒髪の少女メグも一連の怪現象に迷惑している。赤井はメグやロイと特に仲がいい。最初に力をくれた素民として、絆は深かった。そこで赤井が彼らの家に通うとメグやロイは僻まれたり、とりもち役を頼まれたりするのだった。

そんなこんなで、赤井は最近、洞窟に引きこもっていた。それでも素民が洞窟に昼も夜も見境なく押しかけてくるので、洞窟に強力な結界を張り続けている。体力も神通力も削られる。祝福しなくても素民の信頼が赤井の体に流れてくるのでゼロにはならないが、疲弊していた。洞窟を引っ越して断崖絶壁にでも住もうかと思案中だ。そんな悩みを抱えていたら、

「あかいかみさまぁ……」

夜中、メグがしょげて洞窟に入ってきた。何故かメグとロイは赤井の結界を抜けて入ってく

る。漂着者ではなく最初の住民である彼らは特別なのだろうか、赤井にもよく分からない。

（メグ、眠れないのか。今日も何か言われたんかな）

メグは十七歳の少女へと成長していた。アイドルにも負けない可愛さだと赤井は豪語して憚らない。髪はストレートの黒髪、目はくっきりと二重、唇はピンク色でぽってりとしている。集落の流行のストライプや、黄色のひざ丈のワンピースを着ていた。身長は百五十五センチ程度だ。胸もこの時代にしては大きく形もいい。それは土地の食生活が豊かになってきたという証でもあった。赤井の目視では、Dだったという。何がDだったのかは、彼が公務員なので内密に願いたい。

『どうしましたか、メグさん。困ったことがありましたか』

白々しく訊いてみるが、彼には分かっていた。相手の心が少しばかり読めるようになったのだ。祝福を毎日繰り返し、時に骨を折られながら耐えた結果だ。以前と比べると信頼の力というより諸々、信仰の力、邪悪な力も加わってパワーアップし、そのうち神というより魔神や邪神になりそうだと彼は不安だった。

少々の天災から素民を守ることもできるようになった。作物の実りを豊かにしたり、干ばつになったら雨を降らせたり。空も少し、数メートル浮く程度だが、飛べるようになった。

そんな頃のことである。

「あかいかみさま、祝福してもらってていい？　……痛いよう……」

彼女は心も、体も痛いとうったえた。ひどい中傷を言われたからだ。彼は彼女がいとおしくてたまらなくなる。人間愛としての愛情はある。

『よいですよ、メグさん。よく来てくれました』

腕の中のメグは変わらず、赤井にとって温かく愛おしくて心地のよい存在だった。

素民達の精神に異変が起こる中、メグは赤井に祝福されても平気だった。長い間に少しずつ築かれた信頼関係あってのことだと、赤井は分析している。メグは彼の腕の中で遠慮がちに甘えてくる。

(何でそんな遠慮するの、寂しいじゃない)

メグの悩みの原因は、この祝福にあった。抱擁されているところを以前から誰かに隠し見られて中傷されたのだ。メグは今日も、色々と言われて泣いた後だ。一方、ロイはやっかまれても絡まれても相手をねじ伏せた。彼は腕力もあるしケンカも強い。しかしメグはそうはいかない。ロイが守ってくれるが、いつも守れるわけではなかった。

集落の農業はメグを中心に回っている。赤井が信頼して彼女に任せているからだ。それが一部の素民は気に入らないようだった。メグとロイが一緒になれば少しはと赤井は思えど、メグは赤井に好意を寄せている。赤井も心を読めるからわかる。こればかりは、侭ならない。

(やっぱり皆おかしい、俺のオーラが邪悪にでもなって皆を狂わせてるのか)

メグは素民達の目をおそれ、夜中になるまで赤井に会いに来ることができなかった。しかし躊躇いながらも来た、それが彼には嬉しかった。

(メグ、君はいつでもここにきていいんだよ)

ありったけの力でメグを癒しながら、赤井も彼女の信頼の力を受ける。

彼は何より信頼の力を受けるのが一番心地よく、メグの力は信頼に満ちていて透き通っていた。彼も癒され、もっと貪欲に欲しくなる。ロイの力も温かくて優しくて好みだが、メグのそれは別格だった。

つまりとりわけ強い信頼の力を赤井に与えられるのは、相変わらずメグとロイなのだ。

(あー……今日は特に辛かったんだな。私がドーンと守ってあげられればいいんだけど、私がドーンとしゃしゃり出ていくとまたトラブルが大きくなる、かな)

こういう問題は難しい。

赤井はいつものように軽くではなく少しきつく抱擁する。メグは抱きしめられてか細く息を吐いた。緊張はとけない。力加減を間違えたのかと疑うまでもなく、今夜はやはり何かが違う。

「あかいかみさまぁ……もう少しだけここにいて、こうしていていいですか」

彼女はまた彼の名を呼ぶと、彼の腕の中ですすり泣いた。メグは傷ついてばかりだ。素民の為に尽くしているのに、神に近しい距離にある始祖だからか、やっかまれている。

(ごめんな、……君ばかり辛い思いさせて)

少しでも癒されてほしいと思い、彼女にありったけの祝福を与える。

『何度でも来てください、私は歓迎します。あなたにはいつでも来てほしい、私たちは最初から一緒でしたからね』

「私……たまたまあかいかみさまに、皆よりたくさん力をたくさんあげられる。でもかみさまにとって私は大勢の中の一人で、皆もかみさまのこと大好きなのに……私だけこんなことしてもらっちゃいけない。ここに来るのは、これで最後にします」

メグはえぐえぐと泣きながらうったえた。

(え？　何、そんなに思いつめてたの？　もう来ないって……そんな)

彼はメグを、「信頼の力」をくれるエネルギー源のように考えているわけではない。彼女との間に結ばれた心の絆は決して表面上のものではない。赤井はメグが信頼してくれていると知っているが、彼女は赤井の心が分からない。だから変な方向に話がこじれているのだ。

『メグさん……少しこちらにきてくださいな』

彼女を信頼していると伝えたい。そんな思いで赤井は彼女を立たせ、洞窟の奥に連れてゆく。

『足元に気をつけて、ね』

後光で照らされた洞穴を、メグは赤井の後をついてくる。洞窟の奥は、メグの知る限り行き止まりだった。しかし赤井は以前から穴を穿ち、洞窟の向こうに通り抜けできるようにしていた。

『さあ、どうぞ。先に進んで下さい』

彼は洞窟の裏出口に彼女を導いた。メグは少しだけ怯えていた。

「ん？　……わあ……きれい」

しかし外を見ると……夜の暗闇の中に一面の花畑。色とりどりの蛍光を放つ花の咲く薬草園が広がっている。赤井の秘密の幻想の箱庭だった。外からは洞窟の岩盤に覆われて見えないだろうが。

薔薇に似た形の、色とりどりの輝く花が咲く。赤井が薬を創るには合成しか方法がないため、素民に薬がいきわたらなくなる。そこで彼は薬草の遺伝子組み換えで薬花を生産していた。

(明日はメグの誕生日だ。始祖全員の誕生日でもあり俺が神になった日。最初に出会った日だ)

彼は感謝の心をこめ、香り立つ花を手折り、メグに大きな輝く花束をプレゼントした。

『あなたが私に力を下さるように、私もあなただけに信頼の証を残しておきましょう』

花束を持ったまま立ちつくすメグを、彼はもう一度祝福した。今度は優しくだ。そろそろさん付けもよそよそしいかと思うが、素民には平等にと西園に釘をさされているため、メグにだけ特別というのはまずい。

『私の真の名は〝桔平〟といいます。覚えておいてくださいね、あなたの心の中でだけ』

メグは衝撃を受けた。素民たちが「あかいかみさま」と呼ぶ赤井に、本名があっただなんて。

今日は幸い、西園担当官も有給休暇、と赤井は聞いている。モニタの前には誰もいないだろうし、誰にも聞かれてないだろうと油断してのことだ。だがそれはアガルタ世界の禁を冒している。

「キッペイ?」

首をかしげながら大きな声で反復するメグの唇を、しっ、と指でおさえた。

『私の真の名です。私が信頼するあなただけに教えました、誰にも内緒ですよ』

メグは花束を持って、左右にゆさゆさと振って嬉しそうだ。キッペイ、キッペイと笑う。さ
さやかな感謝の気持ちと、赤井の信頼が伝われればそれでいい。

(俺にはメグが一番だな)

などとしみじみ思っていたところ、後日、西園担当官にきつく絞られた。「博多通りもの」

の菓子箱がモニタの前にある。お昼休みのようだった。

『構築士が素民に現実世界での名を明かすとはいかなることか、聞かせてもらいましょうか』

(なんてこった、あのログ漁ったのかよ！)

どんだけ仕事熱心なんだ、と赤井は舌をまく。膨大な量のログだ。しかしそう言われればそ
うだ、わざわざ民に教える用の仮名まで作ったのだ、赤井という。軽率だったなと赤井が真面
目に反省していると。


『桔平さん……』

西園担当官は、くすりと笑うと、上目使いの甘ったるい声で赤井を呼んだ。

『…………はい？　何故に本名でお呼びに』

彼は間をあけ、挙動不審になりながら答えた。赤井でいいよもう、と彼は訂正しようとする。

『わたくしもあなたの祝福を受けたくなりました……あなたに癒してもらいたい。なんてね』

二次元の仮想世界から一体、何をどうしろというのだ。

『現実世界に出られたら、しましょうか？　でも何の力も出せないですよ』

彼がふざけると、彼女はまたデレた。

『はい、ではお願いします。楽しみですよ。できればわたくしもメグのように毎日やってもらいたいものですねぇ……なんて。ふふ』

（これは絶対からかわれているな、そのモニタから出てこないと思って）

と、赤井は口をつぐむ。何かの育成ゲームみたいに思われていないか。

『いつか私がチートになったら、呪いながら画面から出てくるかもしれませんよ』

『それはとっても楽しみですねえ。一緒にどこに行きましょうかねえ……ふふ』

『ん――……』

困った。これは何かのフラグなのだろうか。

彼は一級構築士ではあっても、一級フラグ建築士にはなった覚えがなかった。

■

赤井構築士の目下の課題は、住民との関係を健全に戻すことだった。要は彼らに与えた神通力の強大化が原因だ。そこで西園担当官に相談をもちかける。

『祝福の方法を変えた方がいいでしょうか。でも抱擁や大気を介して以外の祝福方法ってあるんですか？』

『違う方法もあるようです』

彼女が引き合いにだしたのは、千年王国だった。千年王国といえば、言わずと知れたキリスト教の管区だ。最初に開設された管区で、キリストがいる。勿論構築士がキリスト役で演技をしていた。涙ぐましい努力である。

千年王国は世界最大のサーバーを有し、それだけエリア規模も巨大である。旧西側諸国がこの管区に予算を重点的につけていた。構築時には主神級構築士が創世時から三人も投入され、協力して創造したのだと、赤井は西園の説明に感動する。主神三人といえば、百億ドル以上の予算が動いている模様だ。

そんな苦労の甲斐あって、えも言われぬ美しい楽園空間が完成した。代償として、父役と聖霊役の構築士は現実世界で殺害されかけた。そしてキリスト役の構築士は維持士（構築士の次の段階）として、まだ千年王国に留まっているという。

彼の仕事ぶりを見て、何かヒントになるだろうか。と、赤井はモニタにかぶりつく。

構築中の他管区エリアを覗くのはカンニングになるが、開設されて情報公開されてるエリアは問題ないらしい。米国アガルタにある千年王国は日本のサーバーからも見える。千年王国はアガルタ最大の人口密集地だが、キリスト先輩は輝いて見えた。

『出たー！』

彼は透き通った川のほとりで民からの礼拝を受けていた。赤井とあまり変わらない白衣のコスチュームだ。同じ制服なのに何でこの人はこんなに神々しいのかと理解に苦しむ赤井。まさに世界トップレベルの維持士だ。心なしか、民の礼拝も行儀がいい。祝福を受けるのにも一列に並び、明らかにコワモテの居住者も膝を折る。赤井の民のように行儀が悪くない。こちらは赤井が膝まづいて骨を折られている状態だ。雲泥の差がある。

キリスト役の維持士は、民の頭の上に手を乗せ、で、終わりだ。思いのほかあっさりとしていた。ハグはしていない。

『今のが祝福です？』

『そのようですね。この維持士は大気を介しての祝福もできますが、信念あって民との触れ合いを大切にしています』

スキンシップ重視ときた。

『どんだけファンサービス精神が旺盛なんですか』

先輩マジかっこいいですよ。と、赤井は信者になりそうだった。

ということは接地面積、が重要だったのかもしれない。力が強くなってきたら身体の一部が触れる程度でよいのだ。

『さっそくやってみましょう。大きなヒントでした。ありがとう西園さん。では、また！』

『赤井さん……その』

用件が終わっても、西園は通信を切らない。何か顔についているのかと、顔をまさぐる赤井。

まさかまたフラグを立てようとしているのなら、これ以上フラグ刺す面積はないですよ現実世界に戻ってから刺してくださいよ、などとおめでたい妄想を展開していると。

『気を付けてください！』

『何のことです？』

民に襲われないようにという意味ならもう遅い、襲われている。


『もうすぐ第一区画が解放されますのでね』

『第一区画って何です？』

『わたくしにはあなたに話せないことがたくさんある。でも備えて下さいと申し上げることはできます。あなたの力はあるレベルに達し民の生活も安定しました、それが区画解放の目安です』

（レベルか……俺、レベルいくつぐらいなんだろう）

思えば旧石器時代から、たった八年で弥生時代以上には発展しており、民の生活水準も改善していた。栄養状態もよく病気での死亡率も減少中だ。医療も赤井が全面的にバックアップをしている。赤井と民との関係はともかく、彼らの生活が安定しているのは間違いない。

それが赤井と民との信頼関係を深めている。たまたま、今はおかしくなっているが。

『第一区画が何かっていう正体は、西園さんは言えないんですか？』

赤井も西園と同じく、しかめつらになる。

『文明の発展のために人類が繰り返してきたことがアガルタの中でも繰り返されます』

赤井は間髪入れず回答する。

『西園さん、あなたクイズ問題の出し方が下手。戦争なら無理です』

二の句も継がないうちにお断り。西園担当官が口を開く前にお断りだ。こういうものは話が進む前にお断りである。彼はＮＯと言えない日本人ではなく、嫌なことにはＮＯと言いまくる日本神であった。

『無理でも始まります。そういう決まりなんですよ』

『そんな……今度こそ詰みですよ』

というのも、彼の民は呆れるほどの平和主義だった。狩り用の銛以外、武器もろくに持っていない。ケンカにしても素手だ。ケンカがしたいときは一対一の素手でやれと赤井が指示した。ケンカのルールも決まっている。相手をやっつけすぎないように、一回ダウンしたら終了。というわけで武術の訓練どころか武器もない。集落には石垣どころか、垣根がない。惨敗は目に見えすぎている。戦う気すらないだろう……。

『何が原因で戦争が始まるんです？』

戦争の火種といえば領土問題、資源問題など様々だ。第一区画とやらに何人誰がいるのか知らないが、戦争になる前に色々と段階があるだろう。交渉の余地も。彼は全力で交渉するつもりでいた。交渉術も得意ではないが、民を守る為なら何でもやるつもりだ。

第一区画の民のためにも、できることはする。それで何とかなるだろう。赤井は打開策を練るつもりだった。


『回避してみせますよ、必ずね！　西園さんは安心して見ててくださいよ』

『赤井さん、これは回避不能な戦争です。第一区画の民はあなたを憎んでいますので』

赤井はあんぐりと口をあけ、首をぶるぶると左右に振った。

『私、憎まれることしましたっけ』

『いいえ、していません』

していないも何も、第一区画の民とは面識がないのだ。まず第一区画がどこにあるのかも分からない状態ときている。他に素民の集落があったというのが信じられない。

（急に現れたのかもしれないな。俺と民が一定の条件をクリアしたから投入された……）

できれば第一区画を見に行きたいが、彼は空に浮けても自由に飛べないし、偵察といっても限度がある。

『区画解放やめてください。見ての通り私ら、のほほんと平和に暮らしてきたんですよ！』

西園担当官に泣きついても、意味がないと彼も分かっている。では異世界の白椋と蒼雲はどうやって切り抜けたのだろうか。

文明の発展には戦争が不可欠だ、という話は赤井にも分かる。蒼雲の世界は律令制にまで発展しているというから、徴兵して軍隊も作っただろう。白椋の集落も、守りは万全なのかもしれない。赤井だけ先の見通しが甘すぎた。防衛の観点がかけていたのだ。

(西園さん、これから何が起こるのか全部知ってるけど俺には言えないんだろうな……彼女も辛いだろうな、これを告げるの)

『どんな争いも平和へ導き治めるのが甲種一級構築士の手腕です。他の二名の構築士はこの争いを治めました』


素民たちに、戦わせたくない。戦争そのものを始めたくない。赤井はそんな思いを強めながら西園との通信を終え、洞窟の中でありとあらゆる打開策を思案した。

彼は根っから理系で軍事や防衛論に明るいわけではない。軍事史も兵法も知らないし興味すらなかった。現実世界では、国家間戦争そのものが時代遅れの、過去の産物なのだ。

赤井は考えに考えて一昼夜。夜中を過ぎた頃、結界を破り侵入してくる民がいた。


「こんばんは。赤井様、今日はいかがされましたか」

燃え盛るトーチを手に携え、現れたのは浅黒い肌の爽やかな長身のガチムチ青年だった。

彼はあの小さかったロイだが、十六歳程度に成長していた。上半身は何も身に着けず、下半身はゆったりとしたズボンのようなものを穿いている。日本人顔ではなく、ハリウッドスターのようなルックス、筋肉質で恵まれた体格だ。……これも赤井が勝手に評しているだけである。

アガルタ世界では、石を投げればイケメンと美少女に当たるほど大多数だ。わざわざ不細工なグラフィックを造る理由もないのだろう。ロイはバルとマチから生まれたのではなく、メグとも血の繋がりはなかったようだ。成長して顔立ちが彼らの系統と違ったので赤井は気づいた。ちなみにメグは日本人顔である。

成長したロイは、始祖たちの中でもずば抜けて頭脳明晰だった。メグも頭のよい子ではあったが、メグを上回る状態になっている。

昔は大差なかったが、成長するにつれて差がついた。それで、赤井は彼を将来統治者にしたかった。彼だけは赤井を、赤井様と呼んでいる。「あかいかみさま」という抽象的な名前ではなく、名詞と形容詞の区別がついていた。彼は好奇心旺盛で、自然科学も何かと覚えたがる。赤井が物質構築のためにメモを取った化学式を、コソコソ覚えていた。油断も隙もあったものではない。彼は神の秘蹟を暴こうとしている様子だ。神の秘蹟といっても単に科学なのだが、彼には魔法のように奇跡的に見えるらしい。

ロイは赤井を心配して洞窟に様子を見に来たのだった。今日一日、赤井が素民の前に全く姿を見せなかったからだ。彼は、赤井が万能の神ではないと気付いている。精神的にまいってるのかと訝しんだのだ。ロイがやって来たので、赤井は心を決めた。

『こんばんはロイさん、大事なお話があります』

彼はおもむろに切り出した。告げておかなくてはならない。戦争が始まるということを、戦争を知らない彼に。人間が幾千年となく繰り返してきた不毛で醜い争いの話だ。素民は純粋だが、人類の歴史は繰り返される戦争の歴史であり、その中で数々の発明が生じた。悲しいことに、それは事実である。

だからアガルタは現実世界をなぞらえる。素民たちは傷つくだろう。


「はい。何なりとお伺いします」

彼は赤井に敬意を払い膝をつく。完全な服従の姿勢だった。

『私は近いうち、この場所を去ろうと思うのです。人々の争いを鎮める為です』

「……ご冗談、ですよね？　争いって、どこに？」

ロイはぎょっとしていた。赤井が去るなど、思いもしなかったのだ。最初に素民たちと会った時、ずっと傍にいると誓ったのは赤井だ。ロイは忘れていない。

『あなたがたを見捨てるつもりはありません。また笑顔でいつか会えるように、そのために去らなくてはならないのです』

ロイの血相が変わった。冗談ではないと察したのだ。行かせまいと、立ち上がって赤井の腕を掴む。

（……腕力が強いな、ロイ。頼もしいよ。その腕とその頭脳で皆を守ってあげるんだよ）

「どこにも行かないでください。俺たちはどうすればいいんですか」

『……ロイさん、あなたは強く逞しい青年となりましたね』

彼も辛くなってきて、ロイに祝福を与える。ロイも赤井が祝福しても問題なかった。ロイの体はがっちりして、赤井は頼もしく感じる。重い剣を握ることはできそうだが、剣術を教えていなかった。そうすべきではないと思っていたが、今は後悔している。


「それでもあなたには、かないません」

前述の通りこの集落は平和で武器もなく、戦争ができるような状態ではない。第一区画解放……が避けられないなら、全面降伏あるのみ。単身で敵地に入り身を差し出そうと、赤井は決めた。赤井の考える、神様らしい役回りだ。もはや心の中で整理がついている。

その為に、ここ最近赤井は民を狂わせるまでに力を蓄えていたのかもしれない。構築士が第一区画の解放時に民を率いて力を揮い、彼らを守りながら戦争に誘い戦わせることができるように。素民は赤井への思慕をここ半年、いっそう強くしてきた。出生率が下がっていたのも、それが原因だったのかもしれない。ようやく異変の理由が分かった。

戦争が始まる。

もし、赤井が今の彼らを戦争に駆り立てても、恐らく全員が赤井についてくるだろう。総玉砕になって、彼らは命を散らす。誰も怯えはしないだろう、神兵となって。

だが、赤井は仮想世界でまで断固として戦争はしたくない。剣を見せれば、血が流れる道理だ。アガルタの世界ではそれを望まれているのだろうが、戦いたくない。たとえ敵地にとらわれ、得られる信頼の力を失っても。それでも赤井は不死身だ。

赤井がこの地を去れば、彼らも正気を取り戻す。温厚で優しく分別のある民に戻ってくれるだろう……だが、何もかも告げるわけにはいかない。赤井が敵国に入ると言えば、彼らもついてこようとするだろうから。

(最大負荷試験はクリアしてるし、きっと耐えられる。俘虜となっても死ぬことはない。でも戦争が起これば君たちは大勢死ぬ。大事な命を散らす。それは避けたいんだ)

赤井の見通しが甘かったせいで、まだ戦いの備えはできていない。

今、この集落を全滅させるわけにはいかない。

『あなたはこの八年間、よく学びよく鍛えました。そして真に強く賢くなりました。もう私が去っても安心でしょう。そして私が去ったあと、ひとつだけお願いがあります』

ロイはふるふると首を左右に振った。行かないでくれと、言葉にもならず懇願している。君は強い、強くなったんだ。大人になったんだよ、と赤井はロイに心の中でさとす。

『ナズさんが亡くなった日。あなたは私を殴ろうとして、拳を振り上げたけれど……結局殴らなかった。あなたは憎き相手を前にしても、どんな極限状況でも、きっと振り上げた拳を下ろすことができる賢き人間です。そのときと同じように』

そして彼はロイを抑え込み、彼の身体にありったけの力を送りこんだのだ。神通力を、何の力にも変換しないで力任せに送り込む。インプットされる神通力が強すぎて、ロイは激痛に苛まれる。

「ぐ……あああ！　や、やめて下さいっ……！」

ロイの絶叫が、赤井の至近距離から聞こえていた。命の危険を感じたのか、振り払おうと抵抗を始める。ロイは怪力だ、だが無駄だ。相手はアガルタの神。どれだけ抵抗してもねじ伏せて服従させる。力比べでは素民はひとたまりもない。

「あ、赤井様ぁ………！」

ロイの声が絶叫に近づく。耐えられないほどにはしていないが、癒しの力に変換されていない力を無理にねじ込まれ激痛を伴っているはずだ。だが彼はやめない。心を鬼にして。

(どうか逃げないで耐えてくれ、強い力には強い痛みを伴うんだ)

「…ぐっ……！　も……もうっ……やめ………」

ロイの許可も得なかったが、ロイの身体に神通力を限界まで含ませていた。初めての試みだが、直接の加護を授けている。誰かを傷つけるためではなく、民を守るための力に代えるためにだ。理由は予め説明しなかった、成功する保証がないからだ。傷つけるだけになるかもしれない。

『痛いのは分かっています』

ロイの体が痙攣し、神通力のスパークが見える。限界だ、彼の体が耐えられない。長い長い、虐待を終えた。ロイの肉体が遂に、意識を失いこと切れそうになる。

(もっと授けておきたいけど、もうやめよう、もうやりすぎだ)

これ以上は死んでしまう。手加減をしなければ。精神的苦痛とショックで死にそうだ。ロイはまだ十六歳、この世界では大人として扱われていても、まだまだ少年だ。

赤井はその手を止めた。ロイはショックで放心状態である。気絶寸前だった……尊敬し、長年尽くしてきた神に理由もなく虐待されたのだから。いたわりながら、純白の上着を彼に着せかける。その上着は長く白い、ストールのようなものだ。これを印として与えよう。赤井の衣を、誰しも赤井から力づくで剥ぐことはできない。よってロイが纏うかぎり、赤井が直接に加護を授けた証となる。

彼が民に向けて語る言葉は、神の言葉として受け止められるだろう。民が不安になったら、代わりに祝福をして彼らの心の支えになってほしい、と赤井は願う。苦痛と引き換えにそれだけの神通力を含ませた。

『聞こえますか。よく、耐えてくれました』

ロイの頭に手を置いて優しく撫で、癒しの力を注ぐ。赤井の一貫性のない行動に、ロイは理解が及ばない。

「……どうしてこんな、俺が何か……お、お許しください」

ロイは混乱して、何か悪いことをしたのかと尋ねる。それでも一縷の希望を込めて、信頼を込めた眼差しで赤井を見た。酷い目をみたのは初めてだ。理由を求めている、合理的な理由を。

理由があるのなら、頼むから教えてくれという表情をしていた。ロイはなお、赤井を信頼していた、幼かったあの頃と同じように。

『何があっても誰も憎まないで、振り上げた拳を下ろしてください。相手を傷つけようとすれば、あなたの拳も傷つくのです』

そう言って、今の今、彼を傷つけた事を赤井は悔やむ。

「……お、俺にはあなたの御心がはかりかねます」

『大変な苦痛とともに、あなたに私の力を授けました、あなたは私の力の一部が使えるようになるでしょう。神通力は本来神が行使するべき力で相手を傷つけることもできます。ですがそれはいけません。大切な集落の四百三名。彼らを守るための力です。そして今日をもって、彼らを』

赤井は一呼吸おいて告げた。

『あなたの手に委ねます』

（そうだ、ロイ。君がリーダーになるんだ。民を正しく導いてくれ。君をそのつもりで育ててきた、民を守れるのは、君しかいない。拳を交えず、俺が与えたその力で皆で守ってくれ）

その日、追い詰められた赤い神は集落を去った。

第四章　第一区画・城砦、鉱山都市グランダ

　さて、思いあまって素民の集落を飛び出した赤井が今どうなっているかというと……身動き一つ取れずにいた。

　彼が今どうなっているかも含め、順を追って説明しよう。

　西園担当官のいう第一区画がどこにあるのだろうと空から探してみれば、赤井の集落をはさんで湖の向こうに存在した。距離にして十キロほどだろうか。赤井の目が節穴だったというわけではない。第一区画の城壁が岩肌と同化して分からなかったのだ。天然の迷彩色である。

　外観は頑丈な城塞だ。見える城壁の長辺は三百メートルほどあり、威容を誇っていた。高さも十メートルほど。内部もよく分からない、まずは偵察だ、と赤井は意気込んだ。

　西園担当官のいう第一区画はアガルタ世界ではグランダというらしいが、最初に赤井の集落に攻め込んでくる予定の地区のようだ。グランダには高度な建築技術の痕跡がある。文明レベルはマヤ文明ぐらい余裕で超えている。

（マヤ文明っていつだ、七～八世紀だっけ？）

　と文系暗記科目の苦手な赤井は、危うい記憶の引出しから記憶を引っ張り出す。

城壁を飛翔でひらりと飛び越え、城壁の上から下を覗く。城壁の中には区画化された住居群が立ち並んでいた。碁盤の目状ではなく、迷路のように複雑に入り組んでいる。門を破られたとしても一気に中心部に攻め込まれることはない。外敵からの守りに強そうだった。

一方、赤井の民は木造建築で弥生時代を過ぎた頃の文明レベルにある。高床式の三角の家を建て、きゃっきゃと歓声をあげていた頃だ。

（まずいぞ、これは……）

あまりのことに、真顔になる赤井。

（でもやっぱ木造建築が一番だ、温かくて地震にも強いし！）

ポジティブに考えてみても、どう見ても赤井の民たちと三～四世紀分は差をつけられていた。技術力のある要塞都市もどきがこんな湖をはさんで至近距離にいたとは。今まで攻め込まれなくてよかったけど、と疑問だ。それでまだ「解放」されていなかったのだ。今後は「解放」状態に入るのでいつ攻め込んできてもおかしくないってことだな、と彼は気を引き締める。

『こんなのと戦争なんてやったって負けるに決まってる、どうすっかな』

住居部分の舗装路に武装した民が、二人一組で数組うろついていた。街中をパトロールしているようだ。

『舗装もできんのかよあんたらすげーな……漆喰の技術もありそうだし。ロードローラーなんてなさそうなのに匠の技だな』

兵士と思しき二人組は、現代では些細なことだが、区画わけしてパトロールを分担しているようだ。この分だと兵士間の統率も誰かがとっていそうだ。服装は赤井の民とあまり変わらない。お揃いの黒いフードつき貫頭衣を着ていた。

（でも彼らが手に持ってる武器もどき、金属だ。うちの集落みたいに石器メインじゃない。あれ何の金属？　うちにはないぞ鉄とか）

実際、赤井も鉄や銅的な何かがないとさすがに困ると思い、集落周辺で鉱脈を捜していた。構築士権限で物質構築はできるが、質量の大きな物質は難しい。鉱物は必然的に単位体積あたりの質量が大きくなる。

だからといって赤井は地層解析まではできない。

（頼むよドップラーエコーみたいなのやらせてよマジで……材料ないと構築も難しい。それがダメならボーリング《地質調査》でもすればいいのに。鉱物だけじゃなく天然ガスとか油田とか温泉とかいろいろ掘れるかもしれないし、地下資源で俺の民も豊かになれるよ……）

などと常日頃から西園にうだうだ訴えていたところだった。ちなみに、「何でも調達します！」とのたまった西園が何か調達をしてくれたことはまだない。騙されている気がする。

（きわめつけにボーリングするための金属管もなかった！）

良質の水脈はいくつか見つけたが、民の人口を維持してゆくために鉱物資源開発は急務だった。せめてそれを済ませてから集落を去ればよかったよな……などと彼の後悔は尽きない。

とはいえ鉄がとれる鉄鉱石的な何か。何でもいい。金銀銅に炭鉱、何か使えそうなものなら、と赤井はロイたちにも手広く鉱脈を探してもらっていたのだが……結局見つからなかった。

（こんな近くに資源が潤沢にあったんだな）

現実世界でもそう。資源は土地に偏在している。そこで持たざる地域に住まう赤井がしたことといえば、岩石に微量に含まれる銅に似た元素を元素組替で抽出し、それを砕いて集めて金属くずにし、熱で溶かして鍛えて鍋やら刃物やらを生産していた。地味でかつ地道だ。特別なとき、冠婚葬祭時に素民たちにおすそわけをすると、彼らは喜んでくれた。

思い起こせば彼の金属加工技術を盗もうとロイは何も言わず赤井の作業をずっと見ていたが、赤井は黙々とやっていただけで金属精錬の方法を教えてはいない。神様的な邪道はロイには真似できないし、製鉄法、製鋼法は安定した金属供給が確保できてから教えようと、赤井なりに考えていたところだ。

『ここは向こうの集落と違って鉱物資源が豊富なんだ。……交易できたら一発で問題解決なんだけど。その手は使えないのかな』

交易か、楽しそうだ！　と夢と希望が膨らむ赤井。

赤井の集落の売りは綿織物、絹織物に多種多様な穀物だ。手作りの民芸品もカラフルでかわいい。黒ばかり着ている味気ないコスチュームの第一区画民もお気に召しそうなもの……と、売り込む特産品を思い浮かべる。

『なんて妄想してる場合じゃないだろう、俺！』

彼らは何故か赤井を憎んでおり、赤井の集落に攻め込もうという設定で、赤井が手を打たない限り覆せない。目先の問題を解決しないことには。うまくいけば彼らを懐柔し和平へ持ち込み、交渉が失敗すれば捕虜として身柄を差し出す。その為にこそ、彼はここに来た。

『それで集落は助かるよな……てか、あの片手剣もどきの金属何使ってるの？　何の素材ででできてるのあの金属？』

飛翔したまま白衣を空にバタバタとはためかせ、青い空をくり抜くように大きく長方形を描き、慣れた所作でインフォメーションボードを呼び出す。彼はアガルタのあらゆる物質の材質を、インフォメーションボード内に捉えることで材料解析することができた。

ボードのタッチパネルに指先で触れ、時計回りに大きく回す。右回転でズーム、左回転でズームアウト。片手剣もどきの金属部分をボード内にキャプチャしてトリミングだ。

『迅速材料解析』

インフォメーションボードには生データがずらり。といっても化学的構造が３Ｄ変換されボードに転送される。赤井は大抵のものは分子構造を見れば、物性までは見当がつく。

ボードの中で演算が終わり、データが美しくまとまった。原子および分子構造式とともに、初めて見る蛍光色のグラフが積層状に出現する。ポップアップ画面が立ち上がる様子に似ていた。

一つのウィンドウに赤井は目をみはる、平衡状態図とラベルされた図形が出現したからだ。これは単一元素ではなく、計画的に造られた合金状態にあるということだろうか。

読み方も心得ている。

鉄鋼業関係者ぐらいしか関心のない分野であろうが、彼は科学好きがこうじて、あらゆる分野をかじりすぎた。理系分野全般に限り、文系はともかく、勉強だけはやり過ぎというくらいしてきた。もともと生物学者になりたかった、という理由もある。ある一件を境に、挫折してしまったが。……彼は理学部生物学科出身だが、バイオ系以外には疎いというわけではなかった。その知識は、アガルタの世界では役立った。


逆に彼は神様的な、というかファンタジー能力に慣れなくて困る。

神聖結界を張れたり民を癒したり雨を降らせたり炎を出したり川の流れを止めたり、人の心を読めたり色々できるようになったものの、『その原理は？』などと考えると夜も眠れないらしい。……寝ないといえばそれまでだが。寝ないし食わないのにエネルギー収支的におかしいだろとか、信頼の力って何だ何キロワットで熱量どれだけで仕事量どんだけなんだよ、などと悩むのだ。

更には斥力がどうちゃら重力子が、まさかM理論がなんちゃらとかDブレーンの高次元世界がどうちゃらとか、興奮して徹夜でぐるぐる考えはじめる。くどいようだが、寝ないので無駄に時間はある。仮想空間中だからファンタジー能力はプログラムの仕様なのだと思い込んで力を使うが、彼は物理学的に理解できない力は慣れなかった。

いつか情報が全部詳しく数式で出てくることを願う。只今の結界は何キロワットで何ボルトの……というデータだ。そんな性分なので、インフォメーションボードが科学仕様なのは嬉しかった。濃度が横軸、温度が縦軸。液相、固相の比率をみる。これはＦｅ－Ｃ状態図に似ている。Feが鉄で、Cが炭素。

現実世界の場合は、鉄を主軸とする合金の状態図である。あくまでこれは、アガルタでの状態図で、現実世界のそれとは微妙に違う。

彼らが所持しているものは鉄に非ず、アガルタで採掘された金属だ。解析してもFeの原子的特徴が出てこない。……原子量的、電子軌道、スピン状態は見たことのない元素だが、合金で強度も大したもの。単一の鉱物だけではなく、強度を上げているようだった。

（この時代の人たちにしては信じられない技術力だな。向こうの民は合金どころか金属も作れやしないし、こんな文明に太刀打ちできるわけない。「太刀打ち」の「太刀」すらないって話だよ。集落ごと焼き討ちに遭ったら木造なんて一発じゃん、皆、泣きながら裸足で逃げ出すよ）

赤井はそんなことを考えながら第一区画内にこそこそと降りたち、どうしたものかと思案していたところ、背中に冷たいものが当たった。

やめぇぃ！　と手で振り払おうとして二度見。

背後から見張りに襲われ、その謎刃物をつきつけられていた。

彼は今まで集落で民に崇められ神様扱いされ気づかなかった様子だが、彼の姿はすこぶる目立った。赤井は遠い目をしながら、

（少しは変装でもしてくるべきだったよな……これ完全にアホだよ。お馬鹿だよ）

と自嘲した。赤い髪に赤い瞳といういでたちは、グランダでは「赤の神」しかいないようだ。おまけに、後光も放ちまくりだった。ケバケバ、ピカピカ、キラキラと、日替わりでバリエーションに富んで輝いていた。見つけてくれと言わんばかりだ。

（何で俺、暗い場所なんかに隠れたんだ、逆に目立ちまくってるじゃないか――い！）

自縄自縛、実にあっけなく捕えられてしまったわけだ。


愛想よく降伏し、赤井は鎖でこれでもかと全身を縛られながら、少しずつ兵士たちに読心を試みつつ、彼がこの地で憎まれている原因を推察する。彼は第一区画の民にとって凶悪な邪神とされているのだった。カルト的な何かの宗教なのだろうか、と赤井は首をかしげる。

（もうそういうのやめようよ、こっちは大迷惑だし、ロイはもっと傍迷惑だったよ）

一方的な決めつけに、反論もしたい赤井である。

（まず、君らに俺、何かしたっけ？　そりゃ何かしてたら謝るよ、スライディング土下座なり

謝罪するけど、俺が何したってことにされてんの)

そんな趣旨のことを兵士に尋ねてみたが、会話は成立しなかった。聞く耳もたず、だ。

城塞都市グランダには既に統治者がいて、邪神信仰を悪い意味でうまく利用していた。統治者が巫力で邪神を退けてるからグランダは平和だ、という具合の恐怖政治をやらかしているのだ。彼らのいう邪神の特徴はまさしく赤井の姿そのもの、業火のような緋色の髪と真紅の瞳……人々の血を啜り朱に染まった。それを統治者の一族が退けてきた、という神話がある。

(だからこのルックスは現実世界での目出し帽の色に由来するただの設定なんだって……)

などと間抜けなことを言える道理もなく。そんな伝説の邪神がグランダに乗り込んで来たとあらば、グランダ民が戦々恐々とする気持ちは分からないでもない。彼は単にのほほんと和睦を申し出にきただけなのだが。

兵士に乱暴に引っ立てられながら、背中ごしに彼らに読心術をかけ続ける。統治者のスオウは女王だという。よくわからないが、何故邪神に仕立て上げられなければならないのか、理由が知りたいところだ。

(スオウさん話せばわかる、話せばわかるって！)

しかし彼らが邪神は悪だと信じ込んでいる限り、話は通じそうにない。結局赤井は兵士二人組に連れられ、女王の間へ。背を蹴られ乱暴に突きだされ、女王の前に組み伏せられた。石造りの暗い部屋には、燭台が無数にあり、占いの館のような雰囲気を醸し出していた。呪術的な祭壇の上に動物の生贄。いかにも古代の祭祀を地で行っているという風情である。

室内は暗かったが、赤井は照明としても便利な神だった。赤井がいると明かりいらずだ。

フードをかぶった女王が赤井の目に入った。彼女の肩は小刻みに震えていた。そんなに怯えなくても、と口をすぼめる赤井。

(俺の顔、別に鬼みたいな怖い顔してない……してる？　してたっけ？　わかんないな)

彼はその気になれば神通力で金属の鎖など熱し引きちぎるし、全員相手でも負ける気はしないが、大人しくしておくのが賢明だと判断する。ロイに暴力を禁じたばかりだ。

「汝が邪神、とやらか」

汝って何だっけ。と聞き慣れない二人称に赤井は戸惑う。「わらわ」「拙者」「余」「麻呂」や語尾が「にゃん」「ぴょん」……ごく一部の秋葉原系ではそんな一人称、二人称も語尾も一周回って今更なのかもしれないが、赤井はオタクな知り合いがいないので違う意味で怖かった。

スオウという女王は恐怖に震えていたのではなく、赤井への憎しみに滾《たぎ》っていた様子だった。

女王は黒いフードを目深にかぶり口元しか見えず、背も高く威圧感がある。油断すべきではない、赤井は察知した。彼らは赤井の民とは違う、その性質も何もかも未知なのだ。巫女王の纏う雰囲気は冷淡で、憎悪の念がひしひしと伝わってくる。

しかし怯まず交渉だ。憎まれている原因は何となく理解できないでもないが、重要なのは誤解を解くことだ。邪神ではないこと、グランダと事を構えるつもりはないと、何としてでも分かってもらうほかにない。

『それは誤解です。過去に邪神と名乗った覚えもなければ、またそう評される行為をした覚えもありません』

「わざわざ出向いて何をしにきた。死と絶望と災厄を齎《もたら》しに来たというのか」

あら、これは説得は無理か。と赤井は漠然と気取った。一言一言に拒絶の意志を感じる。赤井は伝説の邪神と同じ姿をしているうえ、相手は思い込みの激しい集団のことだ。

『私は邪神ではありません。括目してよく見てください』

「余を愚弄する気か！」

彼女が鋭く合図をすると、部下が剣を抜きおどり掛かる。赤井は指一本動かさず眼力だけで強力な結界を張った。オーロラのような境界面が同心円状に二層、赤井の周囲に展開される。

外側の赤い結界は心理結界、内側の白いものは物理結界だ。

これらの結界には、素民は敵意をもって踏み込んではならない。外側のものは戦意喪失程度で済む、しかし内側のものは素民に危害を加える。彼らは赤井に斬りかかろうとしては結界にトラップされ、一歩も踏み込めなった。

赤井はまだ鎖も破壊していない。何もしていない。

後ろ手にされ縛り上げられたままだ。煌々とした輝きは、アガルタの神たる風格を見せつける。八年も神様役を務めてきたのだ。ただの素民相手にならば指先一本も必要としない。彼らが襲い掛かってはならない相手だ。ロイにありったけの神通力を授けて力衰えても、まだまだ余力はある。鎖を千切らないまま、素民を傷つけず動きを止め続けることはできる。

『落ちついて、話し合いをしましょう』

「正体を見せたな、邪神めが！」

残念なことに邪神の本領発揮、そんな風に見えているのか。俯き加減で優しく厳かに諭す。

『私は争いを望まず、あなたがたを傷つけません。拳を交えることなく、話し合えばわかりあえます。ですから……』

極限にまで畏怖した彼らを赤井は金縛りから解放し、真っ直ぐな視線でスオウを射ぬいた。兵士たちは戦意喪失し崩れ落ち、腰が抜けている。皆で仲良くしよう、そのために暴力にうったえず話し合いをしましょうよ、ここはユートピアなんだから、と訴えようとした。だが、

「滅びよ邪神！」

勇ましく叫んだスオウが掌底を繰り出したとき、赤井は後ろに弾き飛ばされていた。危険を察知した彼は空中で瞳を見開き鎖を瞬時に破壊すると、白衣の裾をさばいて天井に足場を取る。鎖は粉々に千切れ、床に煩わしい音を立ててぶちまけられた。

（今のは何だったんだ……？）

墨色のフードの下、その細い右腕に彼女は橙色の炎を纏わりつかせている。彼女が宙を薙ぐと熱風が吹きすさぶ。彼女は人間ではないのか。これが巫女王の巫力というものなのか、と赤井は肌で感じ取る。

彼女は顔を覆っていたフードを取り払い、遂にその姿を顕にした。流れるような長い金髪をはらりと散らせ、凛とした佇まいと、人形のように完璧な美貌を持つ青い瞳の少女。彼女はメグと同じ年頃のように覗えた。

飲み込まれるような美しさに赤井が見入っていたとき、彼女は床を強く蹴りつけ跳び上がると、恐れもせず間合いに飛び込んできた。物理結界で吹き飛ぶ、そう思った赤井は彼女を庇おうとしたがその必要はなく、彼女は赤井の二層の結界をすり抜けた。燃え盛る拳によって赤井はしたたかに腹部を殴られ床へと堕とされる。そして彼は彼女が放った四本の鉄杭で四肢を石畳に縫い付けられた。

『な……！』

この世界にログインして初めて、彼は身の危険と、命を獲られるかもしれない、という恐怖を知った。彼女に腹部を力任せに蹴りつけられ、踏みにじられる。身を起こそうとするも、不可能だった。全身の脱力がひどい。

(何で、力が入らない)

実力勝負で素民に凌駕される。起こりえない事象が畳み掛ける様に次々と彼を襲った。手首に穿たれた鉄杭が抜けない。神の腕力をもってして、抜けないわけがないのだ。

（まさか……神封じの杭、とか……そんな感じの道具、なのか？）

「ふん。口ほどにもなかったな、邪神めが。朽ち果ててゆくがいい」

彼女は部下に命じ取り寄せた宝剣を抜き、躊躇なく赤井の腹部に突き立てた。驚愕すらも置き去りにされ、彼は瞳を見開く。そこにある仮想現実を、受け入れられずに。

何が起こっているのだ？　たった今！

彼女は一体何者だ……人間ではない。邪神に憎しみをぶつけるこの黒衣の少女は何者だ!?

沸き起こる疑問と共に、赤井の意識は敢えなく消失した。

そんな経緯で。赤井は意識を飛ばし、彼は気づけばこうなっていたのだ。

（完っ全に油断してたんだよなあ……。女の子だったたし、なおさら）

赤井は城壁に両手足を縫い付けられ、更に腹部にはとどめのように剛剣を穿ちこまれている。高い城壁の門の上に……文字通り、磔だった。神は不死身なので牢に入れてもいつ破られるとも知れないとなると、素民の見えるところに吊るすのが一番だ。頭いいなあのスオウって子、と赤井は感心する。この世界にきてからというもの、赤井はこれほど生々しい素民の憎しみをぶつけられたことがなかった。

インフォメーションボードも呼び出せない。手が塞がっている。

この時間が永遠に続く可能性もあるのだろうか。手首に、脚にも遠慮なく神通力を奪う杭を打たれ、行動不能だ。構築士の奥の手であるコンストラクトも使えない。

助けはない、と覚悟すべきだった。西園担当官は監視しているだけで、この世界に介入できない。今現在は赤井の緊急事態ではあっても素民の緊急事態ではないため、構築士としての能力も完全に封じられていた。まさに八方塞がり、進退窮まれりだ。


高き城壁に邪神を晒した少女、残虐な巫女王スオウ。彼女は驚異的な巫力を持っていた。グランダの地に伝わる邪神伝説は真実なのかもしれない、代々のグランダの王たちは邪神を滅ぼすため己を鍛え巫力を磨き上げてきた。赤井は彼らを不憫に思った。いもしない邪神の為に。

(でも巫女王の彼女的にはやっと報われたのかな？　見事伝説の邪神をやっつけたんだから積年の重圧からも解放されてる頃だ、英雄ってか聖女だよメグと殆ど年が変わらないっぽいのに)

その日の夜は、太鼓の音が聞こえてきた。

(宴でもしていたのかな。彼女にはよかったね、と言いたいとこだけど)

そうも言っていられない。ここはスオウの支配地。赤井の民からの信頼の力は流れてこない。

呪いのせいか、声もかすれ声程度になってきた。清々しいほどの、全くの無力。不死身という以外、今はこの世界の住民と変わらないのだ。

雨ざらしにもなり。日干しになり。

容赦なく嵐が神体を打ちつけ体力を奪ってゆく。傷口から少しずつ失血してゆき、城壁には赤黒い染みをつくっている。敵国という隔絶された環境。たっぷりと蓄えていた神通力も徐々に底をつき、その身は完全に、遂に素民たちと変わらなくなった。

神通力を鉄杭に奪われ動けなくても、それでも彼は不死身だった。不死身であることをポジティブに考えていたのだが、どうもそうではなかった。

(どんな目に遭っても死ねないんだ。……我慢しないと)


一月が経過した。まだまだ一ヶ月だ、泣き言を吐いてはいけない。

(キリスト先輩、元気してるのかな？　この業界で磔もやったことないなんて、ひよっこだよな)

彼はとうとうそんなことを思う。

(徐々に経験詰んでいかないと……でも最初は辛い。最大負荷は知ってるけどここまで持続的だとさすがに参ってくる……)

グランダの民が、城壁を見上げては暴言を吐く。素民たちと会話をしよう思っても、彼らは耳を塞いで通り過ぎる。興味本位に近づいてくる者もいたが、結局は逃げ出した。

(これ、本当に仕事？　この世界はヴァーチャルで、本当にこれが構築士の仕事？　ただの悪夢だ……。これも俺の見通しが甘かったせいだ、素民が戦える状態なんかじゃなかった)

手足に腹、なにも局所的に痛むわけではない。磔は呼吸困難になるのだ。両腕をぴんと張り磔の状態になると、横隔膜が固定される。呼吸が浅くなる。神通力を失うまではそれでも何とかなったが、やがて彼の身には素民からの憎しみだけが集められ……。

彼は「信頼の力」で神通力を行使する神だ、「憎しみの力」は彼を痛めつけ消耗させる。


（ロイ、メグ……今頃どうしている？）

黙って素民たちのもとを去った赤井のことなどもう忘れて、正気に戻った素民たちと穏やかに暮らしているのだろうか。それでもいい、と赤井は思った。

（そういえばケンタに妹ができるんだったな、もう生まれてる頃だ）

（ヤスさん、前に腰が痛いって言ってたけど悪化してないか。長い間癒してあげられてないから心配だ）

（カイは彼氏、できたのかな。いつも相談に乗ってあげてたけど、そろそろできてるといいね。ロイはうまく皆をまとめているだろうか。メグはシクロ菜の収穫の時期だ、今年はどんな感じになったんだろう）

辛くなると、彼らと過ごした八年間の思い出で耐え忍ぶ。強がってはみても、苦しいのだ。

（でも君たちはもう俺を捜すな。ここに来てはだめだ）

彼らの憎しみは未だに赤井に向けられ続けている。赤井がここにいる限り、戦争は起こるまい。赤井の身に起きたことは、知られてはならない。

(知ったとしても、何事もなかったかのように暮らしてくれ。動いてはいけない)

ロイは間違っても頭に血が上って、与えた神通力を無駄撃ちなどしないように。数年もまた消費してしまう。

(その拳をふりあげてはだめだ。俺なら何年でも待っていられるから。暫くは耐えられるから、機を待つんだ。そして君は民を率い歴史の歩みを進め、豊かで強い集落を造り上げてくれ)

(――ああ、そういえば一つだけいいことがある)

見晴らしがよく、風通しのよい場所だった。素民たちの集落が遠くに見える。赤井はしばらくここからずっと見守って、素民の幸せを願っていればそれで満足だ。今は、彼らに加護は届かなくても。

二ヶ月が経った。湖の向こうに集落から立ち上る煙が見える。

(君たちはここのところ一日も欠かさず、ずっと強い火力で何かを燃やし続けている。昼夜問わず。今日も皆元気にしているようなら何よりだ)

薄々気づいていたが、煙の色が、変だ。

(そうか……鉱脈を見つけ、炎で精錬し、金属を手に入れようとしているんだな。ロイは俺の

技術を盗み見て学んでいたから、どうすればいいのか理論が分かっている。本当に頼もしいよ)

とうとう、無情のうちに半年が経った。……憎しみの力を受け続けた彼はもう、日中ほとんど意識がない。逆にそれがありがたかったりする。死なないながら、こうしてずっと生と死の狭間を彷徨うのだろうか。日が落ちてグランダの民からの憎しみの力が弱まると、夜は少し意識が戻る。

霞む視界で正面を見ると、いつもと同じ暗闇の風景に思わぬ色彩が加わっていた。それは彼の大好きな宇宙の星座か、あるいは懐かしい東京の街灯の群れのよう。遂に幻覚を見るまでになったのだろうか。

しかし彼は気付いたのだ。あの方角には彼の民の集落がある。そして湖のほとり一面に、彼がメグにあげた薬花が植えられている。だからあんなに明るく、煌々と水面が蛍光色に輝いているのだ。メグは花束から種を取り、そして湖畔に植えて育てていたのだろう。あの薬草の栽培は難しく、育て方も教えていない。メグは色々と工夫を凝らしたのだろう。しかし、赤井が与えた花束は確か青と黄色の蛍光の方が本数が多かったはずなのだが……。

(メグ、何だって君はそんなに赤い花ばかり植えてるんだ――)

早くかえってきて、あかいかみさま。
風に乗って、メグの声が聞こえた気がした。

第五章　追想・ロイの見た赤い青年

俺たちは生まれてからずっと、生きることに必死だった。

少しでも気を抜けば、死の足音が近づいてくる気がする。

メグが果物を捜す道すがら、草原で見つけた赤の青年。彼に出会うまでは――。


あの日、メグが白い衣を纏って帰ってきた。俺たちが見たこともない、温かくて白い衣を着て。皆、目を見張った。その日からというもののメグは彼のもとに通い、必ず食糧となる果物を持って帰ってきた。俺たちはメグの果物を皆で分けて、あとは自分たちでとってきたそれぞれの果物で、空腹をこらえて食いつないでいた。

メグが急に、彼を「あかいかみさま」だと言いだした。彼はもうすぐ俺たちを助けてくれると言っている、って。

俺たちは「あかいかみさま」と早く会いたいとメグに言ったけれど、姿を見せなかった。そして結局……病にたおれ苦しみ抜いて死んだナズを助けてくれなかった。

ナズが死んだ日に、彼は今更のように姿を見せた。

……俺たちは頭にきていたから、バルは彼を何度も殴ったけど、殴っても俺たちはナズのようになって死ぬんだと分かっていた。俺も彼のことが憎かったけれど、彼と話をしなければと声をかけた。

話を聞いたら。彼がナズの苦しみを代わりに受けていたようだ。彼は皆の苦しみを吸収して癒してくれる。彼はナズが死んだ原因がはっきりと分かっていて、どうすれば俺たちが死なないかを知っていた。そして、今度は約束通り俺たちを救ってくれた。彼は本物の神様だった。今度は皆もそう信じた。


それが最初の出会いだ。

彼と出会ってより、彼は傍にいて俺たちを守ってくれている。彼は信頼の力を神通力に変え俺たちを救い、俺たちの苦痛もその身に受ける。辛い時もいつも身代わりになってくれる。

彼は呆れるほどのお人好しで、分け隔てなく優しく、愛情深い神様だ。俺は彼より優しく、そして強い人間を、一人も知らない。

そして皆は誤解しているけど、彼の本当の名前はきっとアカイ、神様が使う文字でいうと「赤井」って書く。名前ぐらい間違えずに呼んであげないと。間違っていたら気の毒だ。

俺とメグは日々、朝から晩まで彼に学んだ。日々の労働と比べたら、学ぶことは楽しかった。

メグは時々甘えて真面目にやらなかったけれど、俺は彼の全ての智を学ぼうとして、くらいついて学んだ。彼が俺に教えてくれることのほかに、彼が実際にやっていることも何とか覚えようとした。彼は何でも知っていて、何でもできる。彼は時々俺たちの知らない文字を書くけれど、あそこに多分、この世界の本質が書かれている。隠れて解読して俺も実際に使おうとしてたら、警戒されてしまった。神様の力の秘密を知られたくないみたいだ。

彼はまた、独り言をよく言った。俺たちには見えないけれど、他の誰かと話しているみたいだった。

彼が皆に目を配ってあらゆることを教えて、集落には家が建ち、畑ができ、大きな動物が獲れるようになり、火が使えるようになって、次々と人が流れ着き、赤子も増えてゆく。俺もメグもカイも成長して、暮らしは楽になり安全になり、そしてあまり誰も死ななくなった。

その代わり、彼はずっと眠らず休まず働き通していた。彼は疲れないから、ずっと働いている。俺たちは少しずつ成長しても、彼は同じ姿のまま変わらない。同じ洞窟に住み、休む間もなく働いて力を蓄えて、俺たちを守ってくれている。

彼は赤い髪と、同じ色の瞳をして身体が暗闇で見ると輝いている。誰もが見とれてしまうほどきれいだ。一人一人に言葉をかけて、声は人間のそれとは違う、頭の中ににじわりと響いてくる。

誰かが傷ついたり不安になったら、祝福して俺たちを癒してくれる。俺もメグも彼の癒しを受けると元気になる。白くなめらかな長い衣を纏い、やはり白い布を肩に巻いて、裾を引きずって歩く。俺は一回彼を怒らせたくてよく裾を踏んだけれど、彼は結局一度も怒らなかった。

神様はずっと同じ姿だったけれど、皆の信頼の力に支えられて強くなっていった。強くなった力は自分のために使わず、畑に雨を降らせたり、火災を鎮めたり、川の流れを止め、病を癒し……俺たちの為に全て還してくれた。彼はずっと、俺たちのことばかり考えてくれている。

神様は不変にして、永遠なるもの。でも彼はどこから来て、そしてどこへ行くんだろう？彼の真意を知りたくて何度も問答を重ねたけれど、彼の心を知ることはできなかった。

そして、何が目的で俺たちを守り続けてくれるのかということも。

彼の心など何一つわからないまま、俺たちは大人になった。しかし神様は変わらない。

月が丸く明るくてきれいだった夜、初めて彼と出会った草原で神様とメグと夜空を見上げた。空には無数の星が瞬いていて、神様は懐かしそうに星を眺めていた。彼は空から来たんだと言った。空に帰りたかったんだろう。

あの星が何故輝くのか、太陽と月がどうして空にあるのか、その時彼に色々と尋ねても、どうしても教えてくれなかった。星空の果てには何があるのだろうといつも不思議だった。俺は地上のことで彼が教えてくれたことはほぼ学び終えつつあったけれども、宙のことはわからない。でも彼は全てを知っているようだった。

ふいに不安になって、俺たちはいつか歳をとって死んでいくのかと、俺とメグは神様に尋ねた。彼は、人は必ず死ぬものですと真摯に答えた。死んだら俺たちはどこに行き、あなたはどこから来てどこへ行くのかと尋ねると、それは私にも分からないと、寂しそうに笑った。

その代わり俺たちが死んで身体はなくなっても魂はいつか巡って、また会えるかもしれないと言っていた。死んでも終わりではないと聞き、俺たちは生まれたときから死ぬことに怯え続けていたけれど、その後はあまり怖くなくなった。

あなたはこの世界を創ったのか、と尋ねると、
私はこれから世界を創り上げようとしています、と月を見ながら穏やかな口調で答えた。

彼はそのために、ここにいるんだ。

ようやく、彼が俺たちと一緒にいてくれる理由がわかった。

俺はもともと身寄りがない。バルは俺を自分の子供のように思ってくれたけど、どうしても遠慮はある。だから俺は神様を本当の親のように思っていたし、神様もそう思っていいと言ってくれた。バルの家族と一緒に住み続けるのは悪いから、大人になると自立しようと思って自

分の家を建てた。一人だから、神様と一緒に暮らせるように大きな家を建てたけど、彼はどうしてか洞窟で暮らすと断わった。あんな居心地の悪く、冷たくて暗い洞窟で暮らすなんて……。

俺も孤独だけど、神様はもっと孤独だ。いつか彼が疲れてしまわないか。

人が多くなって、彼はますます力をつけた。皆も彼のことが大好きだから彼を見境なく追いかけまわす。彼は相変わらず誰にも優しく接したけど、四百人もの人全員を抱擁することに疲れていた。

彼が辛いなら、俺は元気だし祝福をやってもらわなくてもいい。そう思って行かなかったら、俺が行かなくても、わざわざ俺の家にやって来た。神様は気をつかいすぎだ、と思った。

メグは神様と一番仲がよかったので、一部がやっかんでメグをいじめていた。俺はできるだけ腕力にものをいわせてメグを守ってあげてたけど、神様は悩んでいるようだった。

そして、遂に神様は洞窟の中から出てこなくなった。夜になっても洞窟は静まりかえっている。俺は彼が洞窟に張っている結界を抜けられる。皆が心配そうに洞窟の前で待っていた。俺は皆に、もう神様を追いかけまわすのはやめろ、彼だって疲れるじゃないか。と本音をぶちまけた。皆反省して、わかったと言った。俺が様子を見て出てくるまで、皆は洞窟の前で待ってるつもりだと言ったけど俺は無理やり皆を家に帰した。

結界を破り、寒々とした洞窟に入る。神様の住む洞窟は広くはない。内部には水脈があって、乾いたなめらかな大きな岩が連なる。中に明りはなく暗いが、彼の体は輝いているので彼は別に火を必要としない。彼は寝ないし食べないから、寝床や食器、生活用品なんて洞窟の中にはなかった。彼は自分の白い衣以外には何一つ私物を持っていない。冷たい石の上に敷物もしかず座って、夜はいつも洞窟で皆のために仕事をして過ごす。俺たちのことばかり考えてくれる。

俺は火を持って踏み入ってゆくと、神様はこちらに背中を向け座っている。いつもは仕事をしている手を、今日は動かしていない。真剣な考えごとをしているさなかだった。

(皆やメグのことで悩んでいるのかな)

俺は岩の上に火を立てかけて置いて、彼を呼んだ。俺の声で立ち上がった彼は、いつになく悲しそうだ。

『ロイさん、大事なお話があります』

俺はその、大事な話というのがよくないものだと気づいた。彼は洞窟に一日こもって何を考えたのだろう、俺は彼から色々学んだけど、どれだけ学んでも彼の頭脳には追いつかない。そして俺は彼のように強くなりたくて色々やって自分を鍛えてきたけど、やっぱり彼の強さにはかなわない。人間の俺なんかに、神様である彼の心は知れないんだ。それが悔しい。

俺は彼のもとに寄り膝をつく。普通に立って話を聞いてもいいんだろうし彼もそうしていいと言ってくれたこともあるけど、俺が彼をどれだけ尊敬して慕っているか分かってほしくて膝まづくんだ。人間が神様の話を聞くときは、同じ目線ではいけない。俺たちは出会ったときから対等ではないから。

なぜなら彼はこの世界を創り上げようとしている神様で、俺たちはただ彼の意思によって生かされているにすぎない。彼は決して驕らないけど、本当は偉大な存在なんだ。

『私は近いうち、この場所を去ろうと思うのです』

俺の中で、最も恐れていたことが起こった。

ずっと一緒にいてくれると思っていた。彼の負担は大きかったんだ。彼の身体はいくら不死身だといっても、心まで疲れないわけがない。神様は遂にこの集落を去ると決意した。

彼が一度決めたら、もう揺るがない。

俺は無意識に、そして力任せに彼の腕を掴んだ。敵わないとわかっていても、呆れて気が変わるまでしがみついてやる。そう思って。俺の腕力が強いと、神様は喜んでくれた。

『あなたは強く逞しい青年となりましたね』

彼に近づこうとどんなに努力しても、俺は彼にはかなわない。その思いを素直に彼に伝えると、彼は困ったような顔つきをした。祝福を受ける彼の神体はよい香りがして清らかだ。肉体労働をして汗と泥にまみれた俺は汚れていて汗の臭いがするかもしれないけれど、少しも嫌がらずに皆と同じようにしてくれる。どんなときも俺たちの不安を拭い去ってくれる、それが彼の癒しの力だ。俺は直接、彼に信頼の力を返す。いつもどおりに。

これが俺に与える、彼からの最後の祝福になるんだろうか。そのつもりなんだ。

いやだ、そんなのは絶対にいやだ……。もう皆に気を遣わなくていいから、俺は一生祝福されなくても我慢するから、お願いだからここにいてほしいんだ。

あなたがいるだけで、俺たちは生きて行ける。神様、どうか俺たち人間を見捨てないでくれ。ナズを祝福した日、俺が彼を殴らなかったことを彼は覚えていて、それを評価していたようだった。誰に対しても、いつもそのようにしてほしい。そう諭された。

俺は首を横に振りながら、彼の顔を、人間のそれではない赤い髪と瞳を見上げる。しかしあなたは間違っている。俺が彼を殴らなかったのは賢かったからじゃない。あなたは頬を差し出したけれど、俺は怯えてあなたを殴れなかった。怖かっただけだ。

買いかぶりすぎだ。俺はそんなに賢く優しい人間じゃない。

『そのときと同じように』

そして俺の全身に、かつて経験したことのない苦痛が襲いかかった。この激痛はどこからきている。俺はすぐに、彼が俺の体に流し込んで与えているのだと気付いた。耐えられず、情けない悲鳴が俺の口から漏れる。

助けてくれ、神様。どうしてこんなことをする、俺が何かあなたの御心にそむいたというのか。俺はずっとあなたに従ってきた、御意志に沿うように。何か理由があるならすぐに教えてくれ、理由もなしには耐えられない。

一度苦痛が緩んだかと思えば、さらにたえがたい痛みが流し込まれる。最初と比べ、段々と時間が長く大きなものになってゆく。段階的に、痛みに俺の体を慣らしている。もう俺の意識はなくなりそうだ。気絶すればいいのに、気絶することもできない。

『……痛いのは分かっています』

彼は厳しくそう言い、なおも俺の体を離してくれない。何が慈悲深い神様だったあなたをそうさせている、彼の口調は感情的ではないけれど、きっともう正気ではない。色々なことがありすぎて、狂ってしまったのか……。どうして俺たちは気づいてあげなかったんだろう。不死身だけど彼はもう、疲れ果てていたんだ。今更になって分かった、だからこんなに狂ってしまった。俺たち人間のせいで。

もがいてももがいても、人間の力では神様の腕力にはかなわない。

ずっと忘れかけていた、死の恐怖がよみがえった。俺の周囲には彼の力の迸りが見える。神通力の全てが俺の中に苦痛として流れてくる。神様の力を直に受けて、人間がたえられるわけがない。俺の視界が真っ白になり意識が遠のきそうになったとき、彼は遂に手を止めた。俺の様子を、見ていたのか……。

永遠にも続くかと思われた加虐は終わり……静寂が洞窟の中に戻った。長い時間だった。随分苦しめられていた気がする。目の前が白くなって、視力が戻らなくて何も見えない。俺は岩肌に横たえられる。これから何をされるのか、俺は恐怖で身を竦める。彼と二人きりで、怖いなんて思ったことがなかった。俺は過去の思い出にしがみつく。あの日、一緒に星空を見上げた、優しかった神様、彼はどこに行ってしまったのだろう。

『……ロイさん、聞こえますか。よく耐えてくれました』

彼の声はよく聞こえている。彼は今度は、強い癒しの力を俺に与えていた。何故、傷つけたあとに癒すんだ。あなたの心がわからない。俺の視力が戻ってくる。何か言おうと思ったら、彼は見たことのないほど辛そうな顔をしていた。神様は、何がしたかったんだろう。

『……今日をもって、彼らを』

彼は俺に何か話し聞かせていたが、一体何を言っているんだ？　頭がばかになって理解がついていかない。すごく大事な話をしてくれてるような気がするのに、頭がそれを拒否している。

『――あなたの手に委ねます』

俺は彼の言葉を聞きながら、その言葉から逃れるように眠りへと落ちていた。

次に目を覚ますと、暗闇の中に光の筋がもれている。俺が持ってきていた火は消え……そうか、朝になってしまったんだ。はっとして起き上がろうとすると、俺の上半身には神様がいつも肩にかけて巻いている衣が、しっかりと何重にも巻きつけられて着せられていた。俺は嫌な予感がして彼の衣を着たまま、不安で胸をいっぱいにしながら洞窟の中に彼の姿を捜した。もぬけのからだ。もともと荷物なんてひとつもなかったけど、彼はここにはいない。

皆が俺を呼びとめて話を聞こうとしたけど、俺はそれどころじゃない。集落中を駆けまわって、集落の外も畑も、くまなく彼を捜しまわった。その間どれだけ走り続けても、俺の息はあがらなかった、疲れもしなかった。身体が軽くなっている気がする。それを不思議に思う余裕すらもなかった。

陽が高くなって昼を過ぎた頃には皆も異変を察して、ざわざわと集落の中心に集まり始めた。神様がいなくなったと聞いた皆は、悲しみに暮れて立ち直れなかった。

話を聞いただけで気絶してしまった人もいた。集落全員、大人から子供まで、四百人での大捜索を行ったが、誰も神様を見つけることはできなかった。

刻一刻、夕暮れは近づいてくる。陽が落ちてしまえば、今日は月も出ないから視界が悪くなって草原で方向感覚を失って迷う。俺はもっと草原の果てまで捜したかった、追いつくとは思わないけれど、今追いかけなければ彼はどんどん遠ざかってゆく。もう陽は落ちて真っ暗になっていたけれど、メグは泣きながら走って草原に捜しに行こうとした。

俺も一緒に行こうとして、あることに気づいてそれを止めた。

たとえ草原の果てまで探しに行ったとしても、それは無駄だということに気付いたからだ。

夜の草原には、群れを成して襲ってくる大型肉食獣、エドがいる。いつもは集落と草原全体に神様の力が及んでいたからエドの群れは遠ざけられていたけれど、俺はエドの遠吠えをすぐ近くにきいた。それに神様は空を飛べる。人間の足で追いつくはずがないんだ。

「メグ、やめよう。エドの群れがすぐ近くにいるみたいだ。エドがいるってことは、もう神様は近くにはいない。彼の言った通りになった」

「あかいかみさま、どこに行ったの……明日にはかえってくるかな？」

メグ、お前はそう言うけど、お前にも分かっているはずだ。彼は本当に、もう届かない程遠くへ行ってしまわれたんだよ。俺たちを置いて。


「ロイ、その服、あかいかみさまの」

俺が着ている彼の衣は淡く白い光を湛えていた。それが心強くもあり、かえって切なくもある。メグは色んな感情がこみ上げてきたみたいで、顔をくしゃくしゃにすると、俺に抱きついてきてわんわん泣いた。俺はメグがこれほど泣いたのを見たことがなかった。

ごめんな、メグ。

メグは俺の着た白い衣の裾を握りしめて泣いた。俺はこれを着ていても、お前の大好きな神様じゃない。でもこれを俺は神様に着せられたから、彼が戻ってくるまで着ていようと思う。

集落の中心に皆が集まって、火を囲んで皆がうなだれた。夜の導きとなるこの温かい炎も、彼が教えてくれたもの。

あのときみたいだ。ナズが死んだ日。弱い人間たちばかり何もできず、ただ寄り添って。彼は俺たちを見捨てて行かれたんだ。泣いていた皆も泣き疲れて、徐々にざわめきは消え、木を火にくべる音ばかりが聞こえてくる。自然と、俺に注目が集まった。最後に彼と会ったのは俺だって皆が知っているから。四百人分の視線を向けられ、皆が俺の言葉を待っていたけど、俺は何も言えなかった。言葉が出なかった。


だって、分からなかったんだ。彼が俺にどうしてあんな苦痛を与え……何をさせたかったのか。彼は俺に、集落の皆のことを任せると言ったけれど、俺は皆の心をまとめられない。人間は彼のようにはなれない。


「ロイ。話してくれ。一体、神様に何があったんだ。最後に何を話したんだ」

バルが真剣な面持ちでそう言ったときのことだった。

「え、エドの大群だあああ！　こっちに来るぞ――――！」

「エイラとカヤが襲われたぞ――――！！」

集落の見張りをしてくれていたヤスの悲鳴が聞こえた。

ああ……こんな時に、なんてことだ。神様の守りがなくなったから、普段から俺たちのことを狙っていたエドが大挙してやってきたんだ。

神様。どうしてあなたはいなくなってしまった。あなたの民が今、エドの大群の前になすすべもなく命を散らそうとしている。あなたがいるだけで、エドは集落に近づかなかったのに。どうして俺たちを見捨てたんだ。

「うわあ——ん！」

子供たちの泣き声に胸が引き裂かれそうだ。皆は恐れおののき、われ先にと逃げて家々に入り固く扉を閉ざす。そんなことをしてもダメだ……四足の巨大肉食獣、エドは鋭い牙と丈夫な顎を持ち、木を登り力が強い。木造の家ごと破壊され、小さな子供から食い散らされる。

誰が彼らを守れる？　この集落の中に、エドと戦ったものは一人もいない。狩りの名人のヤスも、エドを狩るのは避けている。エドは群れで行動し、一頭を殺すと集団で報復にくる賢い獣だ。俺は走って家に戻り、銛を取った。本当は恐ろしくて、逃げ出したくて腕が震えている……それでも、戦うしかない。集落の安全を預かった俺が一人でも多く、皆を守るしかないんだ。

俺は、夜の草原に雄叫びをあげながら銛を持って飛び出していった。エドの大群の中に真正面から突進する。

まず確実に一頭だ、頭部だけに集中して狙う。この銛は重く刃も短い、肉を切ることに向いていない。少しでも構造を長くもたせるために急所一点を突く。つまり頭部だ。ヤスも俺が突撃したので突っ込んできて、俺の援護をしてくれている、集落から何人か銛を手に、男たちが出てきて走ってきた。でもヤスはここのところ、投げるタイプの軽量化した刃物を使っていた。エドの皮膚は厚く、軽い刃物は通らない。近接戦の距離感がつかめず、ヤスはエドに銛を弾かれ無防備になった。

「ヤス！」

エドの群れは数十頭。俺は傷だらけになりながら、そのうち頭部、目、喉を突いて三頭を殺した。丸腰になったヤスを援護しようとしたところで、後ろから襲い掛かってきたエドに倒され脇腹に噛みつかれた。激痛が俺の体に迸る。

だめだ。このまま意識が落ちて死ぬかもしれない。……せめてもう一頭と、銛を振り上げた。脇腹から勢いよく、血が流れはじめる。傷はとても深い。

「ロイ——！　ヤス———！」

若い男たちが決死の覚悟で武器を手に走ってきたが、彼らは普段は農耕や釣り、建築など戦いには無縁の労働をしていて、体を鍛えていた俺や狩りをしていたヤス以上に戦い慣れていない。俺たちと同じ運命をたどるかもしれない。戻れ！　ここに来てはいけない。

でも集落はどうなる。

何もない場所にせっかく俺たちが長い時間をかけて作り上げてきた、俺たちの集落。そして皆の運命はこれからどうなるんだ。

神様。助けてくれ、やっぱりだめだ。

俺たちにはあなたがいないとだめなんだ。どうしてあなたは俺に苦しみだけを残して、遠くへ行ってしまわれた。これまであなたの行動に、理由のないことなど一つもなかった。エドの動きが、やけにゆっくりに見える。ああ、もうこれはいよいよだ。ほんの僅かな間に何ができるか、俺は必死に神様の言葉を思い出す。何か彼は教えてくれなかったか。大事なことを……。

彼は俺を傷つけたあと、俺を岩肌に寝かせ、ずっと何か言って聞かせていた。俺は聞こえていたけれど、あのときは彼の心が分からなくて、傷つけられたことが信じられなくて、にわかには理解できなかった。それでも……もう一度思い出す。彼の言葉を。

『大変な苦痛とともに、あなたに私の力を授けました。あなたは私の神通力の一部が使えるようになるでしょう』

消えていた記憶が……蘇ってきた。

『それは大切な四百三名の私の民……彼らを守るための力です』

俺の体のどこに、そんな力が秘められているんだろう。彼は苦痛と引き換えに、神通力を授けてくれたとは言わなかったか。

全身の力を振り絞り、もう一度立ち上がろうと試みる。彼は拳をふりかざしてはいけないと言ったのに、俺は見境なくエドを殺していた。俺が間違っていたんだ。

だからといってこの銛を手放すと無防備だ、でも俺は勇気を出して銛を手ばなし、無防備になって瞳を閉じ強く願う。そう、彼がたった一つも武器を持たなかったように。彼の力を受け継いだというのなら、誰かを傷つけてはいけないんだ。


エド、これ以上俺たちを傷つけないでくれ。集落を襲わないでくれ。

守りたいんだ、皆を。その代り、お前たちももう傷つけない。

今にも襲い掛かろうとするエドの群れの前に、右手をかざす。放たれた強い願いは雨雲を呼び、雷鳴を轟かせる。局所的に轟々と渦巻く嵐が発生し、天と地を結ぶ雷の壁が一直線に人と獣との境界線を分かつ。

雷を嫌うエドたちの群れはそれを見るや、ギャンギャンと怯えた声で鳴きながら、一頭残らず、尻尾を丸めて逃げ帰った。長い時間が経った。


降りしきる雨に打たれ、傷ついたものも、銛を手放して腰を抜かしたものも、そこにいる男たち全員が無言だった。俺は天を仰ぎ恵みの雨を全身に浴びながら、この空が、彼の去った場所に必ず繋がっていると信じた。

俺の涙と流した血は冷たい雨と混ざって、大地にかえってゆく。

「ロイ……その衣は……神様の」

ヤスが指差し、今更のように気づいた。ほかの皆も、一人、一人と気付き始め、口を結んだ。

「……大丈夫だ、皆。神様はまだ俺たちを見捨てていない。俺が受けついだ」

そう答えるので、もう精いっぱいだった。彼から与えられた力で俺が皆を守るべきなんだ。

俺はようやく、俺に彼が課した使命を理解した。


『0というのは1の前の数字で、何もないということです』

俺が子供だったころ。神様が俺とメグ、そして皆にも数の数え方を教えてくれた。

だから俺はゼロというものが何なのかを知っている。

1の前に数があるなんて、俺はその日は理解ができなかった。物体があるかないか、1か、1でない状態。「1の前」という状態。物体が物体になる前の状態に、神様は名前があるのだといった。俺の中にゼロという概念が生まれ、無という概念も同時に生まれた。

ゼロという数字を使いはじめてから、驚くほど物事は明確に、正しく導きだせるようになっていった。

同じものを十ずつに束ねて考えると、数が数えやすくなった。俺たちは数を知ることによって、長い縄を持ちださなくても、正確に長さと距離をはかることができた。それからというもの、ハクさんは同じ形の家を間違えることなくたくさん建てることができて、皆がそれぞれの家に住んで快適に暮らせるようになった。

俺たちは神様が教えてくれる数字に着想を得て、皆の間で共通の記号を一つずつ決めていった。記号の組み合わせを土に描いて、簡単な情報のやり取りができるようになった。もっとたくさんの情報をやり取りできるようにしたかったから、神様に数字以外の記号を教えてほしいと言ったけど、神様はほかの記号を教えてはくれなかった。

『確かに私が教えることはたやすいのですが、あなたたちが考えることが大切です』

彼は決まってそう言った。全てを知っていたのだろうけれど、彼が教えてくれることは限られていた。

あの頃、俺たちは皆で食事を分け合って食べていた。皆はいつ食事を食べたらいいのか分からなくて、皆がメグの母親のマチとメグの小さな妹のカイに、食事はまだかと何度も聞いて、マチとカイもうんざりしていた。神様は、日が一番高く昇ったときに、食事をすると決めればいいですと言った。

でも俺たちはいつ、日が高くなってるのか分からない。ずっと太陽を睨むのも大変だ。

俺は集落の真ん中にカイが立てていた木の杭の下に伸びる影が、一日の間にゆっくりと変化することに気づいた。俺は、影がここに来た時に食事にしたらいいと皆に提案した。俺の案は受け入れられ、皆の食事をいつにすればよいのか分かるようになったから、マチとカイに食事がいつなのか尋ねる者はいなくなった。そして影と光の関係を利用した、皆の間での決まりごとは増えていった。

その後、メグが神様と一緒に、皆が食べる分の畑を作り始めた。

メグはまだ小さかったから、重い水を運ぶのが大変そうだった。彼女は最初は土器に入れて水を運んでいたけど、何回も運ばないと畑に水がいきわたらない。彼女は途中で、畑の隣を流れている川の水を畑の方に流せばいいと思いついて、神様にそう言っていた。

神様はすぐにメグの言った通りにしてくれた。木の板で川の水を引きこんで、メグの畑に送り込んでくれた。メグはたくさん水が流れてきたので、跳びあがって喜んだ。

『あなたが考えたものですから、あなたが名前をつけてください』

新しいことを発見するたび、発見した人が発見した物事に自分の好きな名前をつけていいと神様は言った。本当は、その正しい呼び名を知っていたんだろうけど。ときどきぽろっと変な言葉を言っていた。例えばメグが神様にお願いして作ってもらった水の通り道、たぶん神様の言葉でいうと「水路」ってやつなんだ。メグは張り切って、ナサラって名前をつけていた。

神様は最初からどうすれば物事が最善になるのか知っている。

でも俺たちが考えることに価値を見出していて、肝心な部分は教えてくれない。メグは重い水を何回も運ばなくてもよくなったけど、いつも畑に水が流れていると折角の作物が水浸しになって腐りはじめた。

メグが困っていたみたいだから、俺は、水路、いやナサラの入り口に仕切りをつければ水の流れを止められると言うと、神様は仕切りを作ってくれた。彼はわざと知らないふりをして、誰かが気づくのを待っているようだった。

だから俺は、神様が自分でやっていることは、それが何であれとにかく何でも真似をして覚えようとした。きっとそれは、俺たちが考えつかない「最善の答え」であり、覚えていれば必ずいつか役に立つ。それが分かっていたから。

そうしているうちに、彼から盗んだ俺の知識は、俺が原理を理解できるものも理解できないものも含めて、どんどん膨れ上がっていった。役立つものも、役立たないものもきっとあるけど、俺にはどれが役立つのか分からないから、その時はとにかく彼の知識を盗んで詰め込むだけ詰め込んだ。

――そうしておいてよかった。そう、今では思っている。

全てを知っていた神様が去って、俺たちの集落にはもう、俺に答えを教えてくれる人は誰もいなくなった。皆が俺に色んな事を聞くようになって、教えられる側から、教える側に回らなければいけないと分かった。彼が俺にそうしてくれたよう、俺は子供たちを集めて俺の知る限りの知識を伝えることにした。情報をやりとりするための記号、神様のいう「文字」を教え、数の概念を教え、作物を育てる方法をメグが教え、建築をハクさんが、測量をバルが、料理を皆が協力して、子供たちに彼らの知りうる限りの知識を伝えはじめた。

神様。あなたが俺たちに残してくれた知識は、俺たちだけのものではない。あなたが教えてくれた全てが、弱い人間である俺たちがこの世界を生き抜くために必要なもの。いつか俺が死んでたとえ神様が帰って来なくても、この集落の皆が生きていけるようにしておかないといけない。俺や皆が得た知識は、あなたがいなくても受け継いでゆく。

メグは、彼がいなくなる前にもっと学んでおけばよかったと悔いた。皆同じように、危機感がなくだらけていたことを反省した。俺は、学ぶのが好きだったから、皆のぶんまで学んでおいたから心配しなくていいと言った。皆は俺にありがとうと言ってくれた。

しばらくすると、俺が教えている子供たちが、神様のことを忘れられなくて、彼の衣を着ている俺に「祝福してくれ」と言って甘えてくるようになった。俺は嬉しかったけど、俺は神様ではないから断るべきだと思った。でも神様はどんなお願いをしても絶対に断ったことがない。俺はそのことを思い出して、気は進まなかったけれど祝福をしてあげることにした。

俺の体がくさいと皆ががっかりすると思った。
なにせ神様はとてもいいにおいがして、皆それを覚えている。俺もいつもきれいな水で身体を清めるようにして、せめてにおわなくした。そして子供たちを抱擁してあげるようにした。
祝福を真似してやると、俺は彼らに癒しの力を返してあげることができた。かつての神様の何十分の一かでしかないが、彼らは癒されたと言って心を落ち着け、それほどひどくない怪我なら癒せるようにもなっていた。皆を癒すと神通力が体から出ていくかと心配していたけど、神通力は祝福をしても減らなかった。俺も安心して、子供たちに祝福をしてあげた。

俺もメグも、ゼロという概念と、加算減算、乗算に除算、微分に積分、数列に行列の方法を知っている。だから彼が俺に与えてくれた神通力は、無限のものではないということも知っている。際限なく使えば、いつか必然的にゼロになる。だからこの大切な力が長持ちするように努めようと思った。

確かに神通力による雷や炎の攻撃はエドを退け、皆を守ることができる切り札だ。皆は俺の神通力で守ってもらえると思って安心しているけど、むやみやたら神通力を使っていると、使い尽くす。エドや他の獣に襲われても、神通力を使わなくても追い払えるようにしないといけない。もっと丈夫な銛やエドと戦うための道具が必要なんだ。

——俺たちが使っている、すぐに壊れる石と木の銛ではなくて。

俺は、時々神様が皆の幸せを祝うためにくれていた丈夫な「金属」という素材で銛を造ればいいと知っていた。「金属」の鍋や道具は丈夫で、そうそうは壊れない。金属の刃を磨くと石の刃より鋭くなり、切れ味がよく何でも切れる。

でも神様は料理をしたりする小さな刃や、鍋や小物しかくれなかった。金属を造るための材料が十分にないから大きなものは造れないんだと言っていた。神様の力で少量の金属を出すことはできるけど、もっと大きなものを造るためには、鉱脈を見つけなければいけないって。

神様が去る前から、俺も神様も、実はずっと金属の材料となる鉱脈を探していた。だからここにきて鉱脈を見つけることの大事さが分かった。となると、俺は毎日山や川、草原を朝日が昇り日が暮れるまで歩き回り、神様が言っていた鉱脈を探してまわった。そして何日も何日も探してようやく、赤茶色の岩がたくさんある場所を見つけた。神様が言っていたのは、これかもしれない。

俺は懐から束ねた薄い木の皮を取り出し、それを注意深く読んで赤茶色の岩と見比べた。

色々なことを忘れないように木皮に記しておいて、本当によかったと思った。

この木皮に記された記憶は記したときのまま、ずっと変わらない。俺が覚えていなくても、こいつがずっと覚えてくれている。

どうして俺がこの木皮を持っているか。それは神様の言葉を記すためだった。

俺は以前、神様が神通力を使って金属を造る様子を傍でじっと見ていて、神様が時々砂地に描く不思議な記号を丸暗記しようとしていた。それがこの金属の造り方を記しているのだと、分かっていたから。なぜなら、その記号の羅列の中には＋という文字と↓という記号を含んでいた。


そう、加算の＋と、方向を示す↓なんだ。

何かと何かを加えると、何かになるという式。そこまでは俺にもわかっていた。だから数式のように計算して、神様はその金属を間違えず造ることができる。結果を予測しながら、彼は金属を造る。数学に似ているその方程式は、意味さえ分かれば簡単に理解できると思っていた。


でも神様は、俺がその記号を見ていると気付き、砂面をかき混ぜて消してしまった。その文字の読み方を教えてほしいと正直な気持ちを言うと、それはできないと断った。昔からずっと、神様が俺たちに教えてくれることにはかなりの制限がかかっていた。それもその一つだ。

俺は思い余って、何故数学は教えてくれたのに他のことはだめなのかと聞くと、物事の真理を教えることはできるけれど、神様の文字を人に教えてはいけないからだと言った。

その後二日ぐらい俺は悩んで、あれをどうにかして教えてもらえないかと考えた。

そして俺は川辺に佇んで皆が釣りをしているのを見ていた神様の前に勢いよく膝をつくと、

砂地にいくつかの新しい記号を描き始めた。神様はじっと見ていた。俺は考えてきた全部の記号を砂に書き、無言で見守っていた神様を見上げた。神様の赤い瞳がまんまるになっていた。

「人間が使うための記号を考えてきました。神様の文字を使ってはいけないなら、これを使って新しいことわりを教えてください」

彼はあっけにとられた顔をしていたけれど、暫くして、わかりましたと言って俺のひらめきを喜んでくれた。

そして俺が考えてきた記号の周りに、一つずつ、小さな「・」をつけていったんだ。最初の記号には一つ、次の記号には二つ……俺は二十個考えてきたから、最後の記号には二十個つけるのかと思ったけど、神様はある一定の数になると、外に点を書き加え始めた。何か規則があるみたいだ。俺はわくわくしてそれを見ていた。数学とは少し違う。

『あなたの考えた記号を元素といい、私がつけたこの点は元素の持つ電子といいます。電子を一つだけ持っているのが、これです』

彼はすっと最初の記号に指をさす。

そして、八番目の記号を砂地に描き、一番目の記号を少し下げて、左右に一つずつぶらさげた。

『この組み合わせとこの配置が、あなたがいつも飲んでいる、水を示します』

俺はまた一つ、世界の真理が明らかになってゆくのを感じていた。

電子の配置や、電子の振る舞い、原子や元素の性質……彼は熱心に俺に教えてくれたけれど、ずっと彼の話を聞いていると、俺はなんだか頭がこんがらがってきた。

途中からお話が分からなくなりました。

恐る恐る白状すると、神様は砂に書いていた記号をすべてかき混ぜて消した。ああ……何で消してしまったんだ……。俺が落胆していると……。

『ここから先はきっと、今までのようにあなたの頭の中には詰め込めません』

はっきりとそう言われて、俺は落胆した。教えても無駄だと、見切りをつけられたような。そうなのかもしれない。どれだけ背伸びをしてもやっぱり俺は神様のように賢くないし、これほど情報が多いと暗記してずっと記憶をとどめておくことも難しい。理解がついていかないってことなんだ……神様はもう教えてくれないってことなのか。と、うなだれていると。

神様は俺を励ますように、にっこりとほほ笑んだ。

『これからはあなたの頭の外に、記憶を出すとよいのですよ』

俺は彼の意図に気付き、彼の言葉を残す方法を考えた。翌日、俺はなめらかな木皮と、木皮を傷つけるための小石を持って彼をたずねた。彼は、俺をとても褒めてくれた。俺の記憶を外に出し、持ち運ぶこともできた。その方法はやがて、皆も真似をして、土に描いてすぐ消えていた情報が不変となり、皆の間で情報をお互いに伝え合うことができるようになった。

最初の木皮には、元素周期というものが残された。来る日も来る日も、彼のもとで何枚もの木皮に、彼から学んだ化学式というものを神様の使う言葉でなく俺たち人間の言葉で刻み続けた。俺は金属を造るために必要な元素と性質を丁寧に学び、そして家に戻って木皮で復習して、やがて理解できるようになっていった。

その経験が生きて、鉱脈がどんなものか、俺は大まかな見当をつけられる。緊張しながら手で触ると、手に色とにおいがつく。これは俺の手の脂と金属が反応したニオイ、独特のにおい。俺はこれを知っている。神様が一番欲しがっていた金属の原材料なんだ。

ゆっくりと天を仰いだ。神様。この恵みを感謝します。

これは俺が二十六番目に考えた記号を含む遷移元素で、熱をかけて融けはじめる温度が普通の元素より高い。赤茶色は、八番目の元素と強く結びついているから。炎で熱をかけ、八番目の元素を剥がし溶かして不純物を取り除けば、原子番号二十六番の金属が得られるはずなんだ。

この金属原子は立方体形の構造で、溶かした直後は構造的に隙間だらけだろうけど、結晶体の空隙をなくすことによって強度が得られる。熱をかけた後叩いたり、圧力をかけてもいい、それだと低温ですむ。もう一度高温の熱をかけてもいい、とにかく結合間の空隙を外に追い出せばいい。俺は集落の男達を呼び、赤茶色の鉱物を少しずつ運んで集落に帰った。皆、何に使うんだろうといって首をかしげていたけど、とにかく運んでくれと俺は運んでもらった。

俺は集落の外に岩を組み、赤茶色の金属のもとを溶かすための炉を造った。高い温度をかけて溶かさなければいけない。俺の神通力の炎の温度は、木を燃やして立ち上る炎のそれよりも高いはずだ。金属を造るときに、何故神通力の炎を使うのかと俺が尋ねると、神様はそう言っていた。神様の力を使えば高熱がかけられる。風を起こして新鮮な空気を送り続ければ、八番の元素を媒介として燃焼は続くはずだ。

集落の皆がぞろぞろと見物に集まり、炉を囲んだ。俺は神通力を込め炎を起こし、燃え盛る炎を炉の中に入れ、鉱石を炙る。

もうもうと煙が上がり、煙は天高く立ち上ってゆく。

メグが眩しそうに空を仰ぎ、あかいかみさまに届いているかなと言っていた。

第六章　追想・メグの赤い花

ロイは私より年下の男の子。家族のない、一人ぼっちの子だった。

昔は小さくやせっぽちで、ロイは身寄りがないからいつも私たちの家族と一緒だった。でも本当の家族じゃないから、私たちの家族に悪いと思ったのか、何かあるたびに遠慮してたんだ。たとえばわざと自分の分を減らして、たくさん食べなかったり、かかさまにも甘えず寂しそうに一人でよく遊んだり。気を遣わなくていい、って私はいつもロイに言ったけど、ロイは気を遣ってなんてないよ、って真顔で返事をした。そんな子だ。

ある日、草原に食べ物をさがしに行っていた私が、あかい眼と髪の毛をして、白い服を着た人を見つけた。それがあかいかみさま。空から落ちてきたんだって。落ちてきたのなら空に帰らないの？　って聞いたら、飛べないんだって困った顔をしてた。

それからというもの、私はあかいかみさまが住む洞窟に毎日通った。かみさまはすごく物知りで、なにもないところから何かを創り出せる、不思議な力を持っていた。でも、誰かがかみさまを信じてあげないと力が出ないんだって。

強くて弱い、不思議な存在。

かみさまの祝福は温かい。色々な不安が消えて心が落ち着く感じ。私はかみさまに優しく抱いてもらうのが好きで、よくやってもらった。

そのたび、私はかみさまに信頼の力を返して……それがかみさまの力の源なんだって。私たちは足りないものをお互いに補い合っていた。

私はかみさまに早く集落の皆と会ってもらいたかったけど、かみさまはあにさまが死ぬまで、誰にも会ってくれなかった。あにさまが死んだ日、私はかみさまのことが大嫌いになった。

だってかみさまは、あにさまを助けられたはずなんだ。

皆で集まって、もうかみさまのことはあてにしないって決めたけど、ロイだけはそれでいいのかって言ってた。だってその時には、皆のお腹が痛くなってきていたから。すごく嫌な予感がした。私たちにも死が近づいている。でも、死ぬって何なんだろう、私にはよく分からなかった。あにさまと同じように、死んでしまうのは嫌だ、死ぬのは怖いって、ロイだけはそう言ってた。私たちはどうすればいいか分からなかった。

ロイはかみさまのところに行って話をして、なぜか果物を持って帰ってきて私たちに一個ずつ配った。それはかみさまがつくったお薬の入った果実だった。皆のお腹の痛いのが少しずつ治って、その結果集落の全員が助かった。ロイはそのとき、かみさまがあにさまを助けられなかった理由は、あにさまより強い痛みがかみさまに流れていたからだ、と教えてくれた。

それを聞いて皆は、それじゃ仕方がなかったと思った。

だってあにさまは、痛くて痛くて体が動かなくなっていたから……かみさまも草原を歩けたわけがない。かみさまは私たちに謝ったから、皆で仕方ないよと言ってあげた。でもそのことをずっと気にしていて、もっと力をつけたらできることが増えて多くの人を助けられるかもしれないって言った。そのために力が欲しいって。

私は悪いことをしたと思った。かみさまのことも知らずに。

私たちはもう一度、そんなかみさまを信じようと思った。

そして私たちはあかいかみさまと、一緒に暮らしはじめた。

ロイはかみさまのことを本当の家族のように思ってたみたいだ。かみさまになついて甘えて、嬉しそうだった。ロイがやっと心を許せる人ができて、私も嬉しかった。

そのうち私たちはあかいかみさまから、勉強を教えてもらうことになった。私たちのかしこさは最初は同じだったけれど、ロイはみんなよりたくさん勉強して、ほんの少しずつ誰よりも多くの努力を繰り返しているうちに、集落の誰よりもかしこくなった。私は植物を育てたりするのが得意だったから、かみさまに農業を教えてもらった。他の皆も、それぞれ違うことをかみさまから教えてもらっていた。そしてそれが得意分野になった。

ロイはたくさん食べて体を鍛えて、昔のようにやせっぽちではなくなってたくましくなった。やっぱり、ロイは昔、私たちに遠慮して食べ物をあまり食べなかったんだと分かった。

私たちが大人になるころには、集落は豊かになって人も増えてきた。

でも、それは突然のこと。あかいかみさまが集落からいなくなった。

その日、ロイがあかいかみさまの衣を着て、かみさまの住んでいた洞窟から出てきた。かみさまから集落のことを託されたって……。ロイはかみさまの神通力も受け継いで、勇敢にもエドの群れに一人でつっこんで、エドを雷で追い払った。その力を見て、これからはロイがいなくなったかみさまの代わりになるんだと、皆がそう思った。

皆はかみさまに置いて行かれたのが悲しくて、忘れられなくてたくさん泣いた。私も泣いたけど、なんとなく、いつかこんな日が来るような気がしてた。なぜなら、私はかみさまと仲がよかったから、それが原因で皆に色々ひどいことを言われて辛くなって、あかいかみさまの洞窟に行って祝福してもらった。私が泣いていたから、あかいかみさまは私を元気づけようとして、見たこともない、暗闇の中で光を放つ花束をくれた。


かみさまの本当の名前を教えてもらったのは、そのときだ。私のことを信頼している証に、私だけに教えてあげるって。

本当の名は、キッペイっていうんだって。自分で名前をつけたのかって聞いたら、自分ではなくて、かみさまが元いた世界にいるお父さんとお母さんにつけてもらったんだって。本当はかみさまはひとりじゃなくて、かみさまたちの世界に家族や友達がいたみたいだった。

空から落ちてきたかみさま。

突然家族と引きはがされて、この世界に来たのかな。昼間の空も夜空も、空を見上げるのが好きで、早く空が飛びたいといっていた。そんなに見上げて、空に帰りたいの？　ってきいたら、いつか帰りたいって。

私は帰らないでほしいと思ったけれど、言えなかった。

私とかみさまが出会ったころ、かみさまは力が弱くて誰にも信頼されていなくて、空も飛べなかった。でも長い時間をかけて皆に信頼されてかみさまは強くなって、その頃には高く空を飛べるようになっていた。

だからもう、もしかしたらお別れのときが近づいているのかもしれないと思っていた。


かみさまにあとを任されたロイは、集落の誰より賢くて強くて力がある。だから皆がロイを頼りにしはじめた。ロイもかみさまのことが忘れられなくて最初はくじけそうだったみたいだけど、自分がしっかりしなきゃって皆をまとめはじめた。荷は重かったはずだ。

ロイは何日も歩いて探して赤茶色の岩をとってきて、集落の外で金属ってものを造り始めた。最初にできたものはボロボロになって壊れやすかったけど、ロイは工夫して、赤茶色の岩を溶かしたものと色んなものを混ぜて丈夫になるように試した。

ロイは最初、神通力の炎を使っていたけれど、それじゃ神通力が勿体ないからって、木材を燃やした。でもすごくたくさんの木材を燃やさなければ赤茶色の岩を溶かすための熱がかからないって気づいて、また数日いなくなったかと思うと、今度は固くて真っ黒い石をごろごろと持って帰ってきた。

なんか六番目の元素が固まりになって崖に埋まっている場所を見つけたから削って持ってきたって言ってた。六番目の元素って言われても私たちにはさっぱり分からなかったけど、ロイが木皮に描いていたかみさまの言葉を思い出しているみたいだった。

黒い石は火をつけると、真っ赤になってよく燃えた。私たちは何で石が燃えるのかわからなかった。ロイは、本当はこれを使わなくてもこれの二倍の熱量が出て、よく燃える黒い液体があるんだけど、と言っていた。ロイはそれが燃えることを確かめると、なぜか先に蒸し焼きの窯を造って、その黒い岩を蒸し焼きにした。十六番目の元素が邪魔なんだって。

蒸し焼きのあとの黒い岩は、少し薄い黒色になって穴がたくさんあいてパサパサになっていた。ロイはそれを細かく砕いて赤茶色の岩と混ぜて火を入れると、またパサパサの石は燃えはじめた。いい具合に反応して、丈夫な塊ができた。ロイは塊を持ってほっとした顔をしていた。

そのあと、たまたま誰かがロイの蒸し焼き窯で木を蒸し焼きにした。すると、木はいつもの燃えカスみたいに白くならず、真っ黒になった。ロイはそれも六番目の元素かもしれないと言って、燃える石と同じようにやってみたら同じようにできた。

でもロイは、どこかの崖にたくさんあった、黒い燃える石を使うことにしたみたい。木は家の材料にもなるし、皆がたくさん使わなければならないから。大事にしたいって。

次にロイは、エドが集落を襲ってこないよう、集落に沿って木で囲いを造ったほうがいいと言った。せっかくだから、エド以外の何が来てもいいように丈夫な囲いを造ろう、とも言って。

「木を伐り出し、それを集落に沿って立てて集落をかこもう。神様が戻るまで、俺たちの集落を守るんだ」

もうエドに襲われたくない、あんな怖い思いは二度としたくない。皆の思いは一つになった。ロイは先頭に立って伐採し、木を運んだ。とても重いけれど、ロイの体にはかみさまの力が宿っている。皆より多くの荷物を負うことができ、皆よりたくさんの距離を歩くことができた。

何日もかけて、集落の周囲に、立派な囲いをつくった。

皆で協力したから、皆で打ち解けあい、私も皆と何でも話せるようになった。男の人たちが柵をつくっている間、集落では私たち女の人もロイたちのためにご飯を作って、それで私は他の女の人たちと仲よくなり、それからはもう、皆とは仲良しになった。

囲いはできたけど、でもまだロイはエドのことが心配だった。

するとヤスさんが、いつも狩りをするときに落とし穴を掘るのを利用して、それでさらに周りを囲うとどうかって提案した。皆とてもいい案だと思ったので、柵の外に落とし穴を囲った。

そしてエドはもう、集落には入ってこなくなった。私たちは時々落とし穴に落ちるエドを、弱るのを待って皆で食べた。知らなかったけど、エドの肉は焼いて食べるとおいしかった。

私も何か皆の為にしなければ、と焦る。でも私にできることは、作物を作ったり、食べられる小さな動物の世話をして飼うぐらい。……どうしよう。私には取り柄がない。悩んでいたら、あることを思い出した。

私はそこで皆の邪魔にならないように小さな畑をつくり、ある種を植えてみた。種はやがて芽を出し、すくすく日光を浴びながら育って、見たことのない大きなつぼみがついた。そして私は夜、家を抜け出してこっそりと、畑に通ってつぼみの様子を見るようになった。

早く咲かないかな。今日もまだかな。

しゃがみこんで、じっとつぼみと我慢くらべ。明日には咲くのかな、少しつぼみが緩んできてる。この花は、夜に咲くんだ。そう思っていた。長い時間つぼみを見ていたら……。

「メグ、どうしたんだ。今日の昼間に、たっぷり水をやったばかりじゃないか。夜更かしをせずしっかり寝て明日にすればいい」

急に後ろから呼ばれて、背筋がひゃっとした。

夢中になって見てたから足音も聞こえなかったけど、後ろにはロイがいた。そっと近づいてきたみたい。ロイの体はかみさまからもらった神通力で少し光ってる。かみさまみたいだな……。私は泣きそうになるのをおさえて、明るく笑いかける。

「ロイも寝ないと、明日疲れちゃうよ」

ロイはみんなのために、夜も見回りをしてくれてるみたいだから。ロイは神通力が使えるから、普通の人にとっては危険なことをすすんでやってくれる。これもその一つ、ロイは皆のことが心配なんだ……昔、あかいかみさまが皆を心配して守ってくれたように。

「俺は神様の力をもらってるから、あまり疲れないんだ」

「でもロイは人間だから、心は疲れてるよ？　頑張りすぎて心が疲れて、かみさまみたいにどこかに行っちゃったら……」

いなくなってしまったら、私は今度こそどうすればいいのかわからない。

ロイがこの集落の中心になっているから、皆も悲しむよ。そんな私の思いは、ロイに通じたみたいだ。

「ありがとう、心配してくれて。俺ももう休む、メグも一緒に帰ろう」

ロイは見回り、私はつぼみの観察をやめて、それぞれの家に戻ることにした。

帰り道の途中、ロイはあの花は何なのか聞いてきた。きれいに咲くまでは誰にも内緒にしておくつもりだったけど、ロイにだったら言ってもいい。

あかいかみさまはロイに力を授けてくれたけど、私もかみさまからもらっているものがあったんだ。

「かみさまがね、私に夜になると輝く花をくれたんだ。かみさまが住んでいた洞窟の奥にはその花がたくさん植えてあるの。私は種を取って、こっちに植えてる。日当りがいいから」

「知らなかった。洞窟の奥に広い場所があっただなんて」

ロイは知らなかった。そうだよ、わたしとかみさまの秘密だったから。ごめんね。

でもきっとかみさまは、この花を皆のために使っていいって言ってくれると思って、種を植えてみたんだ。

「その花は夜になると光って、とてもきれいなんだ。今はもう咲き終わって実になってしまったけど。種を植えて、また咲けばいいなと思って」

そう、手入れをしてくれる人を失ったあの洞窟の奥の花園。花が全部枯れてしまっても、私は全ての種を取っていた。

「どんなふうに咲くんだ？」

ロイはわくわくしている。夜に光る花なんて、賢いロイにも全然想像がつかないよね。でも私はそれを見た。天のお星さまのように輝くんだよ。早く見せてあげたいな。

「咲いたら一緒に見よう。夜になると咲くんだ……だから私は夜に畑を見に来てたの。そしてね……多分だけど、赤い花は、痛みを和らげてくれる」

あかいかみさまが私たちを癒してくれていたみたいに、痛みを取ってくれる花。そうだと分かっていた。ロイはそれを聞いて歩みを止めた。

「何でそんなことがわかるんだ？」

「あかいかみさまは、その光る花が何かの薬にもなるって言ってた。それが何の薬なのか分からなくて。……だから一体どんな効き目を持っているのか、私が一つずつ調べていこうと思ってるんだ。私はかみさまからもらった全部の花を、花びらと茎と葉をそれぞれ分けて粉にして、種も色ごとに分けて持ってる。赤い花の効果だけはわかってるんだ」

「相変わらずすごいな、メグは！　びっくりするよ」

ロイが私をほめてくれた。そんなことないよ、何でもできるロイに比べたら私なんて全然だめだよ。って言いたかったけど、ロイが本当に驚いて感心してるみたいだったから、……だからありがとうって言っておいた。

ロイは賢いから先に頭で考えてから色々やってみるけど、考えても分からないこともある。例えば、この実は食べられるのか、というような。それは誰かが食べてみないと分からない。最初に食べる人が必要なんだ。やってみないと分からないこともある。

だから私は何でもやってみるつもりでいるけど、私は向こう見ずだから、かみさまには心配されたことがある。

『あなたの判断がいつも安全であるとは限らないのですよ。よく考えて、無謀なことはしないで』

かみさまが言いたかったことはつまり、その実に毒があったら死ぬってこと。

でも他の人は、その実は食べてはいけないんだって分かる。誰かの死と引き換えに得られた情報は知識となって、後に受け継がれてゆくんだと思う。だから薬の効果を調べるのは、この花をもらった私の役目なんだ。私はそう思っていた。

私の体をつかってそれが何の薬なのか、全部調べてみよう。

全部の薬の効果がわかったら……ロイがいつか神通力を失っても、皆の病気を癒せるようになるから。やるだけの価値はあると思うんだ。

「昨日、たまたま転んですりむいたから、粉を傷口に塗ってみたの。そしたら、傷は治らなかったけど、痛みが嘘のようになくなった。私は赤い花を使って、他にも青と白と黄色がある。もしそれらの中に傷や病気を癒すような効果を持つものがあったら、ロイは神通力を使って癒さなくてよくなる。そしたらロイの負担も減るかなって思って」

「それはとても重要なことだ。皆が助かる。でも他の花の効果を調べるには、メグの体をつかわずに俺の体をつかってやってくれ」

ロイは私の肩に両手をおいて、諭すように真剣にそう言った。

「大丈夫だよ、私が少しずつ調べるよ。気を付けてやるから」

「やめてくれ、メグ。俺は神通力があるし、男だ。俺の体の方が、メグより丈夫だ。それに調べ方を間違えて死んでしまったら、お前のほかに誰がその薬の効果を調べて、上手に花を育てることができるっていうんだ」

ロイは私の心、読めているのかな。私がしようとしていることを見通してるみたい。

「でも、ロイは皆にとって必要だから」

「メグのことも必要だ。皆も……なにより俺が必要なんだ」

ありがとう、とても嬉しい、でも気持ちだけで十分だよ。そう言おうと思ったら……。

「できるかぎり俺の体を使って、あとは落とし穴に落ちたエドや他の動物にもそれを飲ませて試してみよう。人間に効くなら、動物にだって効くに決まっている」

やっぱりロイは賢かった。いいことかはさておき、他の動物を使う、その発想は持ってなかった。


私たちが待ちこがれたその夜。

かみさまからもらって私が育てた赤い花のつぼみは、夕暮れ時からいっせいに咲き乱れ、月に向かってしゃんと茎を伸ばして精いっぱいの背伸びをした。闇夜に輝く、赤い光を放つ花が私の小さな畑一面に咲いた。私たちは歓喜した。

咲き誇った薬花をロイも一緒に見てくれて、すごく喜んでくれた。私も嬉しい……どうなるかと心配だったけど、ちゃんと花が咲いた。もうこの花は、私は次からも同じように咲かせられる。育てる方法と、種を植えてから咲くまでの期間もわかった。

あとは他の花の薬の効果を一つずつ確かめてゆくだけ。

「あかいかみさま、お空から見てくれてるかな？」

私たちは天を仰いだ。

澄み切った夜空に、月が出ている。かみさまに花束をもらったあの日と同じ。月の光を受けて、輝く赤い花が夜風にそよそよと揺れている。風の音が聞こえた。

「いつかかえってきてくれるよ。この赤い光の目印を見つけて」

ロイはあかいかみさまにかえってきてほしいみたいだ。

ロイは知らないけど、かみさまにはかえるべき場所とかえりを待っている家族がいる。かみさまはこの空の向こうにかえって、本当の家族や友達と出会えたのかな。あかいかみさまがひとりぼっちじゃなくなって幸せなら、私はそれでも嬉しい。

暗くて冷たい洞窟の中で暮らしていたあかいかみさま。私たちに隠れて、よく独り言を言っていた。独り言を言っているときは、私たちのことなど見えていないみたいだった。

たったひとりでこの世界に落ちてきて、本当は寂しいし心細いんだろうなって思ってたから。

でもね……。ほんとは。ほんとはね……。

「かえってきてくれたら、いいなぁ」

私たちとかみさまを繋ぐ絆は、まだ赤い花の光でつながっている。そんな気がした。


かみさまのいない季節を、残された私たちはしっかりと歩んでゆく。

ロイはエドに負けない、硬くて丈夫な〝二十六番目〟の金属の鋲を造り、若い男の人たちに一本ずつあげていた。私は私の日々の仕事をこなしながら、薬の効果を自分で試したり、ロイに試してもらったり他の獣に試してもらったりして、少しずつ調べていた。たくさんのことを私たちの体を使って調べたけれど、私たちも動物たちも誰もかも、無事だ。

誰も傷つけなかったかみさまの優しさを、ひしひしと感じている。

赤い花は痛み止め、これは最初からわかってた。とてもよく効く。青い花を煎じて飲むと、熱がさがって息が楽になる。黄色の花の効果はよくわからない。でもそれを煎じて飲んだ私は、なんだかずっと体の調子がいい。

白い花は、傷口が腫れたり膿が出たときや、お腹が痛くなったときに効く気がする。ロイは、これは私たちが最初にかかってかみさまに癒してもらった病気に効くやつなんじゃないかって言ってた。皆の間で広まってゆく病気にきくやつ。そうかも。

私は赤い花と青い花をかけあわせたら痛みがとまって熱が下がる花になるのかと思ってやってみたら、赤と青と紫の花ができた。そして思った通り、紫の花は両方の効果を持っていた。その組み合わせでできた全部を数えてみたら、赤と紫と青は1と2と1に近い比率になっていた。何か法則があるのかもしれない。私とロイは数学が得意だったから、色々な数式をたてて考えながら、次の代の花が育つのを待っている。

私は紫の花の種をとった。この大切な種を次につなげよう。

ある日、集落の堀にメスのエドの子供が落ちて骨が折れていたので、私はなんだか可哀そうになってこっそりと手当して育ててみた。隠そうと思っても、エドの子供はすぐに大きくなる。あっという間に私の背丈を追い越した。皆は怖がったけど、小さいときから育てたから大丈夫だった。私はそのエドの子に、アイって名前をつけた。

アイは私にも皆にもなついてくれた。アイがおとなしいので、集落の中で飼ってもいいってことになって、私が責任をもって柵の中に入れて面倒をみはじめた。アイは体が大きくて、とても速く遠くまで走る。私はアイの背に乗って、遠くまで連れていってもらった。一人では危ないけれど、アイは肉食獣エド。アイと一緒なら、私はどこでも行ける。

鋭い爪と牙を持ってるから、動物はアイを見ると逃げていく。アイはおとなしくていい子なんだけど、そんなこと他の動物は知らない。

私は新たな植物との出会いが楽しみで、アイとともに、湖に沿って行動範囲を広げていった。いくつかおいしい植物も発見して、ロイの興味のありそうな鉱物も見つけて、集落に持ち帰った。皆とても喜んでくれて、いつも私がおみやげを持ち帰るのを楽しみに待っていてくれた。

でも、その日の私はちょっと遠くにまで行きすぎてしまった。アイと森の中を走っていると、段々と陽が暮れてくる。アイは夜目がきくけど、方向が分からなくなるかもしれない。ひたすら湖に沿って走ればいつかは集落に着くけど……そろそろ引き返そうかと思っていると、真っ黒な服を着た、女の子が森の中で何かを探していた。女の子は悲鳴を上げて逃げた。持っていた袋を投げ出して。私はアイの背から飛び降りてそれを拾うと、女の子を追いかけた。

「まって！　まって！　怖くないから待って！」

女の子は一生懸命走ったけど、すぐ走り疲れて、へたっとへたりこんでいた。

「はい、これ忘れものだよ。ごめんね、脅かしたりして」

私は本当に驚いた。私たちが住んでいる集落以外で、誰かに遭うとは思わなかった。いつも私たちの集落に流れ着く人とは違う。着ている服も。彼女は黒い服を着ている。

「お姉ちゃん、グランダのひとじゃないの？」

「グランダって、何？」

と女の子に私は訊いてみた。女の子の言葉は私たちのと同じ。通じるけれど、何を言っているのかわからない。

「グランダっていうのは、私の国のこと」

「くに？　集落じゃなくて？　あなたはどこに住んでいるの？」

「グランダの他の、国があるの？」

女の子の口が、ぽかんと大きく開いた。驚いてるみたい。お互いさまだ。私は集落に帰ったら、皆に話さないと！　湖の向こうに人が住んでる。たくさんの人が。皆びっくりするよ。

「そこに行きたい！　助けて！　みんな赤い邪神に病気にされて殺されちゃう！」

女の子は私の服にひしっとしがみついた。女の子とは思えないほど力がこもっていて、その話が嘘じゃないって、私にはすぐに分かった。その子の頭を撫でてあげながら、女の子が言った、「あかいじゃしん」という言葉にひっかかる。

「グランダの皆を病気にして殺してしまうの！　悪い神様なの！」

私のところにいたのは優しくていいかみさまだったけど、この子が暮らしているところにいるのは、悪いかみさまなんだ。病気にして殺してしまう？　大変そうだ、なんだか可哀そうになってきた。何とかして助けてあげたい。

「みんながバタバタと死んでいくんだよ……！　恐いよ……」

皆、死ぬ……何の病気なんだろう。私の頭の中に、すぐにあの白い花のことが思い浮かんだ。

「その病気、もしかしたら治してあげられるかも」

このために、私は薬花を栽培してたのかな。あかいかみさまはこの日のために、ひょっとしてあの花束をくれたのかも。困った人は皆、集落以外の人も助けなくてはいけないんだ。

「病気が、治るかもしれないの？」

「私たちの集落には、あかいかみさまがいたんだ。赤い髪の毛と瞳の、やさしいかみさま。いいかみさまがくれた薬だから、多分その悪いかみさまの病気に勝てるよ。必ず」

「赤い髪と瞳の？」

彼女はぎょっとした。どうしてそんな顔をするの？　人間ばなれしてちょっとびっくりする色だけど、私は大好き。会えば分かるよ。もう懐かしいけれどあの色は、鮮やかに覚えてる。

「そうだよ、だからあかいかみさまっていうんだよ」

「私のところの邪神と同じ姿だ……なんで……？」

名前を聞くと、その女の子の名前は、ナオといった。

第七章　彼女の想いは風に乗って

一年が経とうとしていた。私はもう、夜間も昼間も殆ど意識がない。

時々悪夢を見てハッとして起きるけど、特に景色も代わり映えがしないから、基本的に瞳を閉じて日々を過ごす。半年の間で変わったことといえば、集落が太い木の柵で囲われた。いいぞロイ、君は私にはなかった国防の概念がある。私がいないから素民たちの「追加」はないのだろうけれど、それでも敵意のある素民たちが来たらどうしようと考えついたんだな。集落を柵で囲って関を設けるのも防衛だ。堀を掘るといい。きっと、もうやってるだろう。

メグの育てる蛍光に輝く薬花の絨毯が、徐々にその面積を広げてゆくのも嬉しかった。最初は赤ばかり育てていたけれど、やがて色とりどりの花畑となった。

幻想的な蛍光の薬花畑は、昼間は見えない。夜になると煌々と現れるそれは、私と君たちを繋ぐ見えない絆の証のようでもある。メグ、君は気づいたんだな。

赤い花は痛み止め、青い花は解熱鎮痛薬。黄色のは病気の予防薬。白いのは抗ウイルス・細菌薬だ。

私は色ごとに効果を変えて薬花を造った。遺伝子組み換え生物を扱って掛け合わせるときには、手持ちの道具がないときには尚更、表現型が異なるものを選ぶべきだ。だから赤い花にAの遺伝子を、白い花にBの遺伝子を組み込んでいれば、両方の遺伝子の性質を持つ花を選ぶにはピンクの花を選べばいいと分かる。

動物だって同じ、白毛の個体と黒毛の個体を掛け合わせ、その色によって両親の性質を受け継いでキメラになっているのがわかる。詳細な遺伝子解析ができないこの時代でも、経験的にわかることだ。

だから私は君達に手渡すために単色ではなく、わざと色とりどりの薬花を作っていた。君たちの目を楽しませるためばかりではない。私はそのうち色々と掛け合わせて万能薬のもとを作ろうとしていたけれど、君はすぐに青と赤をかけあわせて紫の花を作った。きっと偶然ではないだろう。実は他の効果もあって、色だけではなく香りも、葉の形も変えてあるんだよ、言わなくても気付いているよね。最近君が育てはじめたオレンジのと薄緑のやつは、一体何の効果があるんだろう？

君は既に集落の皆の医療を支え始めたのかもしれないな。ロイの右腕になって。私は夜、薬花畑を見て今日は何が咲いたかを確認するのが楽しみだった。君たちの成長が眩しいよ。

幸いなことに、ここから見る朝焼けはきれいだ。私は朝焼けと夕焼けの空が好き。意識を失っていても、地平線から昇る朝の陽を浴びると眩しくて少し目を開く。

東京では朝焼けに燃える空を見ながら、よく川辺をジョギングしたもんだ。懐かしいな。お気に入りの音楽と一緒に、気持ちのいいもんだよ。

ある夜……それはよく晴れた真夜中のことだった。私の浅い眠りは、唐突に妨げられた。

闇の中からガサゴソと物音が聞こえる。

「ま、ま、まだ生きてる？」

震える少女の声が、すぐ近くから聞こえた。

『……？』

見れば、梯子が私の隣にかかり、少女がえっちらおっちら上ってきていた。闇夜に目をこらすと、梯子につかまっていたのは黒衣の少女。十歳程度かな、茶色く乱れた髪を肩まで伸ばしている。顔立ちは幼い。黒衣はこのグランダでは一般的のようだけど、裾がボロボロだ。家が貧しい子なのかな。私は彼女と面識がない。梯子から落ちないように気を付けてほしいけれど、彼女は震えながら私を見ている。

ここ最近、私は体力温存の為に意図的に動かなかった。エネルギー消費を抑えるには、動かないのが一番だ。死なないにしてもこれほど意識が落ちては困る、何があってもいいよう思考力だけは残したい。そう思ってのことだ。

微動だにしない私を下から見上げて、死んだのではと興味本位で上ってきたのかな。友達と肝試しでもしてたんだろうか。私は何も言わず無言で彼女を見つめる。こちらも暇だし彼女

に興味はある。

「じ、邪神……まだ生きてたんだ」

　彼女は緊張で今にも梯子から落ちそうだ。私は彼女が気の毒になって視線を外した。

『一度その梯子を降りて、それでも用があれば気持ちを落ち着けてから来てください』

「……え？　何で」

　久々に私は声を出したから、喉が枯れてうまく話せない。誰かの顔を近くで見るのも久しぶり。掠れた声を張って、再度彼女に忠告しておく。折角苦労して上ってきたのに、彼女が落ちてしまうのは忍びない。だから一回降りるといい。

『心を落ちつけていないと、落ちてしまいますよ』

　高い城壁を上るのに、固定しない重い木の梯子をかけてはいけない。縄梯子を使うかロープをかけて上ったほうがこの場合は安全だ。彼女は私の忠告に従い一度梯子を降りたあと、下で深呼吸をして、今度はその梯子をより私の近くにかけて上ってきた。辿り着いた彼女は、彼女の手が届く距離にいる。一方、私の手は自由にならない、相変わらず磔の状態だ。

　派手な昆虫標本みたいだった。せめて野ざらしでなく、もっと見栄えよく飾ってほしかったな、直射日光の当たらない涼しい場所で展示会でもやればよかったのに。皆が見に来てくれたら少しずつ彼等を説得してゆけた。スオウは本当に頭がいいな。見せしめに民の前に私を掲げることは必要だけど、私と彼等を直接接触させてはいけないと折り込んでいる。

彼女は至近距離から視線だけを向ける。無言が続くのも気まずいので、尋ねてみた。

『どうしましたか』

こんな夜中に一体何の用だ？　これでも就寝中だったんだよ。体力消耗したくないし、手短にたのむよ。彼女は恐る恐る指を伸ばし、私の腕をつんつんとつついた。んー、別につついてもいいけど邪神の腕にタッチしてこいって罰ゲーム？　それは結構シビアな罰ゲームだね可哀そうに。そういう肝試しならよそでやってよ。もっと墓場とか霊が出そうで怖そうなとこ色々あるでしょ。

「邪神って、何でまだ悪いことしないの？」

『悪いことなんてしませんよ』

冷やかしなら勘弁してくれ。話すだけでも消耗するんだ……それに動けないんだよここから。

「邪神って、病気を治せる力持ってる？」

『……昔はできました。でも今は無理です』

邪神に興味深々だな。何かここに来ないといけない理由があるんだろうか。

「今は無理？　いつだったらできる？　今すぐは病気治せないの？」

『どこかに病気を患った人がいるのですか？』

グランダにも病気で苦しんでいる人はたくさんいるだろう、死にそうな人もいるだろうし。

それは私の責任ではない、人は生まれたからには、必ず死ぬるもの。それが自然の摂理であって、仮想空間の中でもそう。私はナズ以外に、蘇らせるべき素民を知らない。

「私のお母さん、お腹がずっと痛くて。水みたいに下していて……顔が茶色っぽくて変になってる。頭も痛いって。ねえ、邪神は私のお母さんを助けられる？」

ん？　それって黄疸のことか？　この子さっきから必死だな。高いところに梯子かけて上って邪神と話そうとしている勇者だ。梯子を運んでくるのも立てかけるのも大変だったろうに。


『お母さんの体は熱いですか？　そして尿は出ますか？』

ここまで登ってきた彼女の勇気に敬意を表して、億劫ではあったが一応尋ねてみる。症状だけ聞けば、私は何となく思い当たるふしがある。

「おしっこは茶色い。体もすごく熱い」

『ごはんは食べられますか？』

高度数十メートルで問診中。なにやってんだ、と我ながら思う。でも久しぶりだ、こうやって誰かに頼られて相談されている感じ。集落にいた頃には普通だったけど、多少なりとも必要とされるのは嬉しい。

「食べられない。食べてもすぐ吐く」

『ここ最近、お母さんに傷があったことがありますか？』

「うーん、手を切ったことがある」

ウイルス性肝炎の急性期なのかな。肝炎ってA、B、Cとあるけどどのタイプかな……なんか怪我したことあるっていうし聞いてるとB型っぽい。メグのとこの白い薬花を煎じて飲めばすぐ治りそう、てか一発で治る。でもこの子の足でロイの集落に行こうとしても森があるから絶対迷うし数日では辿りつかない気がする。

ウイルス性肝炎は急性期は数か月、基本的に安静にしていたら慢性化して症状が落ち着くんだ。でもたまに劇症化する人もいるし死ぬこともある。この時代の人のことだから、栄養状態によっては容体がどうなるかわからないな。食事がとれないと言っているし体力もなかろうし。

「お母さん、このまま死ぬの？」

彼女は泣きそうだ、私が「死ぬ」と言ったら梯子から落ちてしまうかもしれない。

『普通は死にませんが、体力次第です。確定はできません』

残念ながらそれはわからない。運がよほど悪くない限り生きのびると思うけど、本当にこればかりは体力次第だ。そしてその後、もれなく慢性肝炎になって肝臓癌になりやすくなる。

「邪神のくせに分からないの⁉」

やけにつっかかってくる。邪神にどんだけ熱い期待寄せてるんだ。グランダにはグランダの神、崇拝対象がいる。天空神ギメノなんちゃらって言ってたな、寿限無ほど長くはないけど長い名前だったから忘れた。あいつに頼めばいいのに邪神なんかにお願いにこなくても。

でもそれは偽物だ。この国全体をまき込んで、罪深いエセ宗教だな。毎日祈ってもご利益なかったんだろう。西園さん曰く二十七管区の神は私一人、一柱だけだ。別に他にいてくれたら私だって助かるよ。構築手伝ってほしいぐらいだ。でもいない。なので言われっぱなしなのも癪だし、ここは一応否定しとかないと。


『邪神ではありません。私は邪のつかないほうの神です』

この世界に入った時、私の中の濁ったものは溶けてなくなった気がする。人間だった昔は邪念も邪心もあったけど、建前以外には人間愛の気持ちしかない。そういう設定なんだろうけど。

「え⁉　うそでしょ」

そうですよ私はこの世界で神様役をやっていました。少し前の話だけど。今は単なる干物だ。

「お腹に何か刺さってるよ⁉」

『そうですね』

グロを子供に見せたくないけど、抜けないしどうしようもない。この剛剣も手首の杭と同じ素材で、私の神通力を相殺し憎しみの力を集めて送り込んでくる。

「動けたらお母さん助けてくれる？」

『……それだけではできません』

私が神通力使えるようになるまでの条件には、色々縛りがついているからなぁ。

そうでなくとも実質的に私はここから動けない。例えばこの子に逃がしてもらったとしても、スオウが邪神が逃げたとか言って周辺の土地に侵攻しそう。だから私はここにいる。

「どうすればいいの⁉」

『どうって……』

私はロイたちの集落が力をつけるまで晒し者になるつもりだから助けはいらないけど、考えてみればこの子の母親にも罪はない。必死に頼んでるなら、助けてあげたい気持ちはある。

「何でもする！　だからお願い助けて！　邪神じゃないって信じるから！　何でもするから！」

その言葉、本当？　でも私に抱きついてきた。藁にも、いや邪神にも縋る思いなんだ。

忘れかけていた熱い力が脈打つ。

敵国にて、私の民ではないたった一人の少女から施された切ない願いを受け取った。彼女は身動き取れない私に、助けてと言いながらあらんかぎり抱きしめる。

そんなに頑張ったら、梯子から落ちてしまいやしないか。

『力が……戻ってきましたよ……。左右どちらかの手の杭を抜いてもらえますか』

杭を抜こうとする彼女が落ちないか心配だったが、彼女の服の裾を私の上腕にきつく結わえさせた。命綱だ。落ちてもいいように。私の両手首に穿たれた錆びかけた鉄杭は岩肌へ深々と埋め込まれている。彼女の腕力で抜くのは難しいだろう。それでもやるなら少しずつ、少しずつ頑張ってくれ。朝が来る前に。

彼女の爪が割れ、指先を血が伝いはじめた。痛むだろうに、弱音もはかず諦めず着実に抜いてゆく。お母さんの命がかかってるんだ、頑張ってる。いいぞその調子、もう少しだ。

そして彼女は三十分ほど奮闘の末、ついに鉄杭を抜いた。すぽんと抜けた杭を持ったままバランスを崩しそうになった彼女を、解放された私の右腕が抱きとめる。そして自ら左手首の杭を引き抜いた。

約一年ぶりに、両手は自由を取り戻した。神経が固まってピリピリと痺れるが、動かないことはない。彼女はそんな私に期待と恐怖の入り混じった視線を投げかけ、私は彼女の不安を受け止める。だよね、邪神なら解放されたと同時に君を殺すだろうからね。不安だろう。

答えをだそう。邪神ではないと。彼女を安心させるように彼女を腕の中に抱く、久しぶりの抱擁だ、懐かしくて温かい。祝福し、ほんの少しばかりの癒しの力を彼女の体に返す。彼女の呼吸が落ち着いた。私の集落の民でなくとも、癒してあげられるようだ。

「邪神ではなかったんだね……」

『私はただの神です』

なんだ、と彼女は安心して微笑んだように見えた。私の指先はすべらかに空を切り、スクエアを閉じる。

構築士のコンソールパネル、インフォメーションボードを呼び出す。出やがった、暗闇の中にあらわれた白銀のボードだ。眩しい……やけに輝いて見えた。

さあ。久しぶりに薬剤構築といきましょうか。彼女の信頼の力に報いよう。

2-Amino-9-[(1S,3R,4S)-4-hydroxy-3-(hydroxymethyl)-2-methylidenecyclopentyl]-6,9-dihydro-3H-purin-6-one、いわゆるB型肝炎の薬だ。

この薬の特徴は、ウイルスの逆転写酵素を阻害することにある。人間は人体の設計図であるDNAからRNAを転写、コピーを取ってそれをタンパク質へと翻訳する。でも一部のウイルスはRNAからDNAを合成する。その過程を逆転写というんだ。人間は逆転写のできる酵素を持ってないから、阻害しても人間に害はない。そういうメカニズムの薬だよ……と、説明したいところだけど、理解してもらえないだろう。というわけでかいつまむ。

『全ての薬には、その薬の効果を発揮する原理（薬理）があります。この場合、体内の異物の増殖を阻害するという方法で、ですから薬は飲み続けないといけません』

彼女はぽかんと口をあけた。

『難しいですか』

この一年、錆びつかせるままにしていた私の脳も、信頼の力で息を吹き返した。これも経口で飲める薬だよ。まだ経口以外の薬には手を出したくない。もう一ついうと、私は科学好きだけど医者でも薬剤師でもないので、たとえ健康な人が飲んでも大丈夫なように慎重を期す。B

型肝炎には、インターフェロン治療も併用した方がいい。でもそのインターフェロンはタンパク質だ。私が構築できるものが低分子なら、タンパク質やＤＮＡは高分子、超高分子ってな分類に入る。高分子領域に踏み込むには、遺伝子データベースとクローニング技術が必要だ。というわけで私は低分子の薬ばかりのあり合わせで対応している。

『できましたよ』

「ほんと⁉」

彼女は私にぎゅっと抱きついてくる。ますます信頼を込めてだ。

『くすぐったいです』

合成を終え、あとは数量の問題。処方量だ。昔の薬は処方量を間違えると副作用で大変だ。適当ではいけない。しかし量りなどというものはない。ならばどうするか、分子量から正確に質量を弾き出すよ。ちゃんと計算すれば質量はもう細か過ぎるほど完璧に正確に出るからね。

『四回分のお薬を出しておきますね』

もはや赤井薬局だ。現実世界でもありそうな薬局の名前だよね。

「どうやって四回分に分けるの？」

『粉に容器四杯分の水を注ぎます。少量がいいです。とかして同じ容器で一杯ずつ汲みだします。その一杯をお母さんに飲ませてあげてください』

下半身礫で血を流しながら彼女に処方の仕方を教えた。多分、それでいける。

「ありがとう、……神様！」

邪神ではないと、ようやく認めてくれたみたいだ。インフォメーションボードを閉じようとすると、「入電！」という赤い文字が出現してる。西園さんからだ。受話ボタンを押し、通話状態に入る。目の前の少女には西園さんの声は聴こえない。


『赤井さん！　大丈夫ですか！』

『西園さん、一年ぶりですね』

久しぶりに見る西園さん、目も瞼も頬も、真っ赤だ。まさか号泣しながら見てたのか。そっか、西園さん側から連絡は取れないからな。

『見ての通り、ほうほうの体ですが』

『赤井さん。あなたという方は……！　何故リタイアを宣言しなかったんです！　私はリタイアを宣言してほしいとずっと祈りながら見守り続けていました』

『そうでした、ねぇ……』

日本国憲法下での基本的人権保護の観点において、構築士はインフォメーションボードを呼び出さなくても急に辞職したり現実空間に一時的に避難することができたのは知ってた。

というのも、インフォメーションボードは長方形を描かないとと呼び出せないのに、手が使えない状況が発生したら終わり、なんて訳はない。でも〝リタイア〟と宣言しないと成立しなかった。私はそれを知りながら、頑としてリタイアを宣言しなかった。

『あなた何を考えていたんですか！』

『負け惜しみのように聞こえるでしょうが、一応、これでも計画通りなんですよ』

第一区画は解放されてるけど、集落はまだ無事だ。それが何より、本当に何より。

ロイたちの健在は夜になるたび現れる薬花畑や力強く立ち昇る炎にあらわれている。彼らが全滅すれば私は失意のうちにリタイアを叫んでいたに違いない、でも彼らはけなげに頑張っている。生きてるんだ、彼ら、仮想世界の生命体は。彼らの幸せを願い彼らとの思い出を呼び起こせば、私はそれを心の支えに耐えることができた。だって、私の体は仮想体《アバター》だ。

痛みはただのシグナルに過ぎない。

『それより西園さん、私はあなたに感謝していますよ。チュートリアルでは確か……』

その六　構築士は、リタイアを宣言した場合に限りアガルタから脱出できる
その七　構築士補佐官は状況に応じて構築士を解任できる
『あなたは私を助けなかった。さすがは西園担当官です。号泣しながらも、助けたり辞めさせなかった。その権限はあったのに。私が日干しになり雨ざらしになり降雪に凍え日々衰弱し、力衰え血を流し、皆の憎しみを受けながら干物のように動かなくなってゆく様子を……ぐっとこらえて傍観してくれて。ありがとうございます』

西園さんは鼻をすすりながら、小首を傾げて甘ったるい声を出す。

『それ、感謝しているの？　それとも皮肉？』

『感謝しているんですよ。とにかく、私はまだ大丈夫です。むしろ、これからです』

空が白んできた。私の大好きな朝焼けがやってくる。人目を避けるため、一度通信を切った。

「何をぶつぶつ言っていたの、神様？」

少女がきょとんとして、独り言に首をかしげている。

『そろそろ帰ってください、ここに来たと分かれば大変です』

鶏もどきの鳴き声が聞こえる。早く少女を帰らせないと、罰せられて酷い目に遭う。私はもともと穿たれていた謎素材の鉄杭を懐にしまい、よく似たレプリカを構築で二本造り上げた。バレないようにすりかえとこう。私は左手首を先ほどと同じようにレプリカの杭で穿ち、城壁に縫い付けた。大量の鮮血があふれ出る。すげー痛い。けど、レプリカはタダの杭。全然いける、耐えられる。もう一本のレプリカを彼女に、はい、と手渡す。

『これで私の手首を壁に穿ってください。しっかり、外れないよう穿ってくださいね』

レプリカだから、また夜になれば自分で抜ける。しかし少女は左右にぶんぶん首を振る。

「そんなのやだ……やだやだやだ！　やだったら、やだ！」

それは困る、こんな駄々っ子状態になった子は厄介だ。

『お願いします。我慢してやってください。やらないとバレてしまいます』

酷なことだけど、私の手は二本しかないので、両方を縫い付けるのは難しい。やってくれないと、すぐに見張りにバレて大変なことになるんだよ……。

「だってそんなことしたら痛いよね……そうでしょ」

彼女はすすり泣き出した。私は急にいとおしくなって、彼女の頭を撫でる。でももう杭の一本ぐらい今更だよ、一本増えたって全然変わらない。この状態見てよ、もう既に体に七本も刺さってるし。こんなやられてるから今更すぎるしダーツ状態に近い。ブルで五十点かブルズアイの百点で高得点目指してがつんといってよ。無理？　無理か——。

「一緒に降りよう⁉　ねえお願い」

彼女は必死に訴えかける。お願いだから、いえこちらこそお願いです、のお願い応酬が続く。

『降りたい気持ちはありますが、故あってもう少しここにいようと思います』

動くにしても、もっと色々と情報を集めてからだな。夜になったら呪いの鉄杭の素材を調べて、何か行動するにしてもそれからだ。慎重にね。

『私を助けると思って、絶対にその杭を穿って帰ってください』

大きな穴があいてるだろ。だからそこに通してくれれば力を込めなくても自然に貫けるよ。

「だから、やだったら！」

彼女は鼻水も涙も流して力の限り首をふった。あーそうなの、だよなー。私は杭を口にくわえて噛むと、右手首に杭を通す。針通しのようにうまくやったので、それほど出血はない。拳を握る。あまり彼女に血を見せたくなかった。

『さあ、あとはその壁に押し込むだけです』

彼女は大泣きしながら手首のレプリカを壁の穴に押し込む。彼女は最後に私に抱きついた。

今、信頼の力をくれるのは彼女だけだ。たった一人ぶん。それでも本当に嬉しかった。

『よくやってくれましたね。よろしければ、あなたの名前を聞かせてください。覚えておきたいのです』

「私はナオだよ！　神様は神様なの？」

『私は赤井です』

思いっ切り、名詞を形容詞だと思われてるな。「私は赤いです」と聞こえてるんだろう。

「確かに、赤いね。ねえ、赤い神様……絶対、必ず助けにくるから！」

『いえ、もう、二度とここに来てはなりませんよ』

彼女が勇気を出してここに来てくれたおかげで今後は何とかなりそうだ。その気になりゃ杭も剛剣も抜いて降りられるし、もう大丈夫だ。

「絶対助けに来るから！　来るったら来るから！」

彼女は何度も約束すると、来たときと同じように、そろりそろりと梯子を下りていった。


目を細める。今日の朝焼けは特別にきれい。空が朱に燃えて、何もかもうまくいきそうな気がしていた。その日の夕方……磔の邪神を演じ続ける私の体に、新たな信頼の力が流れ込んできた。思い当たるふしがないけどこれ、誰の分？　ナオ以外に、二人分ほど加わっている。はっきりと感じる。

ナオのお母さんと、お父さんのぶん？　病気のお母さんに、薬が効いたのか？

また少し、嬉しくなった。


赤井は見張りの目を盗みレプリカの杭を抜いてインフォメーションボードを呼び、呪いの鉄杭を解析して戦慄していた。呪いの鉄杭の素材はグランダの兵士の持っていた片手剣の合金と同じものであった。赤井は物性的に何か特徴があると踏んでいたが、何も出てこなかった。

『何で？　本当に呪力で魔改造されてるの？』

神様役の公務員がオカルトに滅法弱いとは情けない限りだが、怖いものは怖いのだ。

『あのスオウって人の力の源、何なんだろ。ありえんでしょ人間が炎出すとか』

自在に炎を出す自分のことは、すっかり棚にあげているらしい。

『そういやあの人物理結界にも入ってたじゃん』

もう一年前のことになるが、思い起こせばスオウは彼の結界に踏み込んできた。それもありえないことだった。

赤井の持つ物理結界は速度と質量を持って侵入してくるベクトルに対し、凍結粉砕も真っ青の威力を発揮する。微粒子にまで粉砕され、一分子の侵入も許さない。力学ベクトル、熱量の侵入も無効化する。さらに物理結界の内部は真空であり周囲の環境を隔絶するため、結界を一層持っているだけで、赤井は実質無敵だと考えていた。

最初は自分の身を守るため、狩りの下手な素民からの飛び道具対策に開発した物理結界。素民が間違えて踏み込んで来たら危なすぎると心理結界で覆い二重構造にした。仮想空間でしか生きられない命を奪いたくなかったのだ。スオウは、そんな結界を二層とも突破して攻撃を加えていた。

『まずい。スオウの力の正体を知らないと今度こそ詰む』

ということで、インフォメーションボードを呼び出し西園に相談だ。

『西園さん、スオウって何で神通力もどきを使えるんです？　あの力の源ってなんです？』

『あれは神通力と同種の力ですよ』

西園はモニタの前にキャラメルポップコーンとジュースを置いて応対している。赤井が四苦八苦しているのを、映画でも見るように見物していたらしい。補佐官っていい仕事だよなあ、と赤井は口を曲げる。しかも、何でいつも食事してるんだ、と聞きたい。

『てか今、何て。神通力と同じ？　二十七管区の神って私しかいませんよね？　以前あなたそう言いましたよね？』

『甲種一級構築士はこの世界の管理者です。あなたはこの世界で神様としての役目を果たし、民から慕われるスーパースターです。ですが……』

『そうでない役もあるんですか？』

それもそうか、と赤井は納得した。仮想世界のキャストは、主役だけでは成り立たない。脇役や悪役、エキストラあってこそなのだ。生身の人間スタッフと仮想世界で会えるのを、楽しみにしている場合ではなかった。

『……悪役とか脇役やってる人、いるんですか？　その人たちが二十七管区に投入されたとか』

赤井はぴんときた。スオウのあの力は素民としてありえない。神がかり的だった。

『赤井さん。あなたが最初にこの世界に降臨したとき既に世界が完成していました。それを不思議に思いませんでしたか？』

赤井はがっつり気付いていた、むしろ最初から疑問に思っていたことだ。

『あれって、他の構築士の人らが準備してくれてたんですか』

舞台を整えて、主役のログインを待っていた脇役構築士たちがいたのだ。西園はそうだと言う。

『一番任期が長い人は、五百年前から入っていますねぇ……』

『五百年前から！　大先輩じゃないすか！』

生身の人間が自分しかいない、そう嘆いていたが恥ずかしかった。

(その人って現実世界で四～五年ぐらい入ってるんだろうな。現実が恋しい頃だよ絶対、早く家に帰りたいよな……分かりますよ諸先輩方、その辛いお気持ち)

『その人たちがそれぞれ第一区画や第二区画など、既に作って私が来るのを待ってるってことです？』

『お祭しの通りですよ』

西園はつんとすました顔をすると、ストローでドリンクを喉に流し込む。ダイエットドリンクだそうだ。赤井が第一区画を解放すると、その構築士のアガルタでの仕事は終わり、晴れて現実世界に出られるということなのか。

（それでアガリってことなら、首を長くして待ってそうだな）

一年も礫をやっていた赤井を、どんな思いで見ていたのかと思うと申し訳なさで先輩方に顔向けできない。

『えーと。……何人投入されてるんですか？』

千年王国ほどではないが、この管区にも大々的に予算がついているのだろう。アガルタへの入居者が増えると現実世界の失業率が減る、莫大な雇用を生じ、福祉予算も削減できる。だから国も必死に構築士の尻をたたく。構築士の給料やアガルタの運営費は高額だが、費用対効果は侮れない。

『それは申し上げられません。国外のフリーランスの方々が半数、厚生労働省所管の構築士が半数。海外の構築士もいます』

日本において構築士は

甲種一級～二級、

乙種一級～三級、

丙種一級～三級、

丁種は六級まであるそうだ。

海外ではフリーランスが大半だ。海外ではランクによって日本アガルタとは異なる役職名がついている。赤井が甲種一級のハイロード、最上格の構築士で神様役だ。他の役は何があるのだろう。

『みんな私みたいに赤系の容姿で芸名も持ってるんですか？』

そうとは限りません。容姿も関係ありませんね、と西園担当官。

『会えば赤井さんにもすぐわかります。名前で分かりますよ』

『赤系の名前でもついてるんですか？』

甲種構築士の神様役がこんな体たらくで申し訳ない、と赤井はまだ見ぬ脇役たちに悪びれる。

（その構築士の人って、まさかスオウのことか？　スオウってもしかして蘇芳って変換するんかな……あ！）

蘇芳とは赤色、日本古来の伝統色、蘇芳色だ。名前で分かるといった西園の言葉をそのまま当てはめると。頭痛がしそうだった。

（まんま構築士じゃん。何で一年も気付かなかったんだろ俺）

『スオウが構築士なんですね？』

赤井の質問を、西園ははぐらかした。

『基本的に悪役を演じている構築士は、表舞台には出てきません』

（ハズレ？　違うのか。他の人らは裏方に徹してるってことか、苦労してそうだな）

赤井の仕事は、民を導いて崇められて救えば神様扱いで感謝だってしてもらえるし、自分も気分がいいが、悪役なんて気持ちいいものではないだろう。それにしても、先ほどから西園は結構なヒントを出している。出血大サービスだ。

（西園さん、心配してるんだろうか、うっかりしてたら一年も黙って苦痛を耐え忍んで礫になるようなアホだから？）

『で、あの呪力もどきは……一体何でしょうか』

赤井がロイにしたよう、スオウのバックにいる悪役構築士が、邪悪な力を彼女に捻じ込んだ？

『とにかく物語を進めてください。皆があなたの光臨を待っているのです。赤の神様』

『甲乙丙丁種構築士の皆様方におかれましては、多大なるご迷惑をおかけいたしましてどうも申し訳ありませんでした。早く外に出たいですもんね、その方々だって』

赤井はインフォメーションボードのホログラフに向かってぺこりと頭を下げる。

『わたくしに謝罪しても仕方がないでしょう、何やってるのよ、ねえ』

西園には笑われてしまったが、タラタラ構築やってすみません、と謝罪したい気分だった。

『申し上げにくいのですが、彼らはシフト勤務です。現実世界にも出られますよ』

現実世界に戻りたい先輩方から舌打ちがきこえてきそうだ、と赤井は怯える。

赤井の疎外感も、ここに極まれり。

『外に出られない監禁状態って私ひとりです？』

週休二日祝日あり、現実世界では電車に揺られて毎日家に帰り、温かい食卓を囲んでいるのだろうか。風呂でさっぱり汗を流し、ビールに枝豆を片手に、野球やサッカー観戦でも……と赤井は妄想を膨らませ、小刻みにプルプルと震える。

『私だって……外に出てもんじゃ食べたいですよ。西園さんはすぐ食べられるでしょ？』

「はい、昨晩。月島の名店で友人とね。とーってもおいしかったですよ」

西園は意地悪く片目をつぶって、ぷっくりとした唇の口角を上げた。

『西園さん、もーちょっと仕事仲間、相棒には気をつかいましょうよ！』

死んだ魚のようなまなざしで西園を見詰める赤井。彼に神様キャラとしては許されない殺意が湧いてしまった瞬間だった。


『……というか聞いてみますけど、何で私って食べられないんです？』

三十分後も赤井はまだもんじゃ焼きの話題から離れなかった。いい加減諦めろと言われても、諦められない様子だ。現実世界では週三ペースで通ったという、大好物だった。

『私の胃や消化管なんてね、日がな一日することなくて退屈してそうですよ。働いたら負けかな、どうせ食べ物こないしね……なんてなやさぐれ状態になって胃と腸とで話し合って、もう粘液出すの無駄だからやめよう、とか。胆汁の分泌なんてもうどうなっているのやら……』

『はいはい、そうですよね。それで何が言いたいんです？　一つ水を差しますと、あなたの身体はもう人体ではないので、分泌を考える時間こそ無駄の極地です』

西園はもはや面倒くさくなったらしく、適当にあしらう。

『せめて食の楽しみぐらい残してほしかったってことです。何で私食べ物が食べられないようにされてるんです？　神社にお供えとかって別に普通だし何が問題なんですか』

と食い下がっていると。

『神様といえば慈悲深く、死の穢れを寄せ付けず、一切の殺生をしないものでしょう』

西園はポップコーンを食しながら、しゃあしゃあと言うのだった。

『またもぐもぐしてますね西園さん！』

殺生をするなといっても限度があろうよと赤井は不服だ。修行僧でも精進料理を食べるし、歩くだけで草や微生物を踏んで殺生するだろう。

『それに、その殺生ダメ設定ってどう考えても仏教じゃない。なんなら肉系魚系じゃなくてもベジタブルでも芋系や穀物でいい、精進料理でも切り干し大根とかでもごちそうです。あなたが今やってる、モグモグとゴックンのコンボを私の顎が求めてるんです』

『ああなるほど！　わかりますよー、よーくわかりますよー』

西園はこれ見よがしにごくんと喉を鳴らす。赤井も気持ちよく連続コンボ決めさせてほしかった。それにしても西園のドS鬼畜メガネキャラは勘弁してもらいたい。

『辛い気持ちはよくわかります。ですが赤井さん……構築が終了する前にあなたが去ると管区世界が崩壊しますよ。それでも、もんじゃ焼きのために外に出たいのですか？』

『にしても限度がありますってばぁ』

一体何が憎くて衣食住はおろか性別性欲排泄に至るまで生理的欲求をとりあげる。いくら西園の期待にこたえようとしても、完全な神様になんてなれやしない、人間だもの、と赤井は反論したい。

彼も彼なりに苦労してきたのだ。素民に地や本音をぶちまけたことなど一度もない。一年前まで少ない語彙を振り絞って、大事な局面では民心を惹きつけるよう徹夜で文章も練って素民に感動してもらえるような話をしたり、素行もよくしてきたし……せめて息抜きに食事ぐらい。

『ごめんなさいね。わたくしがそちらに行けたら、あなたをお慰めできたのに』

あまりにゴネて面倒だからか、西園は軟化姿勢をみせた。一体どうやってお慰めしてくれるというのか。と赤井がしかめつらをしていると西園は、

『伝統的に神様を慰めるというと、舞い踊りに祈祷でしょうかね。素民に仕込みますか』

『そっち!? 西園さん私ちょっと、いけない接待を期待してしまいましたよ』

そういう神事系は彼的にはあまり嬉しくない。西園は一枚も二枚も上手だった。

『もー、わかりましたよ……我慢しますよー』

彼がしぶしぶ腹を括りつつあると……西園はダテメガネを取って赤井をまじまじ見てくる。何でまだメガネかけてんだろ、と赤井は甚だ疑問だ。しかも西園がメガネを外す時は、赤井を懲りずに誘惑してくる。普段の五割増しで色気が増すのだ。口も半びらきで唇はぽよっとして自然なエロスが漂う。神となってより煩悩はなくなった筈が、この時だけはさすがの赤井も多

少なりとも西園をかわいいと思ってしまう。が、赤井は無性別なうえ二次元世界にいた。まったく無駄な誘惑である。せめて性別だけでも戻してくれたら両想いになれるかもしれないのにと、思わなくもない。

『ねえ……赤井さん』

絡みつくような視線を向けてくるので、赤井もじろりと西園を見る。西園は前髪を切りすぎていた。仕事にプライベートに多忙をきわめているのは分かるが、自分で切らないで美容院に行ってほしいと赤井は思う。前髪が斜めになっているので、コケティッシュだというと聞こえはいいが、笑えてしまうのだ。前髪のことを指摘したらふて腐れるに決まっている。女性に髪型やメイクの指南は厳禁だということは、身をもって知っている。

『基本的人権保護の観点において、あなたがもんじゃを食べたがっていると上に伝えておきます。アガルタに入ると生理的・心理的欲求は消えるものなので、食事がしたいとの希望があったのは初めてですが、伝えるだけは伝えておきましょう。とにかく残り九百年以上も、欲求不満のままでは精神衛生上よろしくありません』

『え？　ええ？　ええええ！　西園さんが優しいだなんて⁉　明日は何が降るんです⁉』

西園が光り輝く天使に見えてきたのは、赤井の錯覚だろう。しかしゴネてみるものである。

『あのー。できれば、赤井構築士がもんじゃ食べたがってますって報告ではなくてせめて労働環境の改善を求めています、ぐらいにこう、オブラートにしといてもらえないでしょうか。私園はぐさりと釘をさす。というか、むしろ彼には既に鉄杭が刺さっている。物理的に。
許可が出たときに備えて、もんじゃを焼く鉄板とコテを構築しなきゃ、とはしゃぐ赤井に西
の立場ないですから』
『そんなことを考えるより、赤井さんはあなたの置かれた惨状を客観的に見てください』
現実逃避しすぎたようだ。食べ物につられて、浮かれてる場合でもない。杭や剣が刺さって
いるので、彼の胃袋にはもんじゃを入れるスペースはない。
『そうですよね。この状態じゃもんじゃ食べられない。西園さん私どうすればいいんでしょ
う』
『もんじゃのことはひとまず忘れて。では、通信切りますよ』
西園のヒントをもとに、スオウのバックには確実にほかの構築士がついていると想定する。
脚に刺さったスオウ特製の呪の鉄杭を一本ずつレプリカに変え、赤井は本物を懐に忍ばせる。
剛剣はどうする、これだけはレプリカに変えられない。大きすぎるわ貫通しているわ、レプ
リカを造っても隠しきれない。下に放り投げれば腹に刺さっているものが偽物だとバレる……。
『真っ直ぐぶん投げて、目の前の湖の底に沈めときゃいいのかな？』
数百メートル先には、湖面が見える。対岸には集落がある。琵琶湖と比べてどうだろう、と
いうぐらい巨大な湖だ。赤井は剣を湖に捨てるか、と考えたが、何百メートルも投げられるか
というと自信がなかった。一年も磔になってた身では、コントロールが怪しすぎる。

昔の四百人分の信頼の力があればいざしらず、今は信頼の力もたった三人分しかないのだ。ナオと、ナオの父母の——。彼はそれを少ないとは思ってない。信頼されるということそのものが嬉しかった。

（だってここアウェイなんだもん。球場に満員の阪神ファンの中にジャイアンツファンがたった三人で応援してるようなもんだ。もう命がけの応援だ。場合によっては血を見ることになる）

彼の思考回路ではそういうことらしい。

（剣を投げるのはやめやめ。湖まで届かなくて、湖のほとりとかでデートしてるカップルの脳天に「サクッ！」なんて刺さったらもう目も当てられない。とんだデートのお邪魔でした、とか言ってる場合じゃないし）

明日には何があるか分からないので、今日中に全部レプリカにすりかえたかったのだが……などと考えていると。

木々の間の茂みをかきわけ、複数の足音が城壁に近づいてくる。赤井は暗闇に目を凝らす。杭をレプリカにすり替え、信頼の力もあるので夜間視力も戻っていた。更に彼は夜目もきく。

『何なんだ、あの人ら』

ナオを先頭に、素民の列がぞろぞろとやってきていた。ナオの後ろから、九人の大人が梯子を持ってついてきた。

（随分ぞろぞろと来たもんだね。ナオの家族か親戚？　昨日あれほどもう二度と絶対来るなって言ったじゃない！　断りようが足りなかった⁉　それに何でわざわざ目立つように大人数でやってくるの！　もうつっこみきれないよ！）

ナオは赤井の姿をみとめると、嬉しそうに城壁の下に駆け寄ってきた。

「約束通り助けにきたよ！　神様！」

赤井が慌てていると、年配の男が前に歩み出てきた。髭をたくわえ、やせこけて頭を丸刈りにした人物だ。彼は見るからに体調が悪そうだった。瞼も腫れているし顔も浮腫《むく》んでいる。


よく見れば、他の素民たちも少しずつ調子が悪そうだった。熱が出ていそうな素民もいた。

（まさかナオってば、ご近所の病人全員連れてきた？　寝かせといてあげてよしんどいんだからさ！　俺そんなにたくさん構築で薬つくってあげられないし。赤井薬局じゃないんだってば……）

「邪神さま、私はこのグランダのしがない薬師です。グランダには疫病がはやり、民草は病に苦しみ命を落としております。私はなすすべなく、邪神さまのお慈悲を賜りたく伺いました」

（え……ここそんなに病気が多いんだ）

城壁に磔にされていた彼には、思いもよらない城内の事情だった。

そして彼は、何故グランダの民から強い憎しみの力が継続的に流れてきていたのかを知る。それらの疫病をもたらしていたのは、邪神の仕業だと思われていたのだ。日に日に強まっていた、グランダの素民の憎しみの理由も分かる。

（もしかしてスオウもそういう理由で俺のこと憎んでるんだろうか？　俺が全ての元凶みたいに思ってて……）

　あれこれと考えていると、薬師はいつの間にやら赤井の真下に来ていた。

「伏してお願いします、助けてください！」

　縋りつくような顔で見上げているので、赤井は声を落として口をひらく。

『薬師よ、グランダにはいつから流行り病があるのですか』

（知らなかった。気づかなくて呑気にニートってってごめんよ。こっちもいっぱいいっぱいだったから）

「はい、あなたがこのグランダにおいでになる随分前から。あなたが礫になってからでも百以上もの墓が増えています。スオウ様が日々祈祷をなされど、一向によき兆しはみえず。民草は病に喘いでおります。スオウ様はあなたのせいだと仰せですが、違うと思います」

『祈祷で病が治るものではありません。大規模な消毒と防疫が必要です』

　祈れば病気が治る、というなら病院も薬もいらないよね、と赤井は思う。感染症管理は、感染集団が大きいと難しい。予防は消毒や隔離でも限度がある。現代では防疫と言わず感染症予防というのだが、感染症そのものを説明するのも骨が折れるので、赤井は防疫という言葉を使った。防疫といえば、本来は植物防疫をさすのだが構うまい。

「ぼうえきとは……。それにあのお薬は一体……」

薬師は聞き慣れない言葉に、興味津々だった。

『防疫とは、疫病を断つための手段を事前に講じることです。疫病は人から人へ、主に排泄物や疫病にかかった人との直接の接触によって拡大をしてゆきます。その経路を完全に遮断するということです。また、早急に清潔な環境の構築も必要となります。まずは共同の飲み水を浄化し、排泄物を決められた場所に廃棄しなければなりません。感染者の隔離も』

(ちょっと違うけど感染症って言葉とウイルスや細菌って概念分かってくれないだろうし根っこはそれでいいからそう覚えてくれ)

そう説明した方が、邪神パワーで治せるというより合理的で同意できると思うのだ。

(邪神だって全部が全部、手取り足取りで助けてはあげられない。自立してくれないと)

何に気をつければいいか覚えておけば、感染症はさほど怖いものではない。それよりグランダの感染症がひと段落したら予防ついでに、ロイのいる集落と交易をすれば一石二鳥だと赤井は売り込みたい。

（正直うちの集落、感染症管理が行き届いていてあまり病気にならないから、メグもあの花作りすぎて処分に困ってる頃だと思うんだ。なんなら照明の代わりにしてロマンティックイルミネーションとかやりだしてるかも。そして君たちの鉱物資源と交換しようよ。物々交換だよ、お互い豊かになる）

『素晴らしい……あなたのその聡きお智慧と御力をお貸しいただけませんか」

『力は貸すつもりでいます』

そのつもりではあるのだが……。今はやめてほしかった。色々と真剣に考えていたところだ。主にもんじゃの事だが、もんじゃ以外の事も考えていた。そんな赤井をよそに、よいしょ、と薬師は城壁に梯子をかける。

（ちょ、その梯子をここにかけて上ってこないでよマジで。明日にはきちんと対策打つから）

「やはりあなたは邪神ではなく神様だったのですね。ナオがあなたにお薬をいただいたと。それを飲んだ妻がけろりとよくなり、あなたの無実を確信しました」

ナオの父も一歩前に出てきて平伏するが、五体投地的な派手な礼拝は目立つので今はやめてほしかった。さらに追い打ちをかけるようにナオが大声で叫ぶ。

「神様ー！　そこから降ろしてあげるから待っててね！　今いくよ！　今助けてあげるよ！」

（いや、自分で降りるから。俺高い木に登って降りれなくなってナーナー泣いてる猫とか断崖

絶壁に取り残されたガケップチ犬とかじゃないから。これでも一応神だから気をつかってくれなくていいんだよ）

「頑張ってー！　いますぐ助けるからねー！」

『皆さん一旦、静かにしましょうね。その、夜分ですから。皆さん起こさないように』

その一団の騒々しさたるや、夜警の兵士が今すぐ走ってきても不思議ではない状態だった。

しかし赤井が懸念したように、大声を出したからといって兵士がすぐさま駆けつけてくることはなかった。というのは、兵士が見回りを怠っているからだ。薬師の話によると、兵士も家に病気の妻と子供を抱えている。夜警を抜け出し、家に帰って看病している者も多いのだとか。

話を聞くとさすがに赤井も同情を禁じ得ない。今すぐ助けたい、と心ははやる。嫌がられなければ祝福を与えたい、それで大抵は癒えるのだ。一刻も早く、対策を打たねばなるまい。こうしている間にも犠牲者は増えている、とのことだ。

『詳しく教えてください。その病を患っている人はどれだけいて、どんな症状を訴えていますか？　逐一対応していきますから』

「お傍で話します」

城壁に梯子をかけ、ナオの父が上ってこようとした。素民たちが梯子を下支えしている。

『ここに来てはいけません。あなたが咎めを受けますよ。声は小声でも聞こえますから』

「妻を助けていただいたんだ、俺はどうなろうと構わない。神様、いま降ろして差し上げます。なにとぞ、俺たちの非礼を許してくれ」

もう仕方ないから降りようか、と赤井は腹をくくる。どのみち明日には降りるつもりだったが、「降りてください」「降りません」と押し問答をしていては余計に目立つ。スオウ対策をしてから降りたかったが、追い返すのも気の毒である。邪神を解放している現場を見られようものならスオウからの処罰は必至という状況で、勇気を出してここまで来た心意気は赤井も素直に嬉しい。


「神様、今からその杭を抜いていきます。痛むだろうが、こらえてくれ」

赤井はレプリカの杭ならば自分で抜けるのだが、ここは任せることにした。

ナオの父はレプリカの杭に手をかけ、一本ずつ引き抜いてゆく。一本引き抜くたび血が溢れ、尋常でなく痛い。

(あー……何で捩じって抜こうとすんの、もっと優しくやって……おねがいっ……)

赤井は無駄に腕力があるので、レプリカは壁にめりこむように深く刺していた。そのせいで難渋しているのだ。非力な人間が素手で無理に抜こうとすると、変に力がかかって大流血する。

(まあでも、この人たちに抜いてもらうことに意味があるのかな)

長きにわたり憎しみ虐げていた神を人間の手で解放することに。神から一方的に与えられる救いではなく、人間が強く救いを求めることに。そのために敵国の素民たちが勇気を持って行動する。そこにはきっと意義がある……というわけで耐える。

「長い間、神様をこんな場所で苦しめ続け、許されないことをした。それに俺たちの無知によって邪神の汚名を着せて……」

事情は大まかに把握していたので、今更恨みにも思っていないが、赤井は激痛のなか彼の謝罪を黙って聞き入れていた。声が出なかったというのが正直なところだ。

(そういやナオって、何でここまで登ってきたんだっけ?)

興味本位でわざわざ梯子まで手作りして登ってきた、にしては本気すぎるのだ。

「数日前、娘が森で大きな獣に乗った見知らぬ若い女に会ったという。その女は、見慣れぬ衣を着て、夜に輝く白い花を使えば俺たちの病を癒せるかもしれないと言ったそうだ」

(夜に輝く白い花だって?)

心当たりがある。メグが育てていた、抗菌・抗ウイルス作用を持つ花だ。湖の対岸に群生しているあれだ。ほら夜でもああやって光ってるしと、赤井が遠い目をして心当たりのある方角を見やると。なかった。それは全部刈られ、ぽっかりとその区画だけ消えていた。薬花畑から白い花がなくなっていた。

(俺どうして今日気付かなかったんだろ。きちんと見てなかった。他の色は全部あるのに、白だけなくなってるだなんて。今日の昼に刈ったのか? こらまた大規模に刈ったもんだ)

『その女性は、黄色と紫の縦じまの衣を着ていませんでしたか？』

トレンドが変わっていなければと思うが、一年前まで集落の女子はこぞって着ていた。サイケデリックな配色がバカウケだったのだ。まさか集落の誰かがグランダ付近まで遊びに来ていたということはないだろうな、と赤井は疑う。

「そう！　まさに。黄色と紫の縦じまの衣で！　毛のない獣に乗っていたそうだ」

（あー……黄色と紫のしましまのやつか。ストライプの、あの子ら的にトレンディなやつだ）

確定だった。赤井の集落の誰かだ。遠出し過ぎだろう、と赤井は嘆く。直線距離は数キロ程度でも、湖のほとりを通ればかなりの距離だった筈だ。

（マイカー、いやマイ獣に乗ってドライブがてらツーリングに来ちゃった人って誰よ？）


「その女性がいた場所には、赤い髪と瞳をした温厚な神様が住んでいたそうだ。が、暫く前に急にいなくなってしまったと。そしてその女性は神様が民に授けて薬になる白い花を病に苦しむグランダの民にいきわたるように揃え、必ず届けにくると言っていたのだそうだ」

素民のボランティア精神が旺盛すぎるのも困りものだ。赤井がスオウの気をひいて集落への侵攻を食い止めていたつもりが、集落の素民がうっかりこちらに来てしまっては台無しになりかねない。

「そして、その女性が言った、よい神様が失踪した時期と、あなたがここに来た時期がどうやら一致していたのだ。娘が希望を持って、梯子をかけて上ってきたら……という訳だ。俺は後から聞いたのだが」

（そうだったの？　ナオって邪神フェチとか肝試しで上ってきたんじゃなかったんだ）

赤井の集落の素民の話を聞いたナオは、白い花が届くのも待ちきれずに梯子を作って上ってきたというわけだ。白い花を待ちきれないほど、母の病状も危篤に近かったから。

「あなたがその〝よい神様〟だと、ナオは言うのだが……あなたがその神様なのか？」


至近距離で、ナオの父は赤井を見つめていた。肯定するまで腹の剛剣を抜こうとしないのは賢明だといえる。邪神を解放という大リスクを冒す前に、彼も確証が欲しいのだ。

赤井は静かに答えた。

『私があなたがたにとってよい神なのか悪い神なのか、私にはわかりません。ですが一年前まで、紫と黄色の服を好んで着る民のいる集落で彼らと共に暮らしていたことは事実です。彼女の容姿が詳しく分かりますか？』


「黒髪に黒い瞳の、若い女だったそうです」

黒髪に黒瞳というとなかなか珍しい。日本人顔をしていたのはメグとマチ（メグの母）だけだ。マチは出不精で遠出するような性格ではなく、何より獣が苦手だった。というわけで若いしメグだな、と赤井はアタリをつける。

（てことはなに、メグが白い花を収穫していまからグランダに持ってこようとしてるってこと？　今日収穫したってことは、明日荷物用意して出発ってとこか。今頃きゃっきゃと弁当作ってる頃？　確実にロイも来るだろう。あの子力持ちだし神通力持ってるから警護的な役割で）

メグだけに花の運搬を任せるということはないだろう、来るのは二人以上だ。

（やべえ……。対処法間違えたらうちの集落全員即死だ。メグの慈善と奉仕の精神が集落を壊滅に追いやってしまうよ。それにメグ、君は見通しが甘い。俺も君と同じように十中八九グランダの流行り病って感染症だと思うけど、感染症確定ってわけじゃない。他にも色々あるからな、皆がバタバタと死んでゆく病気）

あとで死亡者ログで遺伝子発現から死因を特定すれば原因は分かるかもしれないが。「絶対これで効くから飲んでみて！」などと適当に目星をつけて意気揚々と白い花をスオウに献上して、効きませんでしたでは済まない……。偽薬で民をたぶらかしたということで、これまた処刑は必至だ。さらにメグたちの集落も場所を特定され、攻め込まれる危険性も孕んでいる。

スオウは邪神を恐れず、問答無用で串刺しにして城壁に野ざらしにするような非情な女王なのだ。しかも白い薬花をあれだけ大規模に刈った以上、二人では運びきれず、メグは集落の素民たち何名かでやって来る可能性もある。

そんな状態でグランダ入り。……民が未知の病気で死にゆく最悪の状況で、スオウは天空神への祈祷の効果もなく気がたっている。

(今朝、集落にいつもの煙が上がらなかったら……。皆でそっち出発して白い花をわんさかお届けにやってきてるってことだよな？　交通手段何で来るんだろ。まさかそのデカい獣に乗ってきたら……うちの集落で人が乗れるほどの獣って絶対エドってやつだと思うけど、そいつ超速いから半日で到着しそう。ピクニックがてら皆で徒歩できてよ！　そしたら君らが来る前に俺が何とかする。そんな遠くから皆で花の宅配しなくていいよ！)

赤井も呑気に磔になっている場合ではなかった。

『彼女はメグという名です』

赤井は大慌てで符丁を合わせる。彼女の名を知っていることは、彼らと暮らした証となる。

「ナオは彼女の名がメグだったと言っていた。間違いない。あなたはよい神様だ。どうかこれまでのことを許してくれ」

ナオの父は涙を流しながら、最後に残された剛剣を抜くべく柄に手をかけた。その時……。

「こらそこのお前ら――！　何をしてる――！」

突如として現れた数人の兵士が、片手剣を振りかざし鬼気迫る形相で突進してくる。

「逃げろ！」

下で見ていた素民たちは一目散に逃げようとするも、そうはさせじと兵士が走りながら角笛を吹く。大勢の夜警の兵士団が剣を抜き全力疾走で集まってきた。斬りかかる気だ！　足の遅いナオと痩せた女性が二人の兵士に最初に捕まった。

（え、もう全員捕まった？　そんな全力疾走で病人が逃げられるわけない。全力疾走できるなら病人じゃないし）

　この展開はまずい、非常によろしくない。梯子の下にも兵士が湧き出るように集まり、梯子の上のナオの父ごと梯子を倒しはじめた。　ナオの父はバランスを崩し、梯子に乗ったままぐらりと傾いてゆく。悲鳴を上げる彼に、赤井は慌てて既に自由になった両腕で彼を支える。梯子は大きく押し倒され、ナオの父は赤井の腕にしがみついて一命を取りとめる。


「何を企んでいた！　言えっ！　邪神を解放しようとしていたな！」

「びえええええ！　ごめんなざいいいい！」

　下ではナオが首裏に長剣を突き付けられ号泣している。女性は細い体を容赦なく蹴り倒され、後ろ手にされ歯を食いしばっている。

「異端者は生かしてはおけん！」

「殺せ、邪教徒は死刑と決まっとる」

　二人の兵士がすらりと片手剣を抜く。月夜を受け輝く白刃が今にも振り下ろされようとしていた。自国民をも躊躇なく殺すようだ。


「ナオ――――！」

　赤井の腕の中にいる父が両手で空をかきながら愛娘のピンチに半狂乱だ。

そこで赤井は呪いの剣の柄を逆手に握り、腹部から鈍い音をさせつつ抜き出す。堰き止められていた血流が再還流。出口へと噴き出す。大出血で白衣は真っ赤に染まり、見た目は完全に凶悪な邪神のようだ。そして無言で我慢してはいるが、痛いなどというものではない。それでも信頼の力が若干増えて、多少は相殺されている。

『しっかりつかまっていてください』

短く忠告し、彼は剣を抜き遂げると、城壁を蹴って飛翔態勢に入る。ブランクがあって墜落するかと思いきや、辛うじて飛べた。手首のスナップきかせ剛剣を軽く下へ放り投げる。空を切り回転しながら飛んで行った剛剣の柄が、ナオと女性の首をまさに落とそうとしていた二人の兵士の頸椎へ同時に命中した。

急所を狙い、彼らの意識を確実にかつ安全に落とす。ありったけの神通力も込めたので、暫く起きられないだろう。残りの兵士たちが一斉に空を見上げた。

「誰だ!?」

(誰だっチミは！　ってか!?)

『如何なる理由があろうと、人が人の命を奪ってはなりません』

一陣の風が吹き通る。夜空高くから舞い降り、後光を纏い光を満たせ。群れ集う兵士たちはただ愕然と剣を向けることも退くこともできず眩さゆえに目を細め、震えながら神威を見上げ。

「じ、邪神の降臨だああああ！　ス、スオウ様をお呼びしろ――――！」

そりゃ違う、と赤井は声を大にして言いたい。第二十七管区、甲種一級構築士の任務再開ですけど、と。

『私は赤井といいます、邪神ではなくただの神です』

兵士の頭をひらりと飛び越え静かに地に降り立つと、抱えていた父を着地させ、ナオと女性を庇い前に出る。ナオは彼の腰にしがみつき肩を震わせていた。捕まった素民たちも、神の光臨に圧倒されているようだった。

(もう油断しないし負けない。君たちを守り抜く)

視線を落とし二人の肩に手を添え、祝福を与え癒しの力を施すとともに、彼らの信頼を受け取る。呼吸をするように静かに受け渡しされる熱い波動……その手ごたえ。たとえ女王、スオウが見捨てても、信頼には報いるし一人も見捨てはしない。それが敵国の民であっても同じことだ。スオウとの再対決は避けられまいが、もはや赤井としては望むところである。

『善き人々よ。あなたがたの信頼と勇気に報います。願わくば、私を信じてください』

十人分の信頼の力、彼は感謝とともにしかと受けとめた。

第八章　グランダの巫女王

あっという間に集ってきた夜警の兵士たちに囲まれ、じりじりと間合いを詰められる。赤井は傍にナオとナオの父親と女性を寄せて庇いつつ、凛と彼らを見据え睨みあいが続く。赤井も一歩も譲らず、彼らは仕掛けてこようとしない。

兵士らは邪神との直接対決に怖気づいている。赤井が持てる全ては異国の民の十人分の信頼の力。そしてひしひしと感じるのは、未だ半信半疑のまま預けられた彼らの命の重み。

（原点にかえろう）

彼らの祈りと願いによって赤井の神体に生じた神通力は、大まかに熱力学変換できる。一人何J《ジュール》なのかはわからない。個人差もある。しかしエネルギー量は明確だ。十人分の信頼の力で赤井ができることは少ない。

神通力をいかに扱い彼らを守り、抜刀した兵士らを傷つけず懐柔すべきか。

戦いはできるだけ回避したかった。

まず一年前まで赤井のお気に入りだった二層の神聖結界。つまり物理結界と心理結界はエネルギー不足で展開できない。それは常に潤沢な四百人分の信頼の力があってこその神業だ。

電撃は一瞬で周囲の兵士たちを感電せしめ、比較的安全に意識を飛ばし、誰も殺さなくて済む平和的解決法であるが、エネルギーが勿体ない。電撃一発ごとに最低でも1GJ《ギガジュール》の神通力をすり減らす。一般的な落雷が1．5GJ程度、節約しての電撃でも一発1GJは絶対いきそうだ。と赤井は悩む。

二発も落とせば十人分の神通力などすぐ底を尽く。そのうえ敵味方の別なく感電するので、折角赤井を信頼してくれた素民たちから顰蹙《ひんしゅく》ものだ。そこでスオウやほかの兵士らが出てきたら一巻の終わり。

肉弾戦は却下。素民を赤井の腕力で殴るのは危険だ、力加減を間違えてはいけないからだ。構築士は素民を殺生してはいけない。彼は人差し指をすっと掲げ天を示すとそのまま頭上で大きく円を二周分描く。

熱波と眩く白い光条が闇の中に迸る。周囲にいた兵士たちは風圧によって吹き飛ばされた。赤井とナオと父、そして女性の周囲に、ループ状の半径八メートル、高さ五メートルの青白い障壁がひとつ出現する。兵士らに捕縛され一か所に集められていた病人たちの周囲にも炎のバリアができた。

「うわあああ！！　邪神が炎を出した――――！！」

「何だこれは！　白い炎だ――――！」

兵士らは上へ下への慌てようだ。よほど驚いたのか、整然としていた隊列が大きく乱れる。

「油断するな、怖気づくな！　臆病者はグランダ軍にはいらん！」

隊長の怒号がとぶ。赤井が選んだのは火炎。熱エネルギーだった。

燃焼熱は1GJ以上、電撃とエネルギー消費量が変わらないと思われがちだが、燃料を通常構築で創り、着火さえすれば神通力はいらないのだ。彼は点火のため最小着火エネルギー、数mJ《ミリジュール》を削ったにすぎない。


頭に血が上った兵士の一人が、狙いすまして鋭い刃の大剣を赤井めがけて投げつけた。

（強行突破かよ！　その手があったか）

しかし赤井の火炎は並の火炎ではない。青白い炎である。

（青白いからって温度低そうだなーなんて思ったんだろうけど）

青白い炎は断然温度が高いのだ。しかも神通力を帯びたそれである。投げられたそれは炎の壁を通った瞬間に泡立ち、黒煙を纏い溶けて真っ赤に焼けた金属塊になった。赤井の火炎は完全無欠の炎の盾となる。何を投げようが炎の障壁をくぐったものは、原型をとどめはしない。


『これ、もらいますよ』

ナオの近くに転がってきた燃え盛る金属塊を素手でつかみ、にぎにぎと粘土のように握りしめる。熱いはずだが赤井の出した神炎なので、赤井は火傷しない。ちなみに雷も同じだった。

赤井は神雷には感電しない。赤井的には普通の雷と一体何が違うんだと納得がいかないが、そういうシステムなので割愛する。

「うわあああ。何やってるんだ――――！」

「お前がいらんことをしたから！」

兵士側からすれば大失敗だ。迂闊に剣を投げた兵士は責め立てられている。邪神にまずい得物を渡したことになる。赤井は剣の残がいを握りつつ再構築をかけてゆく。還元して神通力を通し、強度を上げながら、硬度も上げてゆく。


「水だああ！　貯水甕の水持ってこい――――！」

「邪神が何か企んでいるぞ！　早く炎の壁を破れ――――！！」

障壁の中に攻撃が届かないとなると火事には水で消火、と兵士たちは考えたようだ。

大人一人分の背丈ほどの黒々とした水甕が運ばれてきた。城壁の外で雨水を貯めていた防火用貯水甕だ。赤井はそれを、グランダ民は防災意識が高いんだなーと上から感心して見ていたものである。三個ほど運ばれてきた。木の台車で運ばれてきた。

（台車まであるのか。コロの部分は木でできてる、グランダって進んでるんだなー）

などと赤井は更に感心する。

「神様……こわいよう……火が消えちゃうよう！」

ナオが赤井の腰のあたりに顔を埋めながら怯えていた。あれだけの水量があれば、普通は消火してしまうだろう。

『怖がらずよく見ていてください』

彼が呼びかけると、ナオは恐る恐る振り向いた。大きな桶で水を汲み、兵士数人がかりで神炎の壁に力任せに浴びせかける。炎の中に大量の水が……と思いきや、白い蒸気が夜空に立ち上るだけ。月夜に湯けむりの上がる情緒は、のどかだ。

『見てナオさん。ほら、虹ですよ』

白い蒸気をスクリーンに、赤井の神通力と炎が虹をつくる。

「わぁ……」

兵士らも癒されて剣をおさめて……くれると僅かに期待したがそうは問屋がおろさなかった。

「手を休めるな！　怯むな、畳み掛け、浴びせかけろ！」

とはいえ、構築によって生じた神炎は神通力が果てるか、消えろと念じるまで消えない。

徒労に終わるだけだ。

『神が点した炎を、人が消すことはできません。よって……』

いったん区切って仰々しく接続詞などを使うのは演出のためだ。赤井も役者として効果的なセリフ回しを狙うようになってしまった。多少イタいぐらいでいいのだ。

『この守りは絶対です！』

彼の演出効果もあって、それまで半信半疑、六十パーセント程度だった十人分の信頼の力が、赤井の奇蹟を目の当たりにしたことによって強まり百パーセントへ到達する。

（ありがとう皆、皆のおかげでますますみなぎってきたよ）

炎の障壁を前衛に、赤井は身を守るための武器を製作する。武器というか防具だ。神の持ち物といえば杖と相場が決まっている。再構築で柔らかくなった金属を縦に伸ばす。そば打ち職人のようにびょーんと伸ばした金属棒の端を握り、さらに大きく円を描いて遠心力で伸ばす。それを二つ折にして冷やして身の丈ほどの杖ができた。数字の0をへちゃげさせたような形だ。

『ここから動かないでくださいね』

腰にしがみついて人間腰巾着化したナオを優しく引き剥がし、神炎に焼かれながら障壁の外に出る。焼けているように見えるが、神炎の壁を通り抜けても彼は燃えない。

「出おったぞ！　突撃だ――――！！」

上の階級にあると思われる一人の兵士が、単身特攻をしてきた。屈強そうな身体をした大柄な男だ。腕に自信があるとみえる。ワッペンをつけ帽子かぶった隊長のようないでたちをしている。しかし気合もむなしく、障壁に近付くと炎が服に引火して火ダルマとなった。

「うぎゃ――――おのれ――――！！」

彼はUターンダッシュで水甕の中に飛び込んだ。大きな水飛沫が上がる。火傷はしていないかと赤井が心配していると。飛び込んだ兵士が水甕から顔を出し、ぴゅーっと水を吹いた。

「ジェロム隊長――――っ！」

今ので分かった筈だ。赤井は燃えないが、人間は酸素アセチレン炎の火炎障壁内に踏み込んではならないと。

アセチレンガスはＨ－Ｃ－Ｃ≡Ｈ、三重結合を持っているアルキン。ＩＵＰＡＣ名でエチン《Ethyne》。三重結合を持つ炭素化合物には全て「－ｙｎｅ」という名前がつく決まりで、溶接用ガスバーナーの燃料だ。構築で大量にアセチレンガスを創ると大爆発をするので、赤井はそのあたりも考慮して爆発濃度に達しないように毎秒ごとの生成量と生成領域を厳密にループ状に設定している。それで素民たちからは神炎の障壁に見え、持続的な燃焼になっている。

通常構築は十人分の神通力の状態だと同時に三種類までかけられる。「アセチレン生成」と「大気含有酸素の抽出」で二枠使って、残りはあと一枠。

炎には酸化炎と還元炎があり、酸素によく触れている酸化炎の方が温度が高く、白か青みがかっている。炭素系の物体を燃やして生じる酸化炎はせいぜい八百度から千度。

これに対し酸素アセチレン炎は三千度、そして炎壁の周囲に燃焼圏、つまり酸素シールドを作って燃やしていた。大気中の酸素を束にして集めている。障壁の内部にいる素民はエアシールドとなり、熱を感じていない。赤井も色々と工夫しながら構築しているのだ。

『彼らに手出しは無用のこと。そして最初に言っておきますが、私はあなた方を傷つけません』

どのみち武勲の一つにもならないだろう、と赤井は付け加える。

『ですが私は決して負けません。それを心得たうえで、勇気あるものはかかってきなさい』

「ほざけ邪神がっ！　一斉攻撃だー！」

雄たけびを上げ、一斉攻撃の号令がでた。兵士たちが押し寄せてくる。軍靴の地鳴りがする。怒号が響き渡り、圧倒的多数だ。赤井は杖に電流を通じ、最初に突撃して、剣を上段から振り落としてきた兵士の剣にちょいと触れる。

「ぎゃあああ！！」

一番乗りの兵士はスパークし大電流に感電。痛みは殆ど感じてないはずだ。傷つけないと約束したが、失神させたり倒さないとは約束していない。


「何だ！　今のは!?」

驚き戸惑う彼らに、赤井は杖を長く持ち、円を描くようにさらりとターンして彼らの無防備な腹部を優しく薙いでゆく。すると兵士たちは感電して崩れ落ち人垣をつくる。剣と杖が触れ合った瞬間に勝負は決まる。

赤井の身体も帯電しているので、触れても感電するだけだった。暫くすると、兵士たちも闇雲には襲い掛かってこなくなった。

「何が起こっているんだ！」

「邪神は何をしている！　触れただけで殺されるぞー！」

『殺していませんよ。倒れた人をよく見てください』

人聞きの悪い、と赤井は閉口する。兵士たちが揺さぶり起こして確認すると、

「確かに息はある！」

『そうでしょう。そうでなくては困ります』

ほっと胸をなでおろす赤井。アガルタの神が素民を殺生しては大問題だ。そろそろ片付けるか、と赤井は杖を空にかざす。

「なっ！　剣が吸い寄せられて……」

彼の杖は金属の剣や武器を絡め取る。一見直線の棒に見えるそれは、物性的に磁性を帯びやすいよう鉄棒を二つ折りにして繋げてループ状になっているのだ。杖の中心に直線状の空洞があり、大電流を金属に流し込むと磁性を帯び、金属が吸いつけられる。一本ずつ空中で受け取り足で踏みつけて獲物を奪う。トリモチのように。

武器を失い戦意を喪失し後ずさる、残り十名ほどの兵士たち……。打つ手なし、そんな状況にもみえたとき。


大気を抉るように放たれた殺気に、赤井は貫かれそうだった。背後、真裏から炎槍が飛んできた。赤井は大きく跳び下がるとともに神杖で叩き落とす。

(やべーよ串刺しになって燃えるところだったよ。普通の炎では燃えるからな俺。焼き鳥状態になる。焼き鳥食べたいけどそれどころじゃない)

このスピード、この火力……人間業ではない。ということは、誰だ。

「遂に蘇りおったか……赤き邪神めが！」

音を立てて重い城門が開き、数十名の臣下とともに黒衣を纏ったスオウが姿を見せた。彼女は裾の長い黒いフード付きコートを着て、全身を数珠のような装身具で飾っている。戦闘服ではない。夜警の兵士たちに呼ばれたようだ。

スオウは迷いのない足取りで、赤井に接近する。真っ赤に燃え盛る一振りの片手剣を携えて。

赤井は両手を下ろし、彼女を待ち受ける。彼女は遂に赤井の前に立った。

その距離、僅かに二メートル。近い。互いの間合いに完全に入っている。

だが彼女はいきなり襲いかかろうとはしない。それが無駄だとわかっているからだ。

強いまなざしで見据える。青い、美しい彼女の瞳が赤井の赤い瞳を射抜く。

彼女は一年前と比べ、少し大人っぽく美しくなったと赤井は思う。だが随分痩せたようだ。目の下に目立つ濃いクマが、体調の悪さを物語っていた。

『キララさん』

唐突な赤井の呼びかけに、彼女は眉根を寄せた。

「何だと……余はスオウだ」

間合いが近いため、赤井は彼女の心が読めるのだ。彼女の本名はキララだ。炎を纏った細身の剣を固く握りしめ、まだ斬りかかってこない。

『あなたの神は、あなたを救ってはくれないのですか』

天空神ギメノグレアヌス・ハリエルマ・ガルカトス・イルベラ・ラクエマンティスのことだ。彼はグランダの民を救わないのか、と赤井が尋ねると、彼女の顔色が変わった。

（キララ、気付いてくれ。それはただのまやかしだ。人に痛みを押し付ける神なんて馬鹿げてる）

彼女の凝り固まった邪神への信仰心を、赤井は複雑な思いで紐解いていた。

『あなたは対象を強く呪うことによって巫力を発揮できるようです。しかし呪うたび、あなたの心が傷ついてゆくのがわかります。この一年。あなたは随分辛い思いをしていましたね』

彼女が笑顔を忘れてしまったのはいつからだろう。もう長い間、彼女は笑っていないのだ。

紛いものの天空神をこそ唯一神と仰ぎ、物心ついた頃から邪神を滅ぼすべく修練を積まされ、憎しみと怒りを力に変える。

壮絶なものだったようだ。彼女の心と身体が傷ついても、周囲や彼女の一族は彼女に過剰な期待をかけ苦痛を強いた。壊れてゆく彼女の心をかえりみず、それと引き換えに彼女は強い巫力を獲得し、民の信頼を得て国を治める巫女王《ふじょうおう》となった。彼女は彼女の心を映すように、石造りの強い国を創り、城門を堅く閉ざした。

彼女の心をも閉ざして。


そして今宵。彼女は蘇った伝説の邪神の前に立っている。

彼女の心を満たすのは、底知れぬ恐怖と絶望だ。彼女は、赤井に怯えている。しかし彼女が退くことはできない。彼女は王であり、邪神を退ける一族の末裔だからだ。役割を果たさなければならない。

どれほど怖くて、彼女の心が震えていても。

『もう、これ以上傷つかないでください。あなたのことは、私が救います』

「黙れ……黙れ黙れ邪神が！　心を見透かし、余をたぶらかす気か！」

若き巫女王スオウ、本名キララの胸中を斟酌すれば、精一杯強がって敵意を剥き出しにしているが、それは邪神への恐怖心の裏返し。

『キララさん。この国の民は病苦に喘いでいます、あなたは彼らを救いたいと願っている』

読心術による看破で、彼女は本当は誰も憎まない心優しい少女だと知った。となるともう、彼女が何を言おうが、敵に怯えて尻尾まいてキャンキャン吠えている仔犬にしか見えなくなり赤井は彼女が愛おしくなる。彼女を縛りつける苦しみから解放し、笑顔を取り戻したいと願う。神としてアガルタ世界に入った時から、赤井は大抵のことは耐え忍んで赦し、水に流せるようになった。彼女に共感し、救いたいと思うのは赤井の本心からだ。

「そ……それは汝が災いを起こしているのであろう。汝を滅ぼしさえすれば……！」

彼女は両手で炎の剣を構えた。彼女の巫力によって燃される炎は紅い。概算して千度未満。

火影に浮かび上がる彼女の上気した頬。緊張が高まる。

『無駄だと言っておきますよ。何故なら、私は邪神ではありませんし不死身なんです』

火で炙ろうが窒息させせようが首を刎ねようが、絶対に死なないらしい。八つ裂きでも問題なし、ほっとけば最も大きな肉片から身体が再生してくるようだ。プラナリアかよ、と赤井は呆れたものである。

『それはこの一年で、よく分かったでしょう』

彼の白衣は神血で朱に染まり赤い衣となり、腹の傷からも血は流れ続ける。まさに伝説の邪神そのままの姿だ。そして全身に残る、貫通した杭の痕……、聖痕とでもいうのか。

そのしるしが文字通りの意味で、彼は不死身なのだ、と物語っていた。

「忌まわしき邪神め！　滅ぼしてくれる！」

キララは手持ちの剣に更に炎を絡ませ、やがて刃は真っ赤に焼成される。


赤井は神杖の電流を遮断。自身が帯びている電荷も杖を通じ地に還す。彼女の思いを受け止める準備をする。

「ゆくぞ！」

黒いコートを脱ぎ捨て、編み上げの皮のサンダルで強く地を蹴り、彼女が飛びかかってくると同時に赤井は杖を構えたまま踏み下がり、彼女が目算していた踏み込みの歩数を狂わせ、下段から振り上げられた炎剣を頑強な金属の杖の腹で受け止め、するりとベクトルを変え受け流す。炎の刃が火の粉を散らしながら神杖の上を滑ってゆく。

キララは赤井の膝を踏み跳び上がって、宙返りをうち空に舞う。

（うっわ、高いな！）

彼女の跳躍力は巫力によって、常人より数段強化されているようだ。彼女が何か呪文を唱え空中で剣を大きく振り抜けば、きらきらと無数の火の粉が幻想的に舞い散り、それらは数十もの拳大の凝集塊を成し、赤井を追尾するように上空から猛スピードで降り掛かる。夜空を貫く流星群。彼女の巫力によって炎の挙動の全ては制御されている。


赤井は大きく息を吸い、ふうっと流星群目がけて息吹を吹きかける。神の息吹は、加減次第でそよ風にも暴風にもなる。炎の塊は神風によって鎮火され、彼の周囲に降り注いできた。炎の守りを失った彼女は剣を逆手に構え、赤井を垂直に断とうと真上から急降下する。逆さまの姿勢から、優位なポジションで掌底を繰り出し、限りなく凶悪な衝撃波を赤井に浴びせかけた。

脳天から叩きつけるように放たれた、ありったけの呪力。細く華奢な少女の体のどこに蓄えられていたのだろう、これほどの力が。衝撃に圧され腰がしなり、憎しみによって赤井の神通力が相殺される。彼女の巫力、もはや呪力に近いその歪な信仰の力は、——邪神を滅ぼさんとする決意と覚悟は、かくも強靭だった。


赤井のすぐ目の前に迫っていた、彼女の剣先。剣筋を見切り、咄嗟に杖に電流を通じ彼女の手に触れる。瞬間的に流れた電流によって彼女の全身は痙攣し、受け身の態勢をとれぬまま地に落ちた。

「ぐ……うっ」

彼女は地に平たく這いつくばるが、震える身体をもたげて剣を持ち、抵抗の意思を明らかにしている。手首を挫いたようだ――。

「ス、スオウ様」

「スオウ様……！」

口々に彼女の名を呼ぶ兵士たちの声。その声にこたえるかのように、彼女は気力を振り絞り、剣を地に突き立て、よろめき立ち上がる。


赤井は彼女の全身に目を凝らす。神通力を備えた状態で、体内の透視が可能なのだ。骨折はしていないが、大腿骨に罅《ひび》が入った様子だ。

女王でありながら、彼女の栄養状態は悪い。激しい戦闘が継続すると確実に疲労骨折を起こしてしまうだろう、と赤井は心配する。兵士たちの期待を背負いたった一人で邪神に挑むその孤高なる姿は、けなげで美しく、そして哀れだ。

天空神の加護を受けたグランダの女王と、災厄をもたらす赤き邪神の戦いの行方。因縁の戦いに、兵士らも手だしせず固唾を呑んで見守っている。赤井は彼女が立ち上がるのを無言で見守りながら、左手でインフォメーションボードを呼ぶ。そして先ほど、十人の素民のうち数人をターゲットにしてアナライズをかけていた生データを収集し、ざっと目を通す。

「スオウ様！　もうおやめ下さい！」

掠れた声で彼女の名を呼んだのは、神炎の障壁内にいる薬師だ。

「その方は、本当に邪神ではないんだ！」

たまりかねて叫ぶ彼が守ろうとしているのは、赤井ではなく彼女の方なのかもしれない。彼らの女王が神に挑み、傷つき、無残に敗れる姿を彼らも見たくないのだ。少女が一人で戦う、それを大人たちはただ見守るだけ。たまらなかったのだろう。

「控えろっ！　惑わされるな、この邪神は絶対に滅ぼさねばならん。こやつを滅ぼさぬ限り、グランダの復興はない！」

彼女は薬師を怒鳴りつけ、気迫で黙らせた。

(そうか。キララ、君はどうしても俺を滅ぼしたいのか。君の思いはよくわかった)

赤井は杖を捨てた。そして後ろに手を組む。心置きなく斬りかかってこれるように。

(さあ、ありったけの憎しみをぶつけてこい)

「うわあああ！」

彼女は燃える剣を両手で握りしめ突進し、赤井の胸に深々と突き立てる。肉が焦げ、奥の奥にまで穿たれる熱い衝撃、赤井は無言で彼女の思いを受け止める。狙いが的確だ、心臓を一突きだった。彼女は眼を見開くと、剣を抜き、もう一度今度は喉のあたりを貫く。さらにもう一度。

「死ね！　死ねえっ！　滅びよ！」

剣を握る彼女の手は震え、一突き一突きに迷いがみられる。頬に返り血を浴びながら、彼女は邪神を滅ぼそうと何度も貫いた、肉を裂く手ごたえは彼女の手に伝わっていた。

彼女は覚悟を決めてこの場に臨んでいた。刺し違えて死ぬ覚悟を。

だから赤井は彼女の全てを受け止める。一年前には分からなかった彼女の心のうちを見据えながら。狂気にも似た行動は、彼女の悲鳴なのだ。

彼女の心の中がありありと見える。

(怖い、怖い、怖い……邪神には利いていないのか。嫌だ、私は死にたくない、でも……皆の為にやるんだ)

それは悲痛な思いだった。――今となってはもう遅いが、グランダに来る前に、色々と考えて計画を練って、キララを怯えさせずに話を聞いてもらう方法を模索すればよかった、と赤井は悔悟する。彼女の城に突然乗り込んで彼女の目の前に現れた伝説の赤い邪神。幼い頃から何度も何度も聞かされていた暴虐な邪神の伝説……彼女の反応は当然だ。

民を救うため、彼女はこの一年間、毎日のように邪神を呪い天空神への祈祷を繰り返した。そのたびに心と体を傷つけ、気力を振り絞り、呪いの力を赤井に送っていた。

そしてキララが守ろうとしていた民の裏切りによって、破られた邪神の封印。

刺し貫かれたまま、赤井は彼女に手を回し、きつく抱きしめる。抱擁すると彼女との体の間に隙間がなくなり炎が酸素を消費して消火でき一石二鳥だ。話を聞いてもらうには、動きを封じるしかない。

『捕まえましたよ。どのみち動けないでしょうからそのまま、私の話を聞いてください』

赤井が彼女に流し込む癒しの力を彼女は感じているのだろうが、強い拒絶を示した。赤井の腕の中から彼女の声が漏れる。


「……うう……っ……やめろっ触るなっ！　穢らわしいっ！」

「すっ！　スオウ様、お気を確かに――――！」

周囲の兵士たちがうろたえて赤井に槍を突き付けようとするも、彼女が人質に取られている状態なので迂闊に手を出せない。

『あなたもご存じのように、私はあなたの心が読める。そしてたった今、ご自身で確かめたように、私は死なない。少しはこちらの話を聞いてもらいます』

「してくれ……」

彼女はもがきながら何かを言いかけた。

「貴様ぁ！　スオウ様に何をする！」

『……どうしましたか』

腕力を少し緩め、彼女の話を聞くために彼女に穏やかに問いかける。すると彼女は切々と、涙ながらに赤井に訴えかけた。

「赤の邪神よ、もう……やめてくれ。どうしてこの国をばかり祟るんだ！　民に死を齎《もたら》し、疫病を流行らせ恐怖に陥れ、散々われらを苦しめ続けただろう。もう十分だろう、これ以上まだ何を望むんだ、もう祟らないでくれ……頼む、民を苦しめないでくれ。何でもする」

急にしおらしくなった。至近距離で捕まり、少し力を入れるだけで赤井は彼女をくびり殺せる。もはやこれまでと観念したようだ。

（別に酷いことするつもりないし、優しくするつもりなんだけど。どうしたもんかな）

赤井もほとほと、困り果てる。

『この国の災いを、私が齎《もたら》していると思っているとしたら、それは違います』

「何が違うものか。生贄が必要だというのならくれてやる、この身を喰らえ、引き裂いて喰い殺せ！　だからもう、民を祟るのだけはやめてくれ」

握り締めていた剣を力なく手放し、赤井の腕の中で着衣を脱ぐために片手で帯を解く。装身具も引きちぎるように全部外しはじめた。

（食えって俺へのあてつけ？　食べられるなら食人するよりまずもんじゃ食べたいんだってば）

色白の肌をピンク色にほてらせ、はらりと乱れた金髪は艶めいている。泣きながら片手で帯を解く彼女の手首を、赤井は優しく取り押さえた。

『やめなさい。自分を粗末にすることは』

「余では不満なのか。卑しい邪神めっ！　こっ、この身は穢れてはおらんぞ」

目じりに涙をぶらさげたまま、青く透き通った瞳で赤井を見つめる。

『私に身を捧げてまで民を守りたいと、あなたが民を思う優しい心はよく伝わりました』

「何が望みだ……なんでもするからっ！　食われてもいいから、もう祟らないでくれえっ……」

彼女は赤井が祟りを起こしていると信じて疑わない。血を吸った白衣をぎゅっと握りしめ、プライドも捨て懇願している。


(俺ってグランダでは人を貪り喰らう血まみれの邪神って設定なんだっけ。何それ怖っ)

『キララさん』

「余はスオウだ！」

『私はスオウなる者にではなく、あなたに話しかけています。もう一度呼びます、キララさん』

本名で返事するまで呼び続ける。本名を認めさせることは、洗脳をとく重要なポイントなのだ。

「……あ、ああっ！　何だっ！」

彼女は耳まで赤くなり顔を赤井の胸元に埋めながら、遂に返事をした。強がって女王様口調でも、声は年頃の少女だ。

『これは私の祟りではありません。邪神でないと証明するためには、この国の災いを取り除くのが最善の方法です。グランダの民の間に死の病が流行し人々が死んでゆく、その原因を突き止めました』

彼は横目でインフォメーションボードを見ながら断定する。目の前に表示されているのは八人分のステータスデータ。物体だけでなく生きた人間にもアナライズをかけると、ステータスデータというものが表示されるらしい。先ほど仕入れたての情報で、複数人を解析していたので時間が必要だった。

それが積層状に八人分、赤い枠のついたポップアップ画面で表示され、スタンバイ状態で赤井の前に漂っている。それに加え、三か所ほどグランダの土壌へのアナライズもかけておいた。そのデータも出来あがってきて表示されている。

先ほどから赤井は彼女を抱擁し彼女に語りかけながらも、その裏では解析データを読んで疫病の原因の目星をつけていた。

『この災いは、人間の手によって齎《もたら》されたものです』

「な、何だと！」

『鉱毒ですよ、これは』

鉱物資源が豊富で、金属精錬技術に長けた国、グランダ――。

グランダの民を苦しめていたのは感染症ではなく、金属精錬の過程で生じた有害元素、化合物による土壌、水質の大規模汚染、中毒症状。人々が日に日に衰弱し、足腰が立たず、骨折を繰り返し苦痛に苛まれ抵抗力や免疫力を失い様々な感染症を患い……やがて腎機能障害を起こし死に至る病。彼はようやく突き止めた。この国の文明が発展していたがゆえに、自らの手で自らを苦しめた。邪神を滅ぼすために鍛え上げてきた金属、それを造る過程で生じたもの――。

何たる因果か。

いもしない邪神に怯え、備えたが為にこの国はまさに滅びようとしていた。


「こうどく、だと――？」

赤井は彼女の右手を取り、その細い手首をそっと撫でた。毎日の呪術儀式のために傷つけられた幾重もの生傷を癒しながら。

『この傷跡には、あなたの民を思う心が込められています。鉱毒とは金属精錬を行う際に土壌、水源に流出した毒物のことです。ただちに、一旦金属精錬をやめてください。鉱毒を出さない正しい精錬方法はあります。それによって全てを取り戻せます。民の尊い命も、そして……あなたの笑顔も』

「……！」

キララは唖然として、口をぱくぱくとしていた。一刻も早く汚染の拡大を止めなければいけない。土壌、水源の浄化を始めなければならないのだ！

――そう、カドミウム汚染を。


『赤い邪神に惑わされおったか、蘇芳！』

ふと、正面から男の声がした。声のする方を赤井が見ると、高い城壁の上から何者かが見下ろしている。全身黒い装束を着た男、黒い一枚布を何重にも身体に巻いて、顔も覆われている。キララの着ていたコスチュームと同じ、銀の鎖のような装飾具を付けている。黒い布に覆われ、表情すら見えない。一見して人間ではないと分かったのは、男の纏う後光だ。

暗闇でもはっきり見える。


「て……天空神さまっ！」

キララは謎の人物を見るなり、急に全身が震えだした。正体暴くべしと赤井が読心術をかけるも、読心術がキャンセルされる。硬い壁に遮られ心が読めない。インフォメーションボードを繰り、手早く情報収集。アナライズをかけようかと思いきや、彼はぎょっとした。

（画面真っ赤っ赤だ。久しぶりすぎるよ真っ赤とか、非常事態だよ！）

謎人物にアナライズかける前に勝手に情報が呼び出されてきた。

（わ、なんか出た）

《**constructor status**》（構築士情報）
stage-name（役名）—Brilliant（Canada/ID：CAN203）
class/occupation（クラス・職種）—rank 3 / villan
mind gap（心理層）—8
physiacal gap（物理層）—3
abs.power（絶対力量）—121245 pts.
LOS（滞在日数）—43821 days
active believer（有効信徒数）—1251
total believer（全信徒数）—1440

天空神ギメノグレアヌス・ハリエルマ・ガルカトス・イルベラ・ラクエマンティス役の構築士のお出ましだ。ランク３は日本では乙種一級構築士にあたる。ｖｉｌｌａｎ（ビラン）は悪役のことだ。

（ブリリアントって、色関係ない名前だけどそんな芸名ありなの？　まさか甲種が色関係で乙種以下はほかの名前の付け方があるのかな）

赤井は首をかしげる。分からないことだらけだ。

悪役といえば普通は派手にやられて、主役をカッコよく引き立てるものと相場が決まっている。だが、海外の構築士というと日本人とは違って主役のことなど気にせずデキる悪役として容赦なく仕事するタイプかもしれない。

（次の移籍やボーナスのことも考えて、派手に悪役として活躍して評価員にアピールとか考えてる？　主役を瀕死のところまで追いつめて手ごわい憎まれ役を演出……なんて考えてたらやべーな）

何なら心を掴むキメ台詞の一つ、辞世の句の一つでも考えていそうだ。百二十年間も悪役の役作りをしてきた構築士のメンタルは得体が知れない。

（西園さん、悪役の構築士は表舞台に出てきませんって言ってたのに。そして何でこのタイミングで出てくるの？）

まさか戦う気満々だったりはしないだろうな、と赤い赤井は青ざめていた。

第九章　甲種一級構築士赤井と、乙種一級構築士ブリリアント

「天空神ギメノグレアヌス・ハリエルマ・ガルカトス・イルベラ・ラクエマンティス様のご来臨だ！」

兵士たちは天空神の降臨に怖れおののき、身体を投げ出し平伏する。

カナダ在籍の悪役乙種一級構築士（ランク３）。その名もブリリアント。赤井の目には、今日も白み始めた空が眩しかった。暁の陽が背後から差し込み闇の構築士ブリリアントの姿を暴きだす。赤井がキララの記憶を読むに、天空神は普段からキララに天啓を授けてはいたが、姿を見せたのは初めてのようだ。

赤井が二十七管区九年目で先方が百二十年目、断然先輩だ。悪役の構築士は黒子に徹するという話なのに登場したからには、何か演出を狙っているのかもしれない。赤井が彼を倒せばストーリー的にも画的にも双方にオイシイ感じになり、彼も第一区画の構築が終わってアガリだ。双方に構築士としての特殊能力、神と邪神の大迫力弾幕アクションバトルでフィナーレというコースをご希望とみた。

（要は血湧き肉踊る死闘を演じた末、スポーツマンシップに則って先輩の活躍が目立つように配慮しつつ倒せってこと、なんだよな？）

だが、待ってほしい。できれば日を改めてほしい、そう願う赤井だった。

素民相手ならともかく、赤井は戦える状態ではない。キララに急所をザックザクの滅多刺しにされた直後。幾分信頼の力で痛みが相殺され我慢しているが、相当に消耗をしている。戦ったら一秒以内で負けそうだ。そんなの、ブリリアント構築士のシナリオをぶち壊しだ。

ちなみに、緊急事態とあって赤井のステータスも表示されていた。普段見えないものだ。

《構築士情報》
役名―赤井（ＪＡＰＡＮ・ＩＤ：ＪＰＮ２１４）
クラス・職種―甲種一級構築士・主神（ハイロード）
心理層―０
物理層―１
絶対力量―１６２１２　ポイント
滞在日数―３３４６日
有効信徒数―１０名
総信徒数―４２１名

日本神には日本語表示のようだ。赤井のステータスは圧倒的に劣っていた。はっきり言ってザコだ。心理層という表示の有無は、読心術がキャンセルされるのと関係がありそうだ。お互いに読心術をかけられたら念話で打ち合わせができるのに……と赤井は無念だ。遠くから目配せしてみたつもりだが、ブリリアントは無反応である。

（全っ然協力するつもりなさそうですね、先輩）

自分の演出でやるから、意思疎通は断固拒否という方針なのかもしれない。折角この世界で出会えた生身の人間同士仲良くしましょうよ……先輩だって第一区画でずーっと神様役に解放されるの待っていた頃だろうに。と赤井は思えど、アガルタ内では悪役は人格調整されて邪心の塊のようにされているのかもしれない。だとしたら善と悪、水と油、神と悪魔だ。話が通じるわけがない。

それはそれですごい、と赤井は思ってしまう。アガルタ内監禁勤務ではなく九時から五時の割り切り勤務だとしたら、悪役状態で現実戻って、社会生活に支障ないのかと。こんなに邪悪そうなのに家に帰ればいいパパだったりするのだろうか、と思うと……。

（パパー。パパのお仕事ってどんなお仕事⁉　こうちくしって天国をつくるお仕事なんでしょー？　皆から感謝される立派なお仕事なんでしょー？）

などと娘に聞かれ困っていたりするのだろうか。妄想のエア娘であるが。

（いや、娘さん。パパのお仕事は悪役ですけど悪役がいないと構築進まないからとても貢献してもらってるんです！）

と赤井は弁護したくなる。一杯ひっかけて悪役としての苦労話を聞きたくなる。妄想している間に、彼はキララに何か呼びかけた。

『蘇芳、汝は邪神に降伏の意をみせたな。汝の肉体を邪神に捧げると、しかと聞いた』

「そっ……。それはぁっ！」

赤井の腕の中のキララが弁解しようにも、一部始終を見られていたと知り悔しそうに口を閉ざす。彼女の血の気がひき、手が冷たくなってガタガタと震えている。天空神の巫女でありながら勝手に邪神の生贄になると、取り返しのつかないことと言ってしまったのだ。

『我を裏切った汝が罪は死を以てあがなえ』

（本気か!?　先輩役にハマりすぎ！　やりすぎですよ命まで奪わなくたって。俺は殺生禁止だけど悪役の人って殺生アリなの？）

むしろできるかぎり残酷に殺すのが仕事、ぐらいの勢いなのかもしれない。悪役が人殺しを躊躇していたら悪役らしくないしな、と赤井は思い直す。

「はっ……ははあっ！」

キララは天空神の神託だと真に受けている。赤井が彼女を手放したら剣を取り上げ自殺しそうだ。長年の洗脳もある。赤井の腕の中でもがいているが、自殺すると分かって赤井が手放すわけがない。彼女の臣下でさえも、天空神の顕現に驚いて誰もキララを庇おうとしない。天空神の不興をかいたくないのだろう。

(気持ちは分かるけど、皆の為に俺と戦ってこうなったキララを、誰かフォローしたげてよ)

彼女の、本当の意味での味方は皆無だった。ただひとり、赤井を除いて。

「離せ邪神。聞いただろう、天空神さまのご命令だ。これから余が命をもって購うっ……」

追い詰められたキララは決死の覚悟だ。

『それであなたの民が救われると思いますか、違うでしょう』

赤井は彼女に尋ねてしまったが、まやかしの天空神に彼らはかくも依存していたと知った。

(——そうだったな。ロイだって俺が集落を離れると言った時に抵抗してたし。今は俺がいなくても皆と集落をまとめて立派にやってるみたいだけど)

素民と神との距離は驚くほど近い。その距離感がグランダでは逆に脅威となり、彼らの人生にかかわるほどの悪影響を及ぼしている。キララは天空神に自害を申しつけられ、この世の終わりのように思っている。十代の少女とは思えない、魂が抜けて生気のない顔をして……。

「天空神さまに見捨てられたら……グランダが、我が祖国が滅びる……」

うわごとのように呟き、キララは震えている。赤井は彼女に最も近い距離から彼女に呼びかけた。

『滅びませんよ。たとえあなたの神が見捨てても、私は決して見捨てませんからね』

甲種一級構築士はアガルタ世界で絶対善として設定され、救いを求めるものたちの最後の砦であるべきだと西園から耳にタコができるほど教育を受けていた。ある種洗脳ともいえるが赤井もそれには賛成で、そうなろうと努めている。かといって自然な素民の営みを曲げるつもりはない。

赤井は自然死を迎える民を延命する必要はないと思うし、平和な社会であっても集団のうち一定数の人々は病死、事故死、不慮の死を遂げるものだという認識はある。しかしこのグランダで起こっていることは決して〝自然な〟人々の営みではない。

まやかしの神への信仰によって屈折し疲弊した、希望を蝕まれ明日を生きる気力を失った人々。このままではグランダに未来などない。人も、国も土地も毒されて、……何も残らない。だから赤井は、彼らの未来のためにこそ力を貸し、救おうと決めた。

「……あ……！」

思いがけない人物からの一言に驚き、キララが脱力したのがわかる。何ともいえない眼差しで、その赤く透明な瞳を見つめた。戸惑い、疑い、否定、……そしてほんの少しだけの、希望と。光を失ったはずの彼女の瞳は、天空神ではなく赤井を映していた。

『誰も救わず傷つけるだけの神ならば、もう信じる必要はありません』

人は神がついていなくても生きていけるし、命を預けるまで依存しなくてもよいのだ。

キララは声のトーンを落とし、赤井にだけ聞こえるように話しかけてきた。

「赤い邪神よ。さっき、この国の災いはコウドクだ、と言っていたな。汝の祟りではなく」

『ええ、そうです』

まだ半信半疑ながら、心に引っかかるものはあるのだろう。鉱毒は祈祷では癒せなかったし、治癒方法は唯一、邪神を屠ることだ教えられてきたのに赤井は死なないときている。手詰まりなのだ。


「天空神さまは、ご存じだったのだろうか。天空神さまが邪神を滅ぼすための剣を鍛えろと仰ったから……」

赤井はグランダで何が起こったか、想像のもとにたずねてみた。

『死者が多いのは金属精錬を行っている地区、およびその地区を流れる川の下流域ではありませんか。骨折するものが多く、該当地区で生まれた子供は皮膚が黒ずんでいませんか？』

「何故そんなことがわかる！」

図星だ。現実世界では鉱毒など前時代的なもので赤井も鉱毒患者の話は完全に過去のものだが、教科書的にはそうだ。正確に言うと、カドミウムの慢性中毒症状である。

「……まさか、まさか余がこの手で民を死に至らしめ、苦しめ続けていたというのか」

そういうことになるが、キララの行動もブリリアントの悪役的演出のうちだ。全てブリリアントの計略通りに事が運んでいた。キララは忠実な駒、邪悪の手先として動かされていただけ。

信じていた存在に、彼女は裏切られた。しかし絶望するにはまだ早い。


「もはや、失われた時は取り戻せん……死んで詫びずばなるまい」

彼女の声はカラカラに乾いて、殆ど出ないほどに掠れている。

『誰に詫びるのですか？』

「グランダの民へ、だ。この国を治める立場にありながら、民を苦しめ続けていたなど……王でもなければ、もはや生きる価値もない」

彼女は民衆への責任を重く感じている、その責任をとるつもりでいる。そこで赤井は咄嗟にこんなことを言った。


『価値ならあります。忘れていませんか、あなたは私の生贄だということを』

今更だが、赤井はやめなさいとは言ったが、生贄をいらないとは言っていない。

「はあっ？　何を言い出すんだ」

キララは素っ頓狂な声をあげる。

『生贄としてひとたび私に身を捧げたなら、勝手に死ぬこと罷りなりません。生きて生贄の役目を果たしてもらいます』

柄にもない下卑たことを、命じてみた。自分の生きる価値を見いだせないなら、彼女の命が彼女にとってそうまで軽いのなら、もう生贄として幸せに生きてもらうのもよいだろう。

『だからあなたは生きて、私と共にグランダを救うのです』

(具体的に生贄の役目って何って言われると困るけど、今は君の自殺衝動を止められるなら何とでも言うよ)

「まだ、間に合うのだろうか」

『間に合います。決して手遅れではありません』

「余は汝を傷つけたが……それでも許されるのか」

傷つけた、などという控えめなものではなかった。一年間の磔刑から滅多刺しのコンボをやらかしてくれたのだ、でもそれはもう、

『最初から赦していますよ』


彼女が赤井にしたことは、記憶からは消さない。しかし罪を憎んで素民は憎まず。

「ならば……汝が邪神であっても、我らを救う神を信じる」

キララは赤井に身を寄せ、その瞳を閉じた。長い睫、金髪が彼の腕にかかりふわりとゆれる。

固まっていた彼女の体は緊張を和らげ少し柔らかくなった。

すると……目の前に出ていた赤井のステータスデータが明滅した。

有効信徒数―65名　(＋55)

（増えた――!?　しかも何か水増しされてる！　もしかして……キララが!?）

彼女は憎しみの力を信頼にもかえられるのだ。人間離れしたその巫力は……メグやロイのように、普通の素民より多く力を送ることができるようだ。心なしか赤井の傷が癒えてきた気がする。

『キララさん……私を信じてくださったのですね』

「う、うるさいぞ邪神めっ！」

キララは素直に認めたくはないようだ。そしてブリリアントの有効信徒数からマイナス５５になっているのを確認した。

『仲なおりの記念に、名前を覚えてください。私はアカイと言います』

「黙れアカイめっ！　慣れ慣れしい！」

反抗的ながら、かわいげがある。

『あなたを離しても、自殺しませんね？』

赤井は注意深く彼女の体を解放した。彼女は後ずさるが、刃物を拾おうとはしない。

赤井は神杖を握り締め、通電する。電力は十分、バチバチと音をたてる。さらに彼の神体にも紫電のオーラを纏う。構築枠は十二枠に増えた。キララの信頼によって傷が癒え痛みが和らぎ、神通力が溢れ出す。

（久しぶりだ、この感じ。皆が預けた信頼の力に包まれている。キララの信頼の力がこれほど強ければ、物理結界、心理結界も作れそうだ……ありがとう。君が俺を信じてくれる代わりに、

君たちを救う）

そう意気込んではみたものの……カドミウム中毒は基本的に治せない。金属精錬を止めて精錬所からの煤煙を断ち土壌や水を浄化して被害を食い止めることはできるが、中毒になった素民を癒すのは、万能薬がないと難しい。

カドミウム（元素番号４８）は金属精錬に伴って排出される重金属だ。人体には蓄積性を持ち広範な症状を呈する。慢性的には腹痛、下痢、嘔吐、発熱、肺疾患、腎機能障害、発がんなど……だから見立てが困難だった。

カドミウムは一度人体に入ったら、体外には容易に出てゆかない。急性中毒だとキレート剤（金属を吸着する薬剤）を使った治療法が適応可能だが、慢性にはこれといった決め手がない。

（ステロイド投与や金属と結合するタンパク質のメタロチオネインを誘導する薬剤を投与し解毒すっか、メタロチオネインは高発現させると発がん性もあるから加減が難しいな……対症療法であって根本的な治療法ではないし。なにもここまでしなくても……先輩）

つまり効果的な治療法はないのだ。ブリリアントの悪役演出が鬼畜すぎだ。この世界では、不幸なことにブリリアントは邪心の塊のようにされているに違いない。素民の痛みを知らず、救いの手を差し伸べない悪の構築士に成り果てている。もっとも、それが彼の仕事なのだ。

『それが汝の答えか蘇芳！　……ならば我が直々に、神罰下すまで』

ブリリアントは迫真の演技だ。一応、赤井がキララと遣り取りをする間、闘いを仕掛けずに待ってはいてくれたようだ。しかし演技と高をくくっていると痛い目を見る。敵意剥き出しの邪悪な天空神だと考えなければならない。

ブリリアントは正面の城壁を蹴って飛翔し、赤井の頭上を大きく弧を描いて飛び越え、湖の上で停止した。湖上三十メートルほどを静かに滞空し、くるりと振り向く。飛翔の姿勢がきれいだ、と赤井は感心する。空中なのにピタリと静止できている。赤井の飛翔はヘロヘロでへっぴり腰だった。

(乙種とはいえさすがベテラン構築士。俺の知らないスキルも色々持ってそうだな。ところで俺、先輩に勝てるんだろうか)

ブリリアントは黒いコスチュームの下からすらりと、テニスボール大の紫に輝く宝玉を出した。赤井はそれが何か、見当もつかない。

(なんか紫の球が光ってる！　何あれ)

「天空神様、それはっ！！　それだけはおやめくださいっ！」

キララはそれが何かを知っている様子だ。

(あの紫の球って相当ヤバイものなの？　アナライズをかけても情報出ない。やべーな、何よあれ)

とりあえず赤井は素民たちの避難誘導にうつる。

『全ての民を城門の内に避難させ、門を閉ざしてください！』

最終決戦《アルマゲドン》をここで始めるつもりだとしたら、よそでやりましょう、と赤井は叫びたい。それが聞き入れてもらえないなら、湖上で戦うしかない。地上でやるより随分ましだ。衝撃波や電撃、火炎やその他は水面が衝撃を吸収してくれる。ブリリアントもそのつもりだと助かるのだが……。赤井はアセチレンの神炎の障壁を解除し、病人たちを解放する。

『あなたがたもできるだけ遠くへ逃げるのですよ』

彼らも大慌てで、兵士たちとともに走り去ってゆく。赤井は神杖を手に地を蹴り空に舞い上がる、湖面上にブリリアントとは百メートルほど距離をとって対峙した。へっぴり腰なのは言うまでもない。

「神様――！　がんばって！　まけないで！」

ナオが赤井を呼んでいた。ナオはまだ何か言いかけていたが、父親に抱き上げられ、連れられていった。これで全員避難……かと思いきや、キララが残っていた！

『キララさんも城の中に入ってください！』

「何を言う、余は残るぞ！」

『あなたは私の生贄なんですから言うことを聞きなさい！』

振り返って叫んでいると、ブリリアントは勿体ぶった様子で紫の光球を湖に投げ入れている。

直後、水面に大きな水柱が上がる。投げ入れたのは小さな球だったが、水飛沫が大きすぎだ。

球が沈んだあたりは沸き立ったようにブクブクと大きな泡が水底から浮かんでくる。そしてもう一度、数メートルの水冠が上がった。滝を逆さにひっくり返したような水壁となって。

（嘘だろ……湖の水面が段々と上昇してきてる？）

湖面が毎秒数十センチのスピードで上昇をはじめて、物理的に考えれば溢れる。グランダを洪水にして自国民を流す気のようだ。

（ってまさかノア先輩の洪水のオマージュですか⁉　しかもこれ溢れたら対岸の集落も水没——！　ぬわあああああああ！　やめええええええい！！！）

赤井が避難用の箱舟を作っていなかったのは、想定できなかったからだ。

この琵琶湖ほどの大きさの湖は、赤井の集落では「カラナの広い水たまり」と呼ばれていた。何と拙い名前の付け方だが、湖ですよ、と言うのも違う気がしたので、不恰好な名づけ方でもご愛嬌だ。

グランダではサブレマ湖という名前だ。赤井が上空から見下ろすと、きれいな楕円状である。いかにも人工的な、ゴルフ場のカジュアルウォーターを巨大にしたような、天然ではありえないほどのラウンド型だった。

湖のほとりは粘土質で湿地帯もあれば、紫色の綿毛のガマに似た花が咲く植物が生い茂る場所も、白い砂浜の地帯もある。

グランダに面した湖は遠浅の砂浜だ。岩や崖で囲まれているわけではないので、自然の堤防など存在しない。湖面から水が溢れたらグランダごと水没確定。水流を逃がせるところはないのか……と赤井が考えても、カラナ湖は傾斜のある山地帯から二本の川がそそぎ、十メートルほどの川幅の一本の川が下流に出ている。

高地には赤井の民の集落があり、低地にはグランダが位置する。上流と下流の標高差はそれほどでもないとはいえ下流側の川は流れが遅く、多少川から水は逃がせるが、流量が追いつかないほど水面は上昇していた。対岸の赤井の民の集落も危ういが、まず下流のグランダが危険だ。グランダでは川を取水用水路から城内に採水して、飲料水や工業用水に計画的に使っている。用水路が充実していたので、飲み水が鉱毒に汚染されるのも早かった。

『全ての水門を閉ざし、水路を切り替えなさい！　洪水がきますよ！』

門番が城壁に備え付けられていた水門を閉ざそうとするが、もたついている。

赤井は左手をかざし、力加減を間違えないよう衝撃波を六発放つ。全ての水門の門の開閉をコントロールする滑車にヒットし鎖が切れ、門の制御が壊れてガシャンガシャンと鋼鉄の水門が閉ざされた。

城門の上で三十人ほどの兵士らが右往左往している。城門は高いし、グランダは城壁都市よろしく城壁に囲まれているので直ちには水没はしない。城門を閉め漏れてくる水を土嚢を積んで防げば、暫く時間稼ぎができそうだ。

でもそれも長持ちしない。城壁はやがて水圧に勝てなくなり決壊する。

（どうする。俺は物理結界を張れるけど、グランダを覆い尽くすほどの結界を張っても意味ないし。仮にこっち側だけ守れたとしても、向こうの集落どうすんの水没じゃん。湖の対岸、両方の人々を守るにはどうすればいい）

というわけで赤井はブリリアントに抗議をしてみた。

『何ということを……逃げ道を全て潰し、洪水で皆殺しにするつもりですか。あなたを信頼してくれている人々を！』

ブリリアントがグランダの民を犠牲にしようとしていると素民たちに分かれば、それまでに彼に寄せられていた信頼は失われる。まだ千二百人の有効信徒がいるものの、現に、ブリリアントの手持ちの有効信徒が少しずつ減っているのだ。それでいいのだろうか、と赤井は疑問だ。

『それがどうした。我は水面を上昇させているに過ぎん』

そういえば赤井とブリリアント、冷静に考えれば二人きりだ。

（ちょっと一旦演技やめましょうよ、演出の打ち合わせしましょ。聞こえますか？　先輩だってせっかく構築した第一区画水没したら未練残るでしょ？　私の民の集落だって沈めたくないんですよ。お願いしますよ、読心術で私の考え読めてるでしょ？　私は全裸で心をさらけ出してるってのに卑怯ですよ先輩）

と、彼に聞こえるように念を発すると。

『いや、八方塞りにはしていない』

ブリリアントは小声でそう言った。声のトーンががらりと違う。悪役の凄みがなく、地声だった。

（はじめましてブリリアント先輩、私は甲種一級、もといハイロードの赤井です）

と、赤井は心の中で挨拶だ。一応、念話でも敬語で話しかける。

（で、どこに逃げ道を？）

おそるおそるブリリアントに読心術で看破をかけると……。

（契約に反するので教えられない。私もこれがぎりぎりだ。ランク3の構築士がハイロードと会話することはありえないが、君が新米で何もわかっていないので教えている。ボードを見なさい赤井君。水面が溢れるまで時間がないぞ）

ブリリアントの心の声は、今や筒抜け状態だ。二十七管区は日本のサーバーで日本語が標準なので、ブリリアントの母国語は英語だがダイヴをしたときから日本語に矯正されて自動翻訳されているようだ。なので念話は日本語で通じている。

『グランダを奪いにきたか邪神よ！　そうはさせんぞ、滅してくれる！』

念話とは裏腹に、肉声で誤魔化しているのは、厚労省に記録が残って悪役に徹することができなかったということで給料削減、次の移籍話も白紙撤回、などの処分を恐れてのことかもしれないな。と赤井も納得がいく。

（両者が睨み合ったまま沈黙してると不自然だから、長時間念話しまくるのもまずいな。もしかして通常は黒子に徹してなきゃいけない先輩がわざわざ姿見せて出張ってきたのって……俺がダメすぎて見ていられなかった、ってこと？）

赤井はブリリアントが普通に話しかけてきて嬉しかったのか、顔面がにやついていた。

（こら、にやけるな赤井君。その顔戻せ）

（つい嬉しくて！）

――こんなことになるから悪役は表舞台に出てきてはならないのだ。構築士同士馴れ合っていたのでは演技にもリアリティが欠けるし、悪役を憎めなくなる。赤井は口元に手をやり、緊張感を取り戻す。数分前の怒りを取り戻さなければならない。

（もしかして先輩を倒せば湖の水位上昇止まります？）

それと分かれれば時間制限バトルに集中しようと赤井は決めた。今ならキララの力もあるし戦えそうだ。キララは城壁の上にのぼって赤井を見ている。

（いや、止まらない。まずそちらを何とかしろ）

（え――！　止まらないんですか。先輩そこはひとつ、何とかたのみますよ！）

何とかしろと言われても、と赤井はにわかに慌てた。

（バカいうな、できる限り時間をかけて戦い、私を粉砕して殺せ。そろそろ念話を切るぞ）

さすが悪役。割り切っていた。

とはいえどの程度派手に滅殺すればいいんだ、と赤井は頭を悩ませる。赤井が殺生禁止なのはアガルタの素民に対してであって、ブリリアントに対しては殺さないと彼がログアウトできないようだ。彼の仕事を完成させるために、彼を斃さなければならなかった。

(手心を加えるなよ、苦痛はない、迷わず殺せ。それにこちらも全力でいくぞ)

(私だけなんですか痛い思いしてるの……)

ブリリアントとは違い、痛覚が残っているどころか鋭敏になっている赤井は閉口する。

(では思い切りやらせてもらいますよ。先輩も本気だし手心加えてる場合じゃありませんよね、あ、そういえば)

彼は、それはそれは大事な事柄を思い出した。

(先輩、最近現実世界でもんじゃ焼きってジャパニーズフード食べました？　ひとつだけ答えてくださいよお願いします)

(ん？　あのB級グルメか？　嫁が作ってくれたから昨日自宅で食べた。ちなみに私はあまり旨いものだとは思わない。それが何か)

(うあああ！　ふざけんなよ！　俺はもう九年ももんじゃにありついてないんだ！　自宅で食べたってどういうことだよ！)

と、神様キャラも看破されている事も忘れて怒り心頭の赤井に、ブリリアントは呆れ顔のようだった。覆面で顔は見えないが、呆れていることは赤井にも分かる。

(そうだろうよ、俺のもんじゃに対する情熱、執着を知らないからそんなこと言えるんだ！)

もんじゃへのこだわりだけで情熱○陸に出られるのではと思うほどだ。

もはや完全に八つ当たりである。昨日もんじゃを食したブリリアントに何の責任があろう。

『私はあなたを許しませんよ……絶対に許さない！』

それはもんじゃ的な意味でだ。グランダを公害汚染してキララやナオたちを苦しめた罪も忘れてはいなかった。ブリリアントへの怒りの気持ちを、明後日の方向の怒りで再補充。

（でもちょっと待った、先輩とおっぱじめる前に水位上昇を止めないと）

ようやく我にかえり、若干の気まずさとともにインフォメーションパネルを注視する赤井。

案の定出ていたのは、住民全滅フラグだ。メニュー画面は最大フォントで真っ赤だ。


第二十七管区住民全滅まであと００：０８：５２
■構築士情報
■構築ツール
超迅速分子構築（１）・通常構築（１２）・加速構築（１０）
■解析ツール
生体解析（１４３５）・死亡者解析（３１４）
■各種補助ツール
地形調査・地下探査・迅速計算

住民全滅までたった八分しか猶予がなかった。ハイパーコンストラクトメニューも出ていた。

(いよいよやべーなこれ。ハイパーコンストラクトって今使っても意味ないか。あと各種補助ツールって何⁉)

どこから突っ込んでいいのやら。地形調査を一応見ておこうか、ということで解析をかける。地層を真面目に調べてゆく。水が逃がせそうな場所があれば、全神通力を使って湖の底を抜くしかない。

(湖がなくなったらメグもロイも、釣り好きな集落の太公望たちもがっかりだろうけど今はそれしか方法ない、俺の頭じゃ思いつかない)

タッチパネルで地下探査を選択、すると地形調査画面横のサブメニュー画面には電気探査という項目が出た。何か色々モードを聞いてくるが、時間がないのでスタンダードだ。ポップアップが開き、目の前をせわしなく生ログの数字が流れ解析画面に切り替わる。

(水平電気探査ときたか。地下の地層を調べるときに使う昔の手法だ。何でこんな昔の……)

地層探査には各種の方法があり、原始的には鉄管でボーリング、非破壊的なものは他に電磁探査もある。空洞調査、無線のないこの時代で使えるのは電気探査しかない。選択肢は一つ。測定点は二極法電極配置というもので、台形の測定領域に一定距離ごとに電極を差し電位測定をする。

勝手に全自動計測をしてくれるようだ。データが統合され……比抵抗断面図が出現する。

(おー便利。地層ごとにカラフルに色分けされて、輪切りにされて積層になってんじゃん)

よく精査してゆくと、空洞が存在した。オレンジ色に見える分布は空洞。二百三十メートル下に細長いそれは横たわっている。

(もうぶち抜くしかないな)

カラナ湖の水が溢れて湖の外に十センチほど溢れ始めた。城門は閉ざされているが、湖から流れ出した水が城壁に波うちはじめる。空が曇り、雲行きあやしくなってきた、風が出てきたのだ。

(ついてないな、こんな時に嵐が来るのか。風が出ると波が高くなるからな)

赤井は若干慌てながら、出来上がってきた地形解析画面もチェックする。


「アカイ——！　水が！」

キララの悲鳴とも絶叫ともつかない声が聞こえてきた。

赤井は神杖を水平に携え、体内からありったけの神通力を搾り出し集中力を高める。

一時凌ぎ、せいぜい防波堤程度にしかならないが、湖に沿って物理結界を張っておく。カラナ湖の一周は数十キロ。神通力の消耗は激しいが、正確に地形に沿って結界を張る。赤井の結界が水圧に耐える限り、水は結界の内側に溜まり続けるだろう。そうやって時間を稼ぎながら、赤井は湖の底に潜って水を抜くつもりだ。

(抜けるかな、岩盤厚そうだけど。でもやるしかない)

集中すると、湖岸に白いベールが立ち上り湖水がせき止められはじめた。湖底に素潜りして水を抜いてくるのを、ブリリアントも待ってくれるようだ。赤井が湖面に飛び込むべく急降下しようとしたとき……雲間から一筋の閃光が迸った。耳を劈く轟音とともに、ブリリアントの頭上に一直線に落下する。直撃だった！

ブリリアントは感電し意識を失い、湖面に吸い寄せられてゆく。構築士自ら生じる神雷には耐性があっても、それ以外の事象によってのダメージには勝てない。にしても落雷が二発、至近距離にいて金属の杖を握っていた赤井が無事でブリリアントにだけ落雷……。

（先輩は何も持っていない、素手だった。不自然だよ、当たるならまず俺じゃないの）

赤井は灰色に重く垂れさがる空を見上げ、合理的理由をさがす。直後、青年の声が聞こえた。

「赤井様――――！」

この声は……。彼は驚愕して振り向き、湖岸に視線を落とすと、獅子にも似た巨大な橙色の肉食獣、エドが天に向かって咆哮を上げている。

『ああ……あなたたちは』

エドの背に乗っているのは……黄色と紫のストライプのワンピースを着た少女メグ！

そして彼女の後ろで彼女がエドから落ちないように支えているのは、精悍な顔つきの青年、ロイ。エドの尻に二袋の布袋を積んで紐でくくりつけている。中身はあの白い花だろう、花束の状態ではなく花弁だけ積んで軽量化してきたなら、最小限の荷物で済む。

（……そうか、先輩を襲った落雷は君の仕業だったのか。ロイが渾身の神通力を使って厳霊を落としてくれたのか。コントロールして神通力を使いこなせるようになったんだな）

ロイは金属の銛を携えてエドから飛び降りた。

(それもう銛なんてちゃちなものじゃない、刃も研ぎ澄まされてピカピカだ。強度もありそうだ、それは立派な槍だよロイ。集落の皆を守るために一生懸命鍛えたのか)

たくさん褒めてあげたい、彼は涙をこらえながらそう思った。


「あかいかみさまぁ――――!」

メグの声が聞こえる。そして彼女と彼の強い思いが赤井の中に流れ込む。彼は愚かしくも、一年前には気づいていなかったのだ。

かくも強かったかと赤井は言葉に詰まる。彼らがかつて赤井に与えていた、信頼と愛情は。溺れてしまいそうだった。始祖、それははじまりの人。最初の民でありかけがえのない最初の十人。その中でも最も絆の深い、メグとロイ。

(やっと会えた、君たちに)

ただ、ひたすらに会いたかった。彼らもまた、そうであったというように。

熱い眼差しで、赤井は米粒ほどの大きさの彼らを見つめる。懐かしいというものではなかった。彼らとの距離は遠くとも、意識を朦朧とさせながら湖の対岸を見つめていたあの日々を思えば近すぎるほどだ。これは実に一年ぶりの再会となる。メグとロイがグランダに乗り込んで来てはキラらに処刑されると懸念していたが、元気な姿を見れば素直に嬉しかった。

「あかいかみさまあ――――！　メグだよぉ――――！　返事をして！」

彼女は何度も、その実在を確かめるように赤井の名を呼んだ。この再会が彼女にとっての現実であることを、声に出して現実にしたかったのだろう。

（メグ。君は大人っぽくなった……俺に甘えていた、泣き虫の女の子ではないんだろうね。害獣である肉食獣エドを怖じることなく巧みに操り、垢抜けて凛々しくなったな）

彼が集落を去ったあと、二人は多くの試練を乗り越えたようだ。慮るに、集落には何度となくエドの襲来があったようだ。集落の周りに柵ができたのは近い未来への国防の為ではなく、現に被害の出ていた害獣対策だったのだ。

（そうとは知らず、俺はのほほんとただ君たちの集落を対岸から見ていただけだなんて）

申し訳なくなる。申し訳なさすぎて死にたくなる。しかし、そうも言ってられず、

『聞こえていますよ、メグさん！』

赤井の声を聴き、メグの心が激しく震えたのが赤井には分かった。


ロイは既にリーダーの風格が出ていた。以前から責任感が強く好奇心旺盛で頼もしい青年だったが、彼が集落を導き守っていたようだ。使い切ったかと思いきや神通力も彼の身に十分残してある、節約して計画的に使ったのだ。つくづく彼の見通しのよさに感心する。

夜明けから幾許と経っていない。彼らは夜明け前から長時間エドを走らせてグランダに来た。

ナオの情報を頼りに、グランダの邪神が赤井かもしれないとのわずかな期待を胸に。病に苦しむグランダの民への土産もしっかり携えて。

彼らとの邂逅によって、赤井の神体に突き上げるような信頼の力が流れ込む。乾いた身体は彼らの力を求め、浸されてゆく。

(感謝の気持ちしかないよ)

その力によって赤井の全身の傷はみるみる癒され、傷跡ばかりか苦痛も消えた。

(こんなにもらっていいの？　まだ信頼してくれるんだな)

彼らの力をわがもののように受け止め、与《あずか》ってはならない気がした。

今一度思い起こす、赤井が彼らに何をしたかを。彼らに何も告げず集落を去り、ロイの肉体を傷つけ、メグの心を踏みにじった。あれほど慕っていた彼らを簡単に見捨てて。彼らを守る為と言いながら一年もの間彼らを置き去りにしていた。

(この信頼の力は、受け取ってよいものか)

しかしそんな葛藤をよそに、甲種一級構築士〝赤井〟のデータは変化し、
有効信徒数―65名（＋55）↓238名（＋219）

(ありがとう。えっと……増えすぎ)

彼が以前から「なんとなく」他の素民より強いと思っていたメグとロイの力。

改めて数字として見るとなんとなく、どころではないぶっ飛びぶり。始祖とアガルタの神の間の絆はかくも強いのだ。彼らに対する様々な葛藤と後悔、顔向けできない気持ちはあれど、折角預けてくれた信頼を無駄にはできない。

『ありがとう、メグさん。ロイさん!』

急がなければ。七分後に洪水で二十七管区が全滅するのが必定だというのなら。彼は十二枠に増えた構築モードの三枠を使い、あるものの合成を予約シーケンスにかけた。

「赤井様、何かお手伝いできますか!? 俺も共に戦います!」

エドからひらりと格好よく飛び降りたロイが湖岸を裸足で走ってきて、葦もどきを手でかきわけ、腰まで水に浸りながら赤井の名を呼ぶ。槍を握り締めて気合十分だが、彼では空中戦の参加は無理だ。ロイはいわゆる現人神化しているが、ベースは素民。無茶はできない。

『ここは私が対処します。グランダには病に苦しむ民が数多います。あなたがたの育てたその白い花を煎じ、城内の病んだ人々に飲ませてあげてください』

するとエドに乗ったメグがそれを聞き、困った顔をして叫んだ。声を枯らして。

彼女の真剣な気持ちに、赤井は胸をうたれる。

「どうしようー! あかいかみさまー! 持ってきたのは白い花じゃないのー! 白と黄色の

間のやつ――！」

（クリーム色だったのあれ⁉　新薬じゃん、えーと、黄色のは病気の予防薬、具体的には免疫力増強効果のある遺伝子群やビタミン合成遺伝子群を組み込んでて白いのは抗ウイルス・細菌薬、消炎鎮痛効果があるから）

そのハイブリッドということは……。早い話が免疫力を高め、ビタミンを補い痛みをとってくれる。

（カドミウム中毒は炎症性症状もガンガンに出る。根本的な治療にはならないけど、有効かもしれないな）

『それは、是非とも飲ませてあげてください』

「わかったー！　気をつけてね、あかいかみさま！」

メグが口元をおさえ、涙ぐみながら頷く。甘えんぼうの泣き虫は健在だった。一年経っても変わらない、彼女の弱点を見つけて赤井はほっとしていたりする。

『キララさん、彼らは私の民です。城内に受け入れてあげてください』

キララは城壁の上から手で大きく円をつくった。

（OKなんだよな？）

広い世界には、首肯がNOでかぶりをふるのがYESな文化があるから困る。ブルガリアだ。インド人もそう。仮想世界はどうだ？　と一瞬考えた。

「アイ！　ロイを乗せてっ！」

エドに乗ってロイを迎えに来たメグが、そのまま彼を乗せて城壁に向かって走り去った。湖岸を走り去る光景は美男美女の相乗りで、さながら映画のようだ。

『頼みましたよ……二人とも』

万が一湖底を抜くのを失敗したら、城壁に漏れがあった場合数時間以内に床上浸水になる。城内の病人をどこかへ避難させなくてはならないので、病人には薬花を飲ませて体調を少しでも改善してもらいたい。すぐに回復するとは思えないが全員生還のための可能性と確率は、少しでも高い方がいい。


既に結界内を海抜（湖抜？）五メートルほど水が溜まってきている。住民全滅カウントダウンを改めて見ると、デッドラインが十五分後に延長されていた。赤井が物理結界で堰き止めているからだ。湖底から立て板を立てるように結界を張ったのが功を奏した。

（あれ？　先輩、どさくさ紛れてどこ行った？）

よく考えてみると、湖に落ちて沈んだまま浮かんでこない。泡も出てこない。ブリリアントがロイの神雷一撃でダウンしたと思えない。この隙に湖の水を抜けということか、と赤井は心得た。神杖と神体の帯電を解き、頭から湖に飛び込んで素潜りだ。……水は冷たく透き通っているが、嵐が来るから視界が悪くなるだろう。

インフォメーションボードは水中表示対応だ、さすがだ。水温十五度と出ている。

透明度は高い、数メートルの視界はある。雲間から差し込む光芒は微かに湖面にも届いて、水は翡翠色に輝き幻想的だ。赤井は空を飛んでいるような錯覚を覚える。イタリア・カプリ島の青の洞窟を思い出した。

湖底を底抜けにする前に、ブリリアントの投入した光球を破壊しておく。カラナ湖の総容積は百十億トン。一方、赤井が貯水槽にしようとしている地下空洞の容積は有限だ。計算すると、二十億トン入るか入らないか……つまりカラナ湖の総容積の三十パーセント以上溢れさせてはならない。湖底を抜けば水位が下がりひとまず住民全滅は回避できても、グランダは床上浸水になる。

赤井は水深の浅いうちに鼓膜が破れないよう耳の空気を抜く。水増し水晶玉は下を見回すと、あっさり見つかった。昏い水中で紫色にテカテカ光っているのだ。

(ライトアップしすぎでしょ。先輩、絶対隠す気ゼロだよな)

ターゲットを発見し、潜水開始。ブラックバスもどきの夥しい魚群をかきわけつつ、水圧に馴れながらゆっくりと素潜ることしばし、ようやく湖底が見えてきた……砂地になっている。全方位から襲い掛かる水圧で、気を抜くと潰れてしまいそうだ。何とか湖底まで辿り着くと神杖を振りかぶり、湖底に向けて叩き割る。あっけなく真っ二つに割れた。アメジスト色の輝きを放っていた宝玉の光はふっと消灯する。

インフォメーションボードによれば、水位上昇が止まったと同時に赤フォントのカウントダウンが止まるも、緊急時画面は消えていない。早く底を抜かないと赤井の神通力が尽き、物理結界が破れ、カウントダウンも再び動き出すというわけだ。

赤井は素潜りしたまま湖底を走ったり飛び跳ねたりしながら、予測ポイント、湖のほぼ真ん中へと近づく。すぐ下に空洞があるという話だ。

神杖でぶち抜けばよいのだが、その途端空洞の中に吸い込まれそうだ。かといって気弾を放っても地盤が硬く出力不足だ。足で蹴り抜くなんてもってのほか、むなしく赤井が骨折するだけだ。無理は禁物、無理はよくない。

(どうすっかな)

きょろきょろと周囲を見渡すと、五メートル×八メートルほどの大岩が湖底に不自然に鎮座していた。黒々しくて、重そうな外見の。砂地に大岩は不自然だ。明らかに周囲の環境と色が違う。映画のハリボテのセットのようだ。

(しかも丸っこいし、俺が丁度良く持てるサイズ。持ち上げる為に便利な窪みもつけてある。ブリリアント先輩、まさかこれ……準備してくれました?)

ブリリアントが悪役演技をこなしつつ、おあつらえ向きにセッティングしてくれていたのかもしれない。縁の下の力持ちだ。

(あいすみません何から何まで、助かります)

西園に頼んで、今年の夏にはブリリアントの自宅にお中元を贈ってもらおう。夏は定番のそうめんか、アイスコーヒーセットも捨てがたい。などとよそごとを考えながら、赤井はリコンストラクト(再構築)モードを開き、水の分解をかけつつ炭素やら水中の窒素やら取り込んで、拳大の空気の塊を湖底近くに創出する。気泡は神通力によって湖底にトラップされ、水面に昇ってゆかずその場に留まり続ける。

気泡の中に手を突っ込み、先ほど予約構築をかけておいたとある有機化合物を物質化し気泡の真中にセットする。

黒い結晶の化合物は凍結状態で、気泡の中にコロンとおさまっている。化合物入り気泡を底砂の三点に一・五メートル間隔ほどでピラミッド状に設置。不自然に岩肌に刻まれた窪みに手を差し入れ、大岩を力任せに持ち上げる。常識的に考えて数十トンはあるが、何トンか気にするとへこたれそうなので情報収集しない。

『ぐ……ぁあああ！！』

怠けるに任せていた筋肉という筋肉が悲鳴を上げるのも構わず、神通力を絞り出し力を乗せる。水面へ向け両手を突き上げると、水圧抵抗と岩の自重に打ち勝ち、大岩は遂に浮揚した。湖底から十メートル浮いたところで、赤井も急浮上する道すがら、ありったけの力を込め岩石を下へと蹴り落した。スピードと神通力を乗せ数十倍にまで重くなった岩が湖底に達する前に、赤井は湖面めがけ全速で避難。急浮上で水圧変化に頭痛がするも、水面を突き破り空に舞う。

肺に大気を吸い込むと、嵐のにおいがした。空はさらに荒れ、神雷ではない自然の雷も風雲急を告げている。

『さあどうなる？　うまくいくのか』

大岩は十分重いが、加速度と自重を合わせても三層にもなる湖底の硬い岩盤や地層を貫通するにはまだ軽いかもしれない。祈るような気持ちでインフォメーションボードを見守る。大岩が湖底に到達するまでの時間が表示されている。到達まで、あとコンマ数秒。

これでダメなら、もう一度やる。

『発破！』

成功への願いを込め赤井が叫ぶと、やや遅れてズシン！　と湖底から鈍い爆発音がした。

強風により湖面には既にさざ波が立っていたが、大岩の直撃と同時に生じた衝撃と大きく波飛沫が立つのを観測する。足元に大波が立ち、波は伝播し物理結界でせき止められる。インフォメーションボードは震源をキャッチしている。岩は狙った場所にピンポイントで直撃し、湖底に構築し予めセッティングしていた三点のターゲットに見事命中したようだ。

赤井が湖底にセットしていたニトログリセリン（爆薬）の結晶体は、少しでも衝撃を加えると大爆発する。そして衝撃は確実に加わり、大岩のヒットによってベクトルは地下に向いたはずだ。

『変だ。ボードの情報によると衝突予測時間と衝突時間がだいぶずれてる。何でだろ、何か気持ち悪いけどまあいっか』

轟音と大振動が起こったため民を驚かせてしまったが、緊急時で多少のことは仕方がない。

『あれ？　魚が浮いてきた？』

魚群に衝撃波が当たり、大量に浮いてきたのだ。

『……お魚さんたちマジごめんなさい』

生物環境保護の観点が抜けていたが、暫くすると魚介類はハッと我にかえり、ツイツイと水中に戻ってゆく。

（よかった死んでなかったよ、気絶してたみたいだ。寝耳に水な水中発破でギョギョっとしただろうね。渦潮に飲み込まれず避難してよ）

できれば無事に生き延びて、釣り好きの太公望たちに釣られてほしかった。

衝突予測地点から空気がボコボコと大量に出てくる。爆薬と岩が地層をぶち抜き、空洞に達したのだろう。


巨大な気泡が猛烈な勢いでせり上がってくると同時に、水面には渦潮のようなものができはじめる。少しずつ水が渦の中に吸い込まれているのかもしれない。放っておけば水位が数センチずつ徐々に下がってゆくだろう。

『頼むよ……湖面を溢れて結界内に溜まった分だけでも地下空洞に溜まってくれたら、湖は元通りの水位を保てる筈なんだ。うまくいってくれ』

穴があくほど水面を見ていると、黒い塊が浮いてきた。黒衣を纏ったブリリアントが魚たちと共に！

（え、何で？　先輩、もしかして衝撃波をもろに喰らった？）

水中にブリリアントのものと思しき血がじわりと滲み出ている。

（だ、大丈夫ですか先輩？　何でそんな発破現場に近づいたんですか？）

水面を大の字になって漂いながら、ブリリアントが赤井に念話で一言。

（狙いが外れてたぞ、赤井君。コントロールが怪しいな、君は）

（うえー……、っと？）

衝突予測時間と実際の衝突時間との誤差の正体。それは狙いが外れていた大岩をブリリアントが水中で軌道修正し、爆薬にぶつけたというのだ。


『ど、どうも……すみませんでした』

飛翔しながらブリリアントを見下ろし、思わず素で謝罪する赤井。助け起こして治療したい気持ちはあれど、彼とは敵対設定なので許されない。

（やばいなー失態ばかりで先輩に尻拭いさせて。お手数かけましてすみません。痛みはないらしいけど、絶対怒ってるよなー、いや呆れてるのか？　どっちもか）

黒衣がボロボロになり、顔に巻いたターバンが緩み、ブリリアントの顔の右半分が見える。金髪碧眼の美青年だ。自分でブリリアントと名前をつけるだけあって、どう見たって悪役顔ではなかった。だから隠していたのだ。

（では、決着をつけるかね）

ブリリアントは水鳥のようにぷかぷか水面に漂っている。全身黒で鵜のようだ、と赤井は思う。早く戦いを始めたがっているが、ブリリアントも怪我で体調が万全ではない。
（折角色々見せ場とか必殺技とか考えてただろうに、ちゃんと予め考えてた演出通りにできるのかな？　できなかったら俺のせいだな）

——お詫びのお中元は、何を贈れば間違いないだろうか。と赤井はまた思考が脱線した。

《アガルタ第27管区第1区画内　第3346日目　居住者数　1861名　実質信徒数16名（+219）》

インフォメーションボードが通常画面に戻り、久しぶりに現在情報が出現した。

居住者数は赤井が解放した区画の人数だ。インフォメーションボードの表示や仕様もよく分からないながら、赤井は手探りで進めてゆくしかない。メグとロイのいる赤井の本拠地が第ゼロ区画だとすると、二区画分の合計人数だ。実際に二十七管区に住んでいる素民は第二区画以降にもいるのだろうが、今は非公開になっている。

実質信徒数は赤井に実際に神通力を与える素民の人数。赤井の集落の民たちの分はこの地まで信頼の力が及ばず、含まれていない。

カラナ湖には今や巨大な渦潮ができ、湖面の水位は少しずつ下がってきた。空洞に水がうまく流れて、あと十五センチメートル程水位が下がればカラナ湖は元通りになる。

（いけそうだ、下流には川が出てるから、これだけ水位が下がれば段々と川から水が逃げて、もうグランダが洪水になることはない）

ブリリアントは大量の魚介類たちの中、水鳥のように水面に浮かんでいる。

（先輩もぼさっとせず早く起きた方がいいですよ。天然の巨大洗濯機のパワフル水流に飲み込まれますし！　……いや別に飲み込まれてくれてもいいですけど）

ブリリアントはやおら起き上がり、赤井と同じ高度に浮揚する。飛翔の姿勢はピシっとして模範的だが、赤井は申し訳なかった。

（なんか流血してますし心苦しいです先輩）

『よくも民をたぶらかし、毒気を撒き散らしおったな！　その邪悪なる魂、一片と残さず滅ぼしてくれる！』（はじめよう、そしてお別れだ）

彼は声を張って、本音と建て前を同時に話す離れ業をこなしつつ悪役演技を継続する。

構築士の声は直接相手の心に働きかけ、肉声とは異なる独特の響きが素民には神秘的に聞こえている。構築士の声は無線電波のようなもので、音ではないので距離に依存して減衰しない。必要に応じて、数百メートル離れたグランダの民にも会話の内容を伝えることができる。演技を怠るわけにはいかない。赤井も念話では詫びつつ、演技を再開する。

（わかりました、心苦しいですが戦いましょうか）

『民を欺き裏切ったのはあなたの方です！　グランダで病に苦しむ人々に、あなたは手を差し伸べなかった。その力があったのに！　ならば私が彼らを救います』（悪役って大変ですね、今までのご苦労が偲ばれますよ）

正直、赤井がブリリアントに指導を仰ぎたかったことはたくさんある。しかし仕事なので馴れ合いはできない。

（悪役って大変でしょうけど、現実世界のプライベートでは気分転換してくださいね）

『汝の毒に冒された民はもはや助からん、わが手で清めてやらずばなるまい！』（なに、この仕事が無事に終われば次はランク2になれる。私はそれでいい）

（何ですかそれ！）

もともと悪役採用ではなかったと聞き、赤井は驚く。ランク1以下の採用ではその役を無事にやり遂げたら昇進する、ということだった。

『清める……？　どういう意味ですか。まさか……！』

（私らは最初から甲種一級のハイロードなんですが、昇進があるんです？　じゃあ先輩もいつかランク1にもなれるってことです？　てかランク2って何の職種で？）

眉間に皺を寄せ迫真の演技中に、水面下ではのほほんと世間話をしているという構図だ。

『死をもってな……』（ランク2はアポストロ（使徒）さ、一般構築士はランク2どまりだよ）

『そんなことは絶対に許しませんよ！』（へー！）

設定沿いの悪役的挑発に適当に応じながらも、感心する赤井。一般構築士とそうでない構築士があるようで、赤井は一般ではないらしい。

（アポストロって天使とか使徒のことだ。悪役の次は天使役か……次は白翼背負って飛ぶんすか先輩！）

なら次こそ娘さんに自慢できますね！　「パパ――素敵ーカッコいいー！」「ハハハどうだー！　パパは天使だぞー！」ってなくだりができますよね！　よかったじゃないですか！

などと妄想をしていると。

（残念ながら、子供はいないよ）

妄想まで読まれていたようだ。これは赤井も恥ずかしかった。

（連絡先交換もできませんが、またいつか、東京の街で巡り会えたらと思いますよ）

（そうだな……また、いつか、どこかでな）

そう念じるブリリアントは晴れやかな表情をしていた。

（百二十年間、悪役でありながらも、たった一人で第一区画を発展させ守って下さってありがとうございます。第一区画が解放されたら、私の集落との急速な文化融合が図られ、文明が飛

躍的に進むでしょう。助かりました、心の底から大感謝です。長い間お疲れ様でした）
　クランクアウト、いやログアウトのお祝いに行きたい赤井だったがまず呼ばれないだろう。積年の労苦を労うべく、赤井はせめてもの餞に、ブリリアントが最後に綺麗に散れるよう尽力しなければならない、そう考えた。

『ほう、許さなければどうするというのだ』（バカ丁寧な神様だな、赤井君は。珍しいよ）

　ブリリアントは鼻で笑ったが、馬鹿にした様子ではなかった。

『今こそ永久《とこしえ》の命を授き神国へと導かん！』

　突然の決め台詞に、赤井ははっと我にかえる。念話に集中しすぎて、建前を忘れていたのだ。要約すると邪神（＝赤井）の毒気から民を救うためにはグランダの民全員を殺して神の国に連れて行く？

（滅茶苦茶な俺様理論だな先輩。それが天空神ギメノなんちゃらのキャラ設定なのか）

　強引すぎて逆に感心してしまうところだった。

『我が神炎によって魂を清められし者は、我が命を受けん』

　ブリリアントはいかにもな悪役台詞を吐くと、グランダの城壁に向け両手を突き出す。問答無用で無数の火炎弾を放った。火炎のミサイルのようだ！　赤井の物理結界を内側から貫通しての無差別絨毯爆撃が繰り広げられる。やや遅れて、被弾した城壁から黒煙が上がる。

（やりましたね先輩！）

思わぬところから直撃を受け、城壁の上にいた兵士らが天空神のご乱心に大慌てだった。何人か炎に包まれ、熱さに耐えられず、もんどりうって貯水甕に飛び込む。

長い年月をかけ立派に築き上げた城壁も爆撃によって一瞬にして蜂の巣だ。

（先輩が城壁を築けとキララに命じたんだろうに、あんまりですよ）

グランダの堅固な守りも丸裸にされてはたまらない。城壁の上には泣きそうな顔をしたキララの姿も見える。

しかしこの攻撃によって、天空神こそがグランダに災いを齎《もたら》していた邪神だったと、キララは目がさめた。厚く信仰していた天空神からの理不尽な火炎攻撃を受けては信仰心も挫かれるというもの。希望を絶たれ城壁に立ち尽くす。神炎で焼かれ死んだ者は永遠の命を授け天国に行けるなどと言われても、誰が炎の中に身を投げるだろうか。


彼らは死後の平安を望んではいない。

生きたいのだ。この世界、この仮想死後世界アガルタで。ここが彼らの住処だ。

赤井は仮想の存在である素民たちの、生に対するいたいけなまでに強い執念を知っている。


「おやめください！　天空神様！」

「ひいいっ！　お許しを――――！」

兵士が泣き叫び懇願しても、爆撃は続く。それどころか高笑いをあげ、

『我が民は幸いである！　救済の日は来れり！』

などと言いつつ、ブリリアントは無差別爆撃を繰り広げる。女も子供も見境なくだ。

『なんてことをしたんです！』（悪役に徹しすぎ。ちょっと乱射しすぎですって先輩）

赤井は神杖に電流を通じ、火炎弾乱射中のブリリアントに真横から急襲をかける。受け身の態勢を取る様子がないので遠慮なく腰を狙い、最大電圧をかけつつフルスイングでドライバーショット。ブリリアントの体は折れ曲がり、一直線にグランダの方に吹っ飛んでいった。

グランダの方角に突進していったブリリアントの後を、赤井が追う。

ブリリアントは吹き飛ばされつつも、振り向きざまに赤井に火炎を散弾のように放ってくる。赤井は飛翔で追いながら神風を起こし火炎弾の軌道を逸らす。やられっぱなしでは癪なので、気圧の不安定になった雨雲から次々と垂直に電撃を落とし、ブリリアントに逆襲をかける。グランダからは天と地を繋ぐ太い電撃が目を射んばかりの眩さで、美しい光の並木道のように立ち並んで見えたことだろう。水面を走る湖面全体が光の湖のようだ。

何発かはブリリアントに直撃した。

赤井は得意げに電撃を落しまくって水面をはっと見ると、魚が再び魚群ごと……。

（反省したばっかなのに、一度ならず二度までもマジごめん。もう俺、魚介類の間では破壊神として名を馳せちゃうかもしんない）

あとでお詫びの気持ちを込めて、湖の水質浄化や周辺の緑化や稚魚たちの養殖と放流を積極的にやるので許してほしい、と赤井は魚に詫びを入れる。

一方、グランダの城壁周辺では懸命の消火活動が始まっている。しかし悪役とはいえ構築士が灯した炎はタチが悪く、人間には消火できない。ブリリアントの炎も同じだ。消そうとすればするほど牙をむく。高々と黒煙が立ち上り、グランダの民たちの悲鳴が聞こえる。

キララも最前線に立って防火用の水甕を持って来いだの、建物を壊して延焼を食い止めろだのと兵士たちに命令を飛ばしたり、彼女自身も巫力で何とかならないか試みていた。しかし徒労に終わる。ブリリアントの大火炎の前には成すすべもない。

たちまちのうちに炎は広がり、キララと護衛の兵士らが炎と煙に巻かれ、その場に蹲《うずくま》った。

彼らグランダの民たちが失意に満ち拠り所を失ったとき。火の海の中に取り残されたキララや兵士たちをめがけ、一人の青年が炎の中に飛び込んできた。青年の登場と同時に、白い半透明の壁が幅数百メートルにもわたり、ベールのようにグランダを守り、火炎弾は弾き返される。

城壁一面に当座の物理結界が展開された。それは頼もしくもあり、壮麗な光景でもあった。

物理結界は内側からの耐久性は弱いが、外側からのベクトルには強い。

「ここはお任せください！」

いたのだ。人の身でありながらブリリアントの邪悪な力に立ち向うことができる素民が！

『ロイさん！』

彼が雄たけびとともに神通力を通じた槍で炎の舌を薙いでゆくと、たやすく鎮火する。彼は赤井の力を受け継いだ素民である、同じ性質を持つ炎を手なづけることも容易い。

神通力の出し惜しみをしなければロイにも結界は張れる。猛烈な勢いで神通力を消費しはするが……。この一年間はケチケチと神通力の節約をしていたロイも、ここぞとばかり湯水のように使う。さらに彼はブリリアントの火炎攻撃を防いだばかりでなく、何を思ったか神通力を込めた熱い空気弾を天に放った。


音速を超えて空気弾を打ち上げたため、パンと大きな炸裂音が鳴る。雨雲を刺激し、局地的な集中豪雨を降らせるようだ。

（手慣れてるなー、構築士顔負けだよ。ロイは文武両道デキるんだよな。インフォメーションボードも持ってないのにな）

と赤井は感心する。

モコモコと上空十キロにも達する積乱雲を地上から器用に成型し、ロイは雨の降らせ方も心得ている。降水の原理を知っているのだ。局所的集中豪雨が猛烈な勢いで降りそそぎ、グランダの城壁沿いの大火災をたちどころに鎮める。

神の力を孕んだ雨は、邪悪なる炎にも打ち勝つ。雨はスコールのように降ったかと思えば、ぱたりと降りやんだ。

『ロイさん、お見事です！』

ロイは古代人であるが、今や理論的思考能力に体力も度胸もある、わずか一年で有能すぎる助っ人になっていた。赤井とロイの関係は、神と素民といった他人行儀なものでもなく親子関係に近く、赤井もロイの父親のつもりでいた。彼はもともと身よりがなく、彼が本音を言える存在は赤井だけで、赤井も彼を人一倍手をかけて育てた。

（とはいえ、ずっとお互い敬語で彼は俺に膝まづいてたけど。十分よそよそしいか……仲いいとか思ってるの実は俺だけか）


ところで頼りにしていた城壁が敢え無く陥落したグランダの一般市民の反応はというと、爆撃によってできた風穴から顔を出して悲鳴を上げている。ブリリアントがグランダに炎を放った瞬間を目撃し、そして同時に、ロイがグランダを救済した一部始終を見届けた。

「信じられない！　天空神様がグランダを……何の間違いだ」

「それにひきかえ、赤い邪神は洪水から我らを守り、さらに邪神の使いの男もグランダを炎から守ってくれたぞ！」

「なぜ天空神様が我々を滅ぼそうとしている！　滅びを呼ぶ赤い邪神からグランダを守ってくださる筈では！」

「わけがわからない。もうめちゃくちゃだ」

「救済して下さるといったって……それが死後では意味がない。我々はまだ、死して天国になど召されたくない！　これは違う……伝説とは真逆だ！」

混乱した民たちの間で情報が乱れとび、彼らも何が起こったのかと野次馬気分で城壁のあたりに押し寄せてきている。そして彼らはロイに質問を浴びせる。

「おい、邪神の手先！　どういうことなんだ！」

「あれはグランダに災いをもたらし、人の肉を食み生き血を啜る邪神ではないのか!?」

奇跡を見せつけた異国の青年。彼は邪神の手先呼ばわりされても気を悪くしない。狼狽した兵士たちに対し槍を握ったまま落ち着いた様子で一言。

「彼は邪神ではない、よい神様だ。もし邪神がいるのだとすれば別神だろう。俺たちは幼いころからずっとこの神様によくしてもらった」


『さあ来い！　邪神よ！』

ブリリアントはグランダの上空で急ブレーキをかけ、赤井を待ち構えていた。

(下にグランダがあるのにその上空で神々のバトルをやりますか……大量に犠牲者が出そうだ)

赤井は困惑する。

「う、上だあ！！　逃げろ──！」

赤井とブリリアントが真上に来たので、城内に避難していた人々は騒然としている。キララに伝達係の兵士が報告をする。

「スオウ様、ご命令どおり邪神の使いが持参した薬花を病人に飲ませたのですが……」

「どうなった⁉」

「そ、それが信じられないことに！　心なしか痛みが和らいだと申しております」

クリーム色の薬花には消炎鎮痛効果があった。即効したのは、ロイが神通力を含ませたからだ。神通力を込めることによって、さらに炎症症状を緩和させることができている。兵士が指差す先には、クリーム色の薬花を配るメグの姿があった。メグの周りには人垣ができ、われ先に薬花を手に入れようと小競り合いが起きている。花を受け取り苦痛が和らいだ人々はメグに懇ろに礼を述べている。


「本当にありがとうございました！」

「もう苦しくないのです！　天空神さまでも癒せなかったものが！」

メグの手でグランダに齎《もたら》された薬の効果は、病苦に喘ぐ人々によってただちに確かめられた。

『その女を、民を惑わす邪神の使いを殺せ』

ブリリアントは突然、彼らにメグを殺せと命じた。

メグの周囲に群がっていた民衆は互いに顔を見合わせたが、もはや命令に従う者はいない。メグは彼らの恩人である。恩人を手にかけられはしない。大勢に囲まれたメグは周囲の素民の顔を見渡すと、何か意を決するように小さくひとつ頷き、凛とした表情でブリリアントを見上げた。黒衣のグランダの民の中に、紫と黄色のストライプの服を着た少女。隠れたとしても目立つが、彼女は逃げも隠れもしない。

「私は邪神の使いなんかじゃない……あかいかみさまは、邪神なんかじゃないもん！」

いつになく強い口調で、メグはきっぱりと言い放った。

内気で泣き虫で、自己主張の苦手だったメグだ。しかし赤井の汚名を濯《そそ》ぐため、声を張って精一杯弁護をする。ブリリアントに楯突くことによって、身に危険が及ぶことも省みず。

赤井は彼女の勇気ある一言に感動していた。

「その女性の言う通りだ！　天空神ギメノグレアヌス」

メグを庇うように、一人の男性がメグの前に立つ。ナオの父だった。グランダの民が天空神に物申すのは憚られるのか、声は勇ましくとも、手がブルブルと震えている。それでも父は勇気を振り絞り、思いのたけをブリリアントにぶつける。


「赤い神様は満身創痍であらせながらも妻を救ってくださった、異国から来たこの若い二人もそうだ。スオウ様もあなたを信じてずっと従ってきた。私たちもだ。なのに、あなたはスオウ様に死を命じ……そしてグランダの民には死して永遠の命を？　ふざけるな！　私はもうあなたを信じない！　誰も信じるものか！」

大きく息を吸って、一気呵成に言葉を続ける。

「私たちが生きたいのは、来世ではなく現世だ！　グランダに死をもたらすあなたこそが邪神ではないか！」

苦しみぬいた彼という一人の民の、魂の咆哮。言い切って肩で息をしている、口が過ぎたのは承知のうえ。それでも彼は面と向かって天空神を謗《そし》った。当然、報復を受ける事も覚悟のうえで。

『邪神の毒気が全身に回ってしまったようだな。哀れな男よ』

ブリリアント扮するギメノグレアヌスは冷たくそう言うと、ナオの父にすっと指先を向けた。

『危ない！　逃げて！』

赤井が急降下し、ロイが上空に結界を張ろうとした頃には既に手遅れだった。ブリリアントは上空から炎の矢で、ナオの父の右胸をストンと射た。何の躊躇もなく。

「あ……赤い神様は私たちの信頼に〝報いて〟下さった、しかしこれがあなたの〝報い〟なのか」

黒い貫頭衣の裏から鮮血が勢いよく飛び散る。捨て台詞を吐きながら、ナオの父はよろけてぐらりと崩れる。炎の矢が彼の体を貫通し右肺を貫いたのを、赤井は確かに見ていた。神眼はスローモーションのように、起こった出来事の一部始終を克明に捉えている。

「お父さあぁん――――！」

ナオの悲鳴。赤井は民衆の中にふわりと降り立ち、地に沈もうとしていた彼を優しく抱きとめる。肺に穴をあけられ、右胸に耳を当てるとヒューヒューと聞こえる。直径三センチほどの穴だ。左肺があるので直ちに呼吸困難にはならないが、

「ぐあああああっ！」

絶叫を間近に聞きつつ、ナオの父の貫頭衣を剥ぎ取り、赤井は直ちに応急処置を開始。

「あかいかみさま！　これを使ってっ！」

メグが木綿の赤い小袋を赤井に渡す。中に入っていたのは……赤い薬花。痛み止めだ。

『助かります、ありがとうメグさん』

ナオの父に赤い花を噛ませると痛みが和らいで鎮静し、治療がしやすくなった。

傷口はやはり右肺を貫通している。ブリリアントは彼を殺すつもりなら左胸を射ているので、殺すつもりはないのだろう。肺に穴が開き外の空気に曝された状態を気胸《ききょう》という、肺の内部は外気圧より低いので、肺の中に外気が吸い込まれる。気胸になると息苦しくてたまらないが、まだ左肺は機能している。赤井は神通力を癒しの力に変換し、まず彼の背の創傷を閉じる。

『息を止めて！』

赤井は右胸の傷口に手をあてながら口づけをし、傷口から中の空気や血液を吸い出すと同時に治癒術をかける。感染症予防のために口の中を消毒したいが、神様は穢れないらしいから多分清潔だと思うことにした。清潔な医療用チューブでゆっくりと肺の空気を抜かなければならないが、そうも言ってはいられない。治癒術によって傷口が塞がるにつれ、父の息の音は何とか元に戻った。

赤井が地に血を吐き捨てた頃には、大きなどよめきが起こっていた。

「奇跡だ……邪神が男を癒したぞ……」

「絶対に助からぬと思ったが、蘇らせたぞ！」

「邪神が我らを救ってくれるのか」

ざわざわとざわめく民衆たちの声が聞こえていた。戸惑いと、そして大きな期待が赤井に吸い寄せられるように集まってくる。一粒ずつの、ほんの僅かな水滴が集まるように。やがてそれらは大きなうねりとなって！

「あ、ああ赤の神様、こんなとるに足らぬ私のために。ゴホ、ゴホッ」

『まだ喋ってはいけませんよ、お大事に』

「この方は、邪神ではなかったのかもしれない」

誰かがぽつりとそう言った。

「そうだ、そうだ！」

奇跡を目撃したグランダの民から寄せられはじめた熱い思いを、赤井は肌で感じ取っていた。力が漲ってくる。その力の正体は、生への渇望とも言うべきか。インフォメーションボードを見ると、ブリリアントの有効信徒数が少しずつ流れ込んでくる。

赤井のいた現実世界には寿命などあってないようなもので、死んでも記憶だけでアガルタに入れるため、命を惜しむということを知らなかった。赤井も何となく人生を消費していた。生きているか死んでいるかも分からないような顔をして。しかしアガルタでの出会いは一期一会、どんな別れも辛い。

この仕事に就いて得た糧は、現実世界では絶対に得られない、と赤井は思う。等身大の命を燃やし尽くそうとしている、素民の姿が尊く眩い。

よって必然的に。素民たちの静かなる造反は起こっていた。

ブリリアントの一連の行動で非情さが引き立ち、効果的な演出になったからだ。それは完璧にブリリアントの計算だった。ブリリアントは故意にグランダの民を攻撃し、手持ちの有効信徒を削っている。それは最も手っ取り早く、そして強い信頼がある状態で赤井に信徒を引き継ぐ方法でもある。実際に、邪神からグランダを救ってくれと、祈るような気持ちでグランダの民が赤井に信頼を預け始めている。

(先輩……極悪だけどいい人すぎる。何から何までありがとうございます)

心の中で感謝していると、ブリリアントは。

(なあに。旅立ちには身軽なほうがいいのさ)

――どこまでも渋い男だった。童顔のくせに、と赤井も渋い顔になる。

《アガルタ第27管区第1区画内　第33346日目　居住者数　1861名　実質信徒数351名》

ブリリアントの悪役演出のおかげで、赤井の有効信徒数がうなぎのぼりだった。ブリリアントのやり口は老練で手練れている。グランダの街の上空から見下ろしていたブリリアントは、嵐によって不安定になった空に両手を高らかに掲げた。そうかと思えば、分厚い雲に向けてズドンと熱い大気の渦を穿ちこむ。

一見、ロイが雨雲を呼んだのと同じ方法に見えるが、熟練構築士では威力が違う。ブリリアントが空に放った空気によって、雲に鉛直方向の大穴があき、ドーナツ状の台風の目のようなものが生じた。

赤井は何が起こるのかとインフォメーションボードを注視していると、ブリリアントの投じた一撃で周辺の気圧が急激に降下してゆく。……たちまち十ヘクトパスカルも下がった。局所的低気圧の生成だ。

（さすがは先輩、低気圧生成なんて高等な技を。グランダの存亡を脅かす天災の前触れ、壊滅的な被害を与えそうな予感がするよ……）

「雲の渦がこっちに近づいてくる！　嵐がくるぞ！」

誰かが怯えて叫んでいる。平静を装いつつ内心慌てる赤井と、大声で喚き散らすグランダの民を、ブリリアントはお手並み拝見とばかり悠然と見下ろしている。

グランダの街の中にある軽い物質から順に、暴風にさらわれ吹き飛ばされてゆく。最初は土埃が巻き上げられ、やがて小石がピシピシと。目に埃が入って泣きべそをかく民も続出。子供は天変地異の連続に大泣きだ。遂には小さな礫なども空へと巻き込まれ、危険極まりない暴風域を成している。雨も強く、雲が段々と垂れ下がってくる。激しい落雷を伴う豪雨となりそうだ。赤井は横殴りの雨に打たれながら、どうしたものかと不安そうなグランダの人々に警戒警報を発令。

『暴風雨が強まっています。飛来する礫に気を付けながら各自家に戻り、戸締りをして絶対に家から出ないでください！』

昔の、台風が来た日の学校教師のようなコメントだった。

対流層の分厚い雨雲が、ブリリアントの強い上昇気流で刺激されますます活性化し巨大マッシュルームのようなキノコ雲が成長中だ。あまりの大きさに全貌は赤井にも掴めないが、空を真っ黒にするほどの尋常ではない大きさだということは分かる。

（しかもマッシュルームがゆっくりと水平方向に大回転してますけど……何かこの雲、変ですよ先輩！）

インフォメーションボードを手元に引き寄せ、超巨大積乱雲にアナライズを開始。解析して三秒ほどで、スーパーセルの文字が出現した。

（スーパーセルって何!?　名前からしてもうヤバイ。雲のラスボスみたいなやつか）

自然科学方面の知識にはめっぽう強い赤井も、気象学は何故か門外漢だった。現実世界では世界気象管理機構（ＷＷＯ）の気象管理士たちによって世界気象はマイルドに管理されているので、嵐や台風、異常気象にはなじみがないし、気象による災害などもう過去の産物だ。旧世紀の衝撃映像特集で見たことある程度。

（中学校の道徳の時間でそういうの習ったよ、当時の人々の不便な暮らしと災害による被害に、当時は大変だったんだなと思いを馳せたりしたっけ。そういや感想文も書かされた）

そんな貧相なレベルの知識だった。

森羅万象、自然の力が荒ぶるこの原始時代。自然の猛威に一人では立ち向かえないが、知識と諸解析ツールがあるだけましか、と赤井は気を取り直す。ブリリアントのスーパーセルは小規模低気圧《メソサイクロン》を伴う巨大積乱雲、という結果になっている。

（それって積乱雲のバケモノって解釈でいいんだよな）

解析画面にはスーパーセルが起こす、上から吹き降ろす暴風《ダウンバースト》の風速値も出ている。風速、九十メートル……百十メートルに達していた。

（何ごとですかこの風速、台風も裸足で逃げ出すって！　マッシュルーム型の雲の底が渦を巻きながらグランダに向けて漏斗状に徐々に垂れ下がってくるし！　どわーこっち来ないで！）

垂れ下がる漏斗状のマッシュルーム雲が地上と繋がれば、巨大竜巻のようになる。

（北アメリカ大陸っていうと昔は竜巻のメッカでしたもんね！）

ブリリアントはカナダ人。郷土を思い出してやりたくなる気持ちはわからないでもないがこの威力だ、グランダなど簡単に壊滅しそうだった。

（素民たち脚遅いし竜巻から避難できませんので、先輩がご希望してる旧世紀の衝撃映像百連発みたいなスリル映像撮れませんって！）

　などと念話で叫んでみたが、ブリリアントには届かない。

「アカイの言うとおり避難して、絶対に家から出るな！」

「スオウ様、あなた様もお逃げください！」

　グランダの民はキララの言葉をよく聞き入れる。彼女が民のためにどれだけ心をくだいていたかを知っているからだ。

　グランダの民はキララの命令で各々の家に大慌てで避難した。大混雑の末、干潟の汐がひくように人々が家に逃げ帰ってゆき、メグ、ロイ、キララと及び腰になった数人の兵士、ナオとナオの父クレイが残った。


『ナオさん、クレイさん、キララさん。あなた方もどこか安全な場所に隠れて。メグさんロイさんもどこか民家に入れてもらって』

　しかしキララは聞く耳を持たずロイもメグも避難する気ゼロだ。スーパーセルを目の当たりにしたロイが表情を引き締め、雲底を見上げ赤井に判断を仰ぐ。

「不吉な雲ですね。いかがなさいますか、赤井様だけの力でこの嵐を鎮められますか」

『やるしかありません。力は不足していますが』

　背後からいきなり誰か赤井にひしっと抱きついてきた。赤井は振り向かなくても誰が抱き着いてきたのかわかる。この温かな力の波動、メグだ。

「あかいかみさま。私、まだ力をあげられてる？」

赤井の背越しに、メグの体温と彼女の信頼の力が浸透してくる。腰にしがみついてぎゅっとしてくる。力が足りないと言ったから、律義に信頼の力を神体に直接伝えているのだ。間接的に力を送るより接触して伝えた方が力は伝わる。

『ええ。メグさん、あなたの力を感じていますよ』

赤井は素直に嬉しかった。

「私がかみさまにしてあげられること、これだけだけど。どうか無事で皆を守ってって、心を込めて祈っているの伝わっているかな」


彼女と別れて一年経っても、メグには相変わらず邪心がなく心は澄んでいた。赤井はほんの少しだけ、メグが純粋すぎて心配になる。彼女の心の主成分は良心と相手を思いやる心で、それが神にとっての糧であり、注がれれば心地がよいのだ。温かな光のシャワーを浴びているように恍惚としてしまう。


「何を呑気に遊んでいる！」

赤井が悦に入り我を忘れていると、キララに呆れられていた。そのキララはいつの間にか弓と矢筒を背負って長剣も二、三本腰に下げている。

『あなたこそ何をするつもりですか』

「天空神様を止める。差し違えてもだ」

キララに刺激されたロイも戦闘に志願する。

「赤井様、俺も一緒に戦います。あなたは俺たちの集落にいた頃のように万全ではありません」

ロイは赤井の状態を分析したうえで、心配していた。しかし赤井としてはブリアントと一戦やり合うにしても段取りがというものがあり、はっきり言って加勢は邪魔なのだ。

『あなた方は他のことで手を貸してください。キララさんは精錬所の全ての炉の火を落としてください、あと、燃料を水底に沈めて』

戦闘もしくは竜巻によって精錬所が破壊されたなら、グランダが確実に火の海になる。グランダは城壁に囲まれているので、風が内部で回って火災が瞬く間に広がるだろうと赤井は推測する。その際、溶炉が壊れ出火すると被害が拡大するので、明らかに燃えそうなものは全て水に浸けて延焼を食い止めてほしかった。

キララは精錬所と高炉の在り処を知っている、炎の扱いも心得ているのでキララが適任だ。

『ロイさんはここで物理結界を展開し、建物の被害を最小限に食い止めてください』

「承知いたしました、赤井様」

ロイは聞き分けがよかった。

「私は？　私も少しでも手伝いたいです」

赤井の背中から遠慮がちなメグの声が聞こえる。メグも何か仕事が欲しいのだ。メグには、キララをエドに乗せて金属精錬所を回り、重病人の介抱をお願いしますと言いつけた。メグも嬉しそうに「はいっ！」と返事がよい。キララは不服だった。

「待てアカイ、そんな雑事はどうでもいい。余も残って共に戦うぞ」

「あかいかみさまの言うとおりにしよう、早く！」

メグはつべこべ言うキララの手を引きエドの背に引き上げようとするが、キララは抵抗する。

「ええい、そこの男！　汝が炉の火を消しに行けばよかろう！」

「ええっ！　私がですか？」

おろおろと遠巻きに見守っていたナオの父にキララの指名が飛び火した。


「早く、急ごう！」

結局メグとキララはすったもんだした挙句、キララではなくナオの父とナオをエドに乗せ、ロイが無理やり居残ろうとしたキララをエドの尻に乗せた。ロイがエドの尻を勢いよく叩くと、エドは吠え哮りながら路地へと走り去って行く。エドは大型肉食動物であるので、四人が乗ってもびくともしない。そんな中、ロイが赤井に尋ねる。

「赤井様、ところであの奇妙な雲はどうして風を巻き上げるのですか？」

『上空と地上との間の温度差によって気圧の差が生じ、上昇気流が起こります』

「温度差？　……温度差であのようになるのですか。気体は溶液と同じ振る舞いをするのでしたよね」


ロイはぶつぶつと温度差という言葉を繰り返した。

（ん？　ロイは流体力学が気になるお年頃？　分かるよその気持ち！）

ロイも十七歳だ。現実世界では高校二年生だな、と赤井は想像する。ロイは物理学にも興味を示していたが、赤井は教えていなかった。アガルタ二十七管区に現実世界の物理学が通用しなかったら、と懸念したからだ。彼は得た知識はすぐ応用しようとするので、下手に教えて間違っていると責任が取れない。それはともかく、

『ここはあなたに任せます。ですが決して無理をしないように』

「承知しました。赤井様、せめてこれをお使いください。こちらの方が切れ味も鋭い」

ロイは彼の自慢の槍を赤井に手渡そうとする。槍は鉛色で三メートルほどの長い金属の柄、刃渡り五十センチ、幅六センチほどの木の葉型の長い刃物がついている。スピアという西洋槍に似ていた。スピアというと中世より少し前ぐらいの槍じゃなかったっけ？　とうろ覚えで赤井は思い出す。ロイ個人の知識・技術レベルは中世に進んでいるらしかった。素民たちは弥生時代で取り残されているというのに……。

『ロイさん、折角ですが私は相手に刃物を向けるつもりはありません』

それは赤井のポリシーでもあった。

「では、絶対に負けないと約束していただけますか？」

ロイが赤井を挑発するような言葉を投げかけたのは初めてだった。赤井は面食らって返事ができない。そこでロイはすかさず、

「確約できないなら、強がらずこれをお持ち下さい。あなたならわかるはず。まず折れません」

『確かにそのようですね、でも何と言われても私は武器を持ちませんよ。それに私は死にませんしね、ご心配には及びませんよ』

というのは、ブリリアントが負けるという八百長シナリオがあるからだ。槍を持たずとも負けはすまい。赤井がそう高をくくってロイを安心させるように微笑んでいると……、

「いい加減にしてください！　何を生ぬるいことを仰っているんです！」

……ロイは声を荒らげ、赤井を厳しく叱りつけた。

(この子キレる子だったっけ⁉　初めてだよ。ロイが反抗期だよ！)

「たとえ不死身でも、万全を期して臨まなければ敗れる確率が高まる。死せずとも負ければあなたもグランダも俺たちの集落も窮地に追いやられる。あの者の力は強い、俺にも分かるほどに。あなたが敗北したら、この世界はどうなるのです。あなたのくだらないこだわりの為に、勝機をむざむざ捨てるつもりですか！　そこから何が得られるというのです、俺は利点を見い

だせない。あなたに敗北は許されません」

（……何て隙のない論破。そこまで言う？）

エドと戦いすぎて好戦的になったのだろうか、外見も内面も逞しくなりすぎている。鼻たれ小僧だった彼が今や赤井に説教だ。あまりの剣幕にたじろいでいると、駄目押しのようにきつくとどめをさす。

「あなたはこの世界を創りあげてゆく神様で、そのための強い志があるのでしょう。ならば負けないでください、ここで終わりにしないでください」

棘のある言葉は全て、赤井を思ってのことだった。

思いを込めた言葉はそれと相応の、質量を持っているのだろうか、と赤井は思う。一言一言が胸に重く響く。ロイは以前の、赤井の言葉を忘れていなかった。赤井はロイに、この世界を創り上げてゆく決意を語ったのだ。

共に歩みたいと願う、ロイのけなげな心が見えている。

「世界を創りあげることを、諦めないでほしいんです」

その時赤井が彼に対して懐《いだ》いたのは、焦燥感だったのかもしれない。

出会ったとき、ロイはうんと子供だった。子供扱いしてかわいがっていたロイだが、彼はもう分別のある大人になってしまった。そう遠くないうちに彼は心身ともに成熟し、二十二歳の赤井の精神を追い越してゆくのだろうと分かった。それはロイだけではない。

そして彼らは赤井の人生とすれ違ってゆく。彼らは仮想の中に生き、そして仮想の世界に死ぬ。現実の世界がどのように在るのかも知らずして――。

赤井と彼の間の精神面の差はもう感じられず、純粋なだけの少年ではない。彼を子ども扱いしてはならなかった。彼らは人工知性であり仮想世界の住人であっても、体も心も成長してゆく。現実世界の人間が彼らの信頼を得ようとする為には、一歩先を歩もうとする強い意志と、たゆまぬ努力を必要とする。

(俺はいつまで彼らを失望させずに演技を続けられるんだろう。演技ではなく本物の神様になるぐらいの意気込みでやっても、一体どこまでやれる？　今のままではいけない。俺もまた、変わっていかないと)

赤井がアガルタに入って九年、文明を進めようと焦るあまり彼らの能力向上を課題としてきた。しかし赤井が素民たちのように自己研鑽したかというと、不十分だったと彼は痛感する。

『私が間違っていました』

思い知ったのだ。素民を成長させるばかりでなく、赤井自身も成長しなければならないということを。何故なら彼の心は完全なる神ではなく、不完全な人間そのものなのだから。

『考えを改め、全力で挑みます。ロイさん』

赤井は神杖をロイに与え、代わりに彼の心のこもった槍を受け取る。

「申し訳ありません。あなたに〝間違っていた〟なんて言わせてしまって。人間が神様を謝らせてしまって。あなたにはもっと自信を持ってもらいたい」

ロイは赤井の無謬性を信じている。ロイの先をゆく人間にならなければ、と赤井は反省した。

彼の槍はずっしりと重厚で密度が高く、丁寧に鍛えてある。手に吸いつくような握り心地、申し分なしだ。ひやりとして神通力が淀みなく流れる、伝導性もよい。素材を解析すると、炭化タンタルなどというレアメタルが検出された。さらにチタンコーティングで摩耗を防いで……コメントに困る程えげつない性能が付されていた。

『これだけ強靭な槍を、よくぞ鍛えましたね』

「あなたから学んだこととあなたの神通力を用いて応用したまでです、俺の力ではありませんよ」

赤井ならば構築を使ってしか作れない作品だった。

(きれいに使って、後で返してあげないと。あれ……なんか上から影が差してきて暗くなってきた。風も轟々とうるさいんだけど)

何が起こったのか……と上空を見上げると。ブリリアントがいない！　その代わり、蝙蝠のように黒い羽根の生えた爬虫類系の怪物がグランダに覆いかぶさるように羽ばたいていた。全身を黒い鱗で覆われ、二本のトサカのついた頭部には黒光りする大きなクチバシ、両腕はなく飛膜状の翼がある。蝙蝠に鱗を生やし、巨大化して頭を鳥に挿げ替えたような。

(でけえ！　バッサバッサ羽ばたいてる！　羽ばたくたびにスーパーセルからの風が強くなっ

てないか⁉)

架空生物というより鳥に近い。ドラゴンや龍など、そんなファンタジックな代物ではなく、恐竜のプテラノドンあたりを意識させるデザインだった。

まさかと思って赤井がアナライズをかけると、構築士ブリリアント（翼竜形態）と出る。

（で、出た――――！！）

ブリリアントは待ちくたびれたか、恐竜もどきに変身してしまったようだ。赤井は特に変身できたり巨大化したりはしない。巨大怪獣と巨大ヒーローのくだりはできないのだ。

（まいったな、ヒト形態のときに決着つければよかった）

翼竜形態のブリリアントは大きく口を開いたかと思えば、右から左に一直線に薙ぐように火を噴く。火炎と言っても、その巨躯から吐き出される火力は尋常ではない。火炎放射器の化け物のようだった。一息吹きかければ、城壁と石造りの家が数軒、溶け落ちてあとかたもなくなる。

ドラゴンが火を噴くのはお約束だが、赤井は内心ちびりながら、ただちに防火壁となる物理結界を縦横に数十メートルずつ展開するも、ブリリアントは第二撃目を放ってくる。物理結界も熱にやられて蒸発しはじめた。やがて強度を失い剥がれ落ち、大火力の火炎が噴き込んでくる。

「手伝います！」

ロイが宣言し、赤井の結界を補強し裏打ちするように強固な物理結界を張る。ロイの補助あって何とか耐久しているが、更にもう一撃受ければ勝負は決する。

（防御に徹してはだめだ。まずは攻撃の起点となっている先輩自身を叩かないと）

赤井は民家の軒先に落ちていた麻袋を拾うと、加速構築モードを立ち上げ、構築十二枠のうち三枠を使って白い粉末6キログラムを麻袋の中に大量構築した。

消火剤のつもりだ、人体に触れてもあまり危険性のないもの。この辺り一帯、水では消火しない強烈な大火災に見舞われることが予想される、念のため消火剤をロイに渡しておく。

『ロイさん、これは消火剤です。誰か人を呼んで散布してもらうか、あなたが神通力で巻き上げて火災に直接投入してください』

「わかりました、この化合物の構造式は何ですか？」

ロイは物性を知りたいからか、赤井に構造を尋ねる。赤井がロイに化合物を説明するときは、化学式ではなく元素番号で説明するようにしていた。現実世界の化学式の概念をアガルタに持ち込んではならないからだ。

『11－1－6－8(3)（$NaHCO_3$：炭酸水素ナトリウム）です』

「11の元素の正電荷原子が燃焼反応を抑制するのですね」

話が早い。正電荷原子はロイが翻訳したところのイオンだ。赤井はロイに消火剤を預けると、ロイの槍を携え、暴風吹き荒れる空に舞い上がる。

既にスーパーセルから竜巻が形成される最終過程にあり、風圧が凄まじい。そのうえでのブリリアントの容赦ない火炎攻撃。新鮮な酸素が供給され、煽りをうけ火力が増す。火災旋風だ。

(火炎も竜巻も同時に何とかしないとどっちもグランダ壊滅級だ。どうする?)

赤井はうまく飛べず風に翻弄され錐もみ状態になりつつ、知恵を絞って考える。ブリリアントがグランダに再度火炎を吐こうとしていたので、そうはさせじと赤井はへろへろ飛びながら、ブリリアントの大口の前に立ちはだかる。

球形の結界を発動し、翼竜形態のブリリアントの頭部をヘルメットの要領で球体結界内に閉じ込め密封する。更に構築枠一枠を使い、結界内にトリニトロトルエン(TNT爆薬の主成分)を少量合成し投入。

トリニトロトルエンは熱や衝撃、摩擦へ感受性を持つ爆薬である。火炎は吐けまい。なにもブリリアントの頭部を爆薬で吹っ飛ばそうとしているわけではない。火炎、衝撃、電撃などの攻撃を封じたに過ぎなかった。

(先輩もこれは思いとどまりますよね、インフォメーションボード見てるだろうし)

火炎を吐いても爆薬に引火し爆発するか、仮に爆発に耐えたとしても結界内の酸素を爆発により一瞬で消費して、火炎は二度と吐けなくなる。酸素濃度が低すぎて燃焼反応が起こらないからだ。しかしこれで赤井は十二枠のうち十枠を使い果たしてしまった。

一度構築枠を使うと三十分、枠がクローズドの状態になって使えなくなる。

赤井が三十分以内に使用した構築枠の内訳は以下の通り。
3枠↓　ニトログリセリン（湖底での発破時）／オープンまで残り8分
1枠↓　水分解と空気再構築（同右）／オープンまで残り8分
5枠↓　炭酸水素ナトリウム（消火剤として）／オープンまで29分
1枠↓　トリニトロトルエン（火炎封じ）／オープンまで29分

構築枠は残り二枠となった。八分後には四枠、計六枠使えるようになる。同時に、赤井も火炎と電気的攻撃の手を封じられたことに気付く、引火して困るのはお互い様だ。

「赤井様！　雲が！」

ロイの声で下を見ると、地上から吹き上げる上昇気流は火炎によってますますその勢いを増し、スーパーセルから漏斗状に垂れ下がってきた雲が遂に地上とつながった。直径は二百メートルほどの、巨大竜巻の完成だ。

竜巻が発する音は凄惨だ、爆撃機で集中爆撃されているような轟音。猛威をふるう竜巻によって、グランダの北端に位置する森が最初に直撃を受けた。青々と茂っていた木々がメキメキとなぎ倒され、大量の木枝や土砂などが黒雲垂れ下がる荒れ果てた空へと巻き上げられてゆく。

竜巻は非常に緩慢なペースで、グランダの中心部めがけ移動をはじめた。グランダの石造りの民家には各戸にグランダの民が避難し息を顰めて閉じこもっている、グランダの中心部に竜巻が移動すれば、家屋が破壊され住民たちが瓦礫の下に生き埋めとなり、甚大な被害と大量の死者を出すだろう。

赤井はこれを断固阻止すべく、槍を構えブリリアントに斬りかかる。槍のリーチが長いので、飛膜に簡単に刃先が届いた。力任せに槍を振り抜き、ブリリアントの腕を断とうとするも、手ごたえはびくともせず弾かれる。その表皮は硬い鱗に覆われ、神槍ともいえる鋭利な刃でもかすり傷一つつかない。

ブリリアントは俊敏な動きで滑空し、太く逞しい脚で赤井を攻撃する。爪先は鋭利で、一撃でも攻撃を受けると腕が痺れる。時折首を狙ってくる。上手く飛べない赤井は、攻撃を避け続けるだけで精一杯ときた。

(で、どう攻勢に転じればいいんだ？　先輩もうちょっとガード緩くしてくれませんかね？)

と心の中で苦情を訴えても、ブリリアントからは梨のつぶてだ。

(先輩！)

待てど暮らせど、応答なし。超高速ドッグファイトは約二十分も続いていた。ブリリアントを攻撃しても文字通り刃がたたず、赤井も飛びまわっていたのでバテてきた。

電撃でも落として爆薬を発動させればいいのだろうが、それは卑怯だ。翼竜形態になったブリリアントとは意思疎通ができなかった。変身すると思考能力も失うようだ。看破をかけても、人間らしい心の反応がなくなっていた。身も心もモンスターと成り果てている。

(あ！　先輩、口を開いちゃ、まさか……！)

閃光が迸り、次の瞬間には終わっていた。ブリリアントの頭部から無味乾燥な炸裂音がした。

赤井は放心状態だ。火炎の抑止力だったつもりが、自爆させてしまう羽目になるとは！　頭部は結界によって密封されているため、ＴＮＴ火薬の爆発の威力はそのままブリリアントの脳を襲った。密封状態での爆発の威力は凄まじい。クチバシが割れ、硬い鱗が剥がれ流血し視力を失うブリリアントは痛々しかった。

（ごめんなさい先輩。何か見るに堪えない姿になってます）

居た堪れなくなって、赤井は結界を解除する。痛みはないのだろうが、ブリリアントはグランダ中にこだまするほどの掠れた大絶叫をあげている。

（先輩、まだ戦えますか？）


人間的知性がなくなり、考えもなく火炎を吐いてしまったのだ。もはやブリリアントは羽ばたく気力もない様子だった。当然だ、頭部の爆発で、神経が焼け焦げて飛翔できなくなるに決まっている。

（こんな汚い手で先輩に勝ちたくないです）

ブリリアントは赤井を手助けする為に縁の下で働いてくれたというのに。その恩を仇で返すようなものだ。

このアガルタ第一区画で百二十年間も仕事をこなしてきた構築士のフィナーレだ、最悪な内容でログアウトしてほしくはなかった。ブリリアントの怪我を癒し、正々堂々ともう一度仕切りなおすか。あるいは卑怯だがもうこのまま決着をつけるか……早くブリリアントを倒して竜巻を何とかしなければ、グランダが壊滅するのはますます現実的な話になっていた。

空がますます暗くなり、陽が翳って夜のようだ。遂に力尽きたブリリアントの体軸が傾き、真っ逆さまに地上へと落ちてゆく。もう、限界だったのだ。

幸い、グランダの市街部を外して墜落をしてくれているが、下では黒い煙が上がっている。

金属精錬所が真下にあるという目印だ！

赤井は垂直落下で追いかけるも、間にあわずブリリアントが先に墜落してしまった。

地響きを立て、小規模地震が起こり、何らかの作業場と思しき建物が数棟倒壊した。ブリリアントは煉瓦づくりの精錬所の屋根に風穴をあけ突き破り、炉の真横に翼竜形態のまま仰向けに墜落していた。地面が深く陥没して、墜落の衝撃を物語っている。落下の衝撃は、重い体をさらに痛めつけたことだろう。

小さなプール状の冷却水槽の横、ブリリアントの左翼は煮えたぎる炉の炎に接触し引火し、炎に包まれて翼の先が焼かれていた。構築士は自らの神通力で炎を扱えても、自然に発火した炎には焼かれてしまう。ブリリアントも、溶炉の炎には焼かれてしまうのだ。

何ともいえない気持ちになりながらふわりと着地し、赤井は歩み寄る。

（火を消して先輩の怪我の手当をすべきか……）

ブリリアントはぴくりとも動かないが……まだ息はある。数分もすれば、その身は炎に包まれ焼かれるだろう。グランダの民から集めていた信頼の力も赤井に横流しされ、傷は自力では癒えない。

(気絶してるみたいだ。もうとても戦える状態じゃない。どうすれば)

「やめてあかいかみさま！　殺さないで！」

赤井の背後から、メグの悲鳴が聞こえた。金属製錬所はグランダ内に数か所ある。メグはキララらと共に精錬所の火を落して回ったようだ。そしてここが彼らの辿りついた最後の精錬所。間に合わなかったが、幸い炉は壊れていない。

(俺が先輩に止めを刺そうとしていると思ってるのか、どう見てもそう見えちゃうよな)

エドから飛び降り、メグは赤井に近づいてきた……。赤井がどう言えばよいか困って俯いていると、メグはブリリアントに駆け寄り、両手を広げて赤井の前に立ちはだかった。

「あかいかみさまは、こう言ってました。悪人なんていない、それは心の迷いなんだって。悪い事をしたら心から反省して、良いことをして償えばいいんだって。だから邪神なんていません、ギメノさんは今は悪い神様かもしれないけど、でも殺すなんてあんまりです！　そんなのあかいかみさまらしくない」

(確かに言いましたけど……悪役構築士に対してはちょっと例外でしてね。先輩はやられるのが仕事だから)

『メグさん……それは』

メグは涙をぶら下げたままじっとりと視線を絡め、赤井の本心を確かめようとしている。そしてメグの瞳から頬を伝った、一筋の涙。メグは返事のない赤井に失望したように悲しげな顔を向けると、赤と白の薬花を必死になって翼竜姿のブリリアントの口の中に詰めている。残り少ない薬花を使って、彼を癒そうとしているのか。キララもエドから降り、メグの行動を無言で見守っている。そして地震に驚いた周辺住民も数十名、おっかなびっくり駆けつけ人垣を作って騒然としている。

「ギメノさん、起きて！　大事な翼が燃えちゃうよ！」

メグはブリリアントに呼びかけながら、ざらざらと黒い鱗に覆われた体をさすっていた。

(本気なのかメグ……。でもメグは人食い肉食獣エドに懐かれるような子だ、この行動も気まぐれではないだろうし本心なんだろう)

グランダの民もわらわらと精錬所の中に入って来た。

「なんだこれは！」

「これが、この忌まわしい怪物が天空神様の正体だったのか！」

「私たちはこんなバケモノの言うなりに操られていたというのか！」

グランダの民を病で苦しめ、街を破壊しようとしたブリリアントに報復とばかり、精錬所にあった近くのガラクタを投げつける者もいる。恨みつらみもあるのだろう、元凶が分かった今となっては。

「やめて、やめて皆！」

メグは手を左右に振ってブリリアントを庇う。彼の味方はたった一人、メグだけだ——。

赤井は複雑な気分になる。助けるべきなのか。それともこのままログアウトさせてあげるべきなのか。気絶していて意思を確認できない以上、判断がつかない。すると……、

「さあ今のうちです！　弱っているうちに、奴にとどめを刺してくださいスオウ様。我々はもう、偽神に騙されてはいけない」

「お願いします、あれの息の音を止めてください。スオウさま、何とぞ」

野次馬が誰からともなくキララを焚きつける。長年天空神に仕えてきた巫女王だから、とどめは彼女の手でと望む声が大きくなってゆく。無責任なものだった。しかしキララは
「ああ、言われなくともそのつもりだ。終わりにせずばなるまい、この災厄を」

民衆の声に答えるようにすらりと抜刀し、一歩一歩、精錬所の石畳を踏みしめ、ブリリアントへと歩みを進める。彼女の気持ちを確かめ、天空神への信仰を断ちきるかのように。ブリリアントの片翼はもう、付け根まで炎に包まれている。先端の方は骨まで溶けて……。こうなっては赤井の力では癒せない。腕の付け根を断って翼を切り落とし延命させても、ブリリアントは片翼の翼竜となる。その後のシナリオも、ブリリアントは持っていないのだろう。

そのとき……ブリリアントの口が僅かに開いた。そして徐にその巨大なクチバシで、口の中

を覗き込み薬花をさらに奥まで詰め込もうとしていたメグの頭をガブリと飲み込む。

『なっ！』

(脳をやられて狂ったのか!?　いや違う！　これは反射だ)

口に薬草を詰め込もうとしたメグを、意識はないながら反射で飲み込もうとしているのだ。

『い、いけない！』

メグは腰のあたりまでブリリアントのクチバシに飲み込まれ、脚をバタバタさせている。赤井が駆け出し、神槍に熱を通わせ、ひと思いに頸部もろとも両断しようとしたときには既に終焉を迎えていた。

ブリリアントの頭部は二つに断たれ、断首された頭部はメグごと製錬所の石畳の上に落ちる。天空神を葬ったのは、天空神の巫女王であったキララ。キララが先に二本の長剣に炎を纏わせ、断ちきったのだ。彼女はこと切れたブリリアントの胴体に決別の火炎を放つ。天空神ギメノグレアヌスが、二度とこの地で復活しないように。憎しみを含ませたキララの火炎、その扱い方はブリリアントが彼女に教え込んだものだった。

「今日をもって……我らは真に自由を得る！」

鮮やかな緋色の火炎に黒い体を焦がされ、やがてブリリアントの体は白い光を放ち始めた。光の花弁が舞い散るように、ぱあっと飛び散って霧消する。

「ああ……っ」

昇華されたあとには、唾液で上半身がベトベトになったメグが床の上に転がっていた。手をついて、呆然とした顔で身をもたげている。赤井はほっと胸をなでおろすとともに意識の戻ったメグを助け起こし、無事であることを確認する。メグはえぐえぐと泣いていた。ブリリアントの体を燃やしていた炎も、ロイから受け取って誰かが持ってきた重曹が散布され、迅速に消火される。

「あかいかみさま……ギメノさんが。私、ギメノさんはやりなおせると思ってた。でも……これで、本当によかったのかな」

メグの感性は、少女のそれなのだ。

赤井とメグとの間に何ともいえない、気まずい空気が流れていたところ。

「どうなりました、まだ全員無事ですか⁉」

ロイが息を切らせながら精錬所に駆け込んできた。応援にきたのだ。赤井は驚く。

（一足遅かったけどここまで走ってきたのか。結構遠かったと思うのに脚が速いな）

「もう終わったのですか⁉」

ロイはブリリアントの最期を見ていないが、決着がついたということは悟った様子だ。

（あ、そうだ。終わってない！　そういやまだ終わってないよ）

赤井は一息ついている場合ではなかった。グランダに迫る竜巻の進路をずらし、グランダ壊滅の危機を救わなければ。

『終わってはいません！』

慌てて精錬所の風穴から垂直方向へ赤井が飛び出してゆくと、彼は狐につままれたような顔をし、気抜けした様子だ。なかったのだ。竜巻は消滅し、薄くなった雲が漂っているだけだ。

(何で？　先輩が斃されたから竜巻も消えたの？　それともロイが何かしたのか？)

『どういうことですか、ロイさん。何が起こりましたか』

ひゅるひゅると製錬所の中に戻ってロイに問うと、ロイが照れくさそうに事情を話す。

「あ、あの嵐の渦なら俺が消滅させておきましたよ」

(マジすか！　どうやってやったの？)

進路を外すぐらいが精一杯で、ロイが巨大スーパーセルを消滅させるなど、できるわけない。ロイの身体に残っていた神通力は、そこまでの威力はなかった。理由が分からず、赤井がきょとんとしていると。

「ほら、あなたがヒントをくださったおかげです。上昇気流が大地と天との温度差によって生じるものなら。上昇気流が生じないよう、太陽からの熱エネルギー供給を断つべきだと考えました、そこで高い位置に雲を起こし陽を陰らせ……あとはお祭しの通りです。うまくいってよかった」

それでさきほど、空が暗くなったのだ。ロイの頭脳の冴えはとどまるところ知らず。

要は、積乱雲より高層の雲を操って太陽光が積乱雲に当たらないようにしたわけだ。竜巻のエネルギー源を断ったのだ。

(てか巨大積乱雲《スーパーセル》より高度の高い雲で太陽を隠せるほど厚みの出るやつって何？　濃密雲ってやつ？　スーパーセルのてっぺんの、成層圏にはみ出した雲を千切って伸ばして太陽隠したんかな)

もはやロイが何をしたのか、さっぱり分からない赤井は何となく悔しかった。どんな巨大積乱雲であっても、夜になると消滅するのは知られたことだ。それは太陽が沈んで空が冷え、地上と空の温度差がなくなるから。それと同じことをロイは行ったのかもしれない。

(でもちょっと竜巻を消滅させるには時間が速すぎだよね。だって空の温度が冷えてくるっていったらそれなりに時間がかかるでしょ。それにあとはお察しの通りって言ったって……まさか神通力使って対流層を冷却とかしたのかな。構築士でもないのに冷媒どこから持ってきたの？)

疑問は尽きないが、ロイは今度こそ神通力を使い果たしていた。実に清々しそうに。まあ、いっか。と赤井は溜息をつく。それだけの仕事量だったということだ。

(やり過ぎ感半端ないな、どうやったのか後学の為に見ときたかったよ)

赤井が褒めちぎろうとすると、ロイは悔しそうな顔をしてみせた。何が悔しいの上出来だよ？　俺その案思いつかなかったし、と赤井が首を傾げると。

「ですが今度こそ、俺が赤井様から預かった神通力はからっぽになってしまいました。大切に使っていたのに……もう皆を守れなくなる」

『なんだそんなことでしたか。責任感が強いですね、あなたは。ここまでよくぞ頑張ってくれました。あなた方が私を許して下さるなら、これからは私があなた方を守ります』

赤井はロイに、預かっていた大切な槍を返す。ロイは赤井に恭しくひざまづき、神杖を丁寧に両手で返した。

(敬意払いすぎ、もっと普通の対応でいいよ)

同様に、ロイは赤井が加護を授けた証として上半身に巻いていた純白のストールも赤井の肩にかけた。もともと赤井の持ち物だったあれだ。こうしてロイは、神の衣と力を返し、普通の人間に戻った。荷が下りてほっとした顔をしている。

「その、相談なのだが……」

キララが背後でもじもじと、何か話しかけたそうにしている。

(みなまで言わなくても、分かってるよ。先輩の代わりに君たちのことも加護しますよ。何とも段取り悪く不甲斐ない神様ですけど、それでよければ喜んで行政サービスしますよ)

グランダと赤井の集落で千八百人を上回る大所帯になるが、少々人数が増えようがかまわない。というわけで赤井は営業スマイルで応じる。

『私でよければグランダも加護しますよ。あなた方がそれを望んでくださるなら』

精錬所の外にますます膨れ上がっていたグランダの民から、どっと歓声が上がった。

万雷の拍手と喜びの声がこだまするなか。赤井は肩を落とすメグを慰め、ロイをこれでもかと褒めて、人ごみと喧噪を抜け、再びグランダの空に舞った。

先ほどの悪夢のような空模様とは違って、上空の風は優しい。

平坦な地平線を見ると、穏やかに紅く燃える夕焼けの空。

誰もいない場所でインフォメーションボードを再起動すると、通常画面に戻っている。

『ありがとうございます。ブリリアント先輩。そして……さようなら』

赤井は結果的にはじめての区画解放をのり切った。ブリリアントや素民の協力もあった。

ブリリアントがまだいるかのように、語る。現実世界で聞いてくれているかもしれない。

『私が未熟だったばかりに。陰ながら私を助けて下さったあなたに、少しも恩返しができなかったみたいです。これから精進していきます』

大仕事を終え、すぐに西園と話をすることもできるが、夕暮れの風で涼んで気持ちを落ち着けてからにしたかった。空中で体操座りのように体を丸め、暫く空の広さを感じていた。地平線の向こうには、一番星が見える。そして赤井がふとインフォメーションボードを見ると。

左下には、点滅する白いフォントが浮かび上がっていた。

《第一区画解放。乙種構築士ブリリアントがログアウトしました。……確認》

『はい、確認しました』

乙種精霊ブリリアントがログアウトしました。

ブリリアントがアガルタの世界から現実の世界へ還っていった瞬間を、その双眸に焼きつけた。仮想世界からのログアウト。それは赤井にとって九百九十一年もの未来のイベント。
『この世界に残り、先輩の遺志を受け継いでゆきます。先輩が残してくれた民と進んだ文明、そして強い信頼の力を、確かに預かりました』
その気はなかったものの、結果的に卑怯な手を使って申し訳ない気持ちは消えない。それだけが心残りだ。これからはもっと正々堂々と、胸を張って戦えるように頑張ろう、と明日への抱負を擁く。

そして決意を新たに、確認のボタンを押すと、引き続きポップアップウィンドウが出現した。

《　**オファーが1件あります**　》
『ん？　どういうことすかコレ？』
意味もわからずエンターボタンを押す。続いてメッセージが出てきた。
《**ランク2　エトワール（Canada／ID：CAN203）が使徒としての就任を志望しています。エトワールを召喚しますか？**》
質問の下に、三つの選択肢がある。
《**召喚する**》《**召喚しない**》《**保留する**》

『エトワールさんて誰だっけ？』

構築士ＩＤがブリリアントと一緒だった。ランク２に昇進したブリリアントなのか。

『構築士ってランクが上がったら、名前も変わるんだろうか……？　てことはブリリアント先輩、……私の使徒になってくれるってことですか⁉』

もう一度会えるのだ。この世界で！

散々な仕打ちをしてしまった自覚があるのに……移籍先をこの管区に定めてくれたというのなら。ブリリアントはログアウトしてまだ一時間も経っていないが、ログアウトの直後、二十七管区の時間が止められて、昇進や移籍先など西園を含めた話し合いで色々決まったのかも、と赤井は現実世界側の事情を推し量る。……全くわからないが。

それで、厚労省に戻って手続諸々を済ませ査定も終わって……。

(先輩がもう一度、今度は天使役として、敵役じゃなくて頼もしい味方役として来てくれるんだ！)

高鳴る胸と興奮を抑えつけ、震える指で選択肢を選ぶ。

『召喚、希望します！　甲種二級構築士（ランク２）、エトワールさんを召喚します！』

快晴の空のもと、四百人あまりの熱い視線が赤井に注がれている。

ブリリアントのログアウト、第一区画解放から一週間が経過してのこと。赤井が集落へ帰郷を果たして三日目のことだ。

集落の広場に集まった素民たちは、ぐるりと赤井を取り囲んで、全員出席での集いが催されている。弁当と飲み物持参でだ。いっしんに赤井の顔を見つめる集落の民を見渡し、彼は少しあらたまり、高らかに宣言する。

『モンジャにしました！』

告知は爽やかに！　間違っても爆笑してはならない。

一秒後には吹き出しそうだったが……笑うなかれ、これはれっきとした地名なのである。心苦しさに負けてはいけない、モンジャなんだ。この場所はモンジャにするんだと赤井は心に決めていた。

《アガルタ第２７管区　第３３５２日目　居住者数　１８９１名　信頼率　９５％》

こうして、曲がりなりにも日本厚生労働省、仮想死後世界アガルタゲートウェイ、非宗教管区であるところの二十七管区の、最重要拠点ともいえる基点区画にモンジャ集落というおちゃらけた名前の集落が爆誕した丁度その頃、現実世界日本では。

「……以上の理由から、懲戒解雇処分といたします」
厚生労働省死後福祉局の一室、懲戒委員会にて、西園沙織・アガルタ二十七管区構築士補佐官に対し、背任罪での懲戒解雇の決定が下されようとしていた。

あとがき

拙作をお手にとって下さり、誠にありがとうございます。私は小説家になろうというサイト様でSF小説を主に執筆してしておりました高山理図と申します。このたび、エリュシオンノベルコンテスト様の受賞を経て、書籍という形にしていただくことになりました。

本作では、テクノロジーの力で人類はどう進化してゆくのか、テクノロジーは人間にどう寄り添うのかという主題に沿い、物語を展開してゆきます。

現代において、科学技術の発展は有史以来の常識を覆す激動の時代を迎えています。近い未来、私たちは成長し続けるテクノロジーに後押しされ、いくつかの歴史的転換点を経験します。医療分野とＩＴ分野では特に大きな変革が起きると推測されています。人類の頭脳が機械のそれに凌駕される、技術的特異点もまさにすぐそこです。

私は、現代の状況を鑑みて百年以上未来の世界に思いを巡らせたとき、人は疾病を制御し肉体の死から解放され、自我の死も回避できるものと想定しています。現代において死別は不可逆的な現象ですが、自我を脳の外部、例えばヴァーチャルリアリティの世界に脱出させて自我の不死を手に入れ、現実的な手法で死後を現世に造れはしないかと考えました。そんな世界が実現すれば死を恐怖する必要はなく、大切な人との死別も今生の別れではなくなり、いつでも死者と再会することができます。なおこの世界では、肉体と共に死を迎える権利も有し、一旦入居した仮想世界内で自我の稼働を休止させ、死を選択するのも自由です。そこは生と死のあり方を選択できる未来世界です。

しかし人が死から解放を果たしたとき、社会構造に深刻な影響を齎《もたら》します。現に作中の仮想死後世界アガルタは人口増加対策とはいいながら、実は人類による消極的な人為淘汰が開始されています。人生をリタイアしたい人間は早々に仮想世界に入居し、現実世界での人生を選択した人間、あるいは仮想世界に懐疑的な人間が現実世界に残るこの世界では、人類は恣意的に選別されています。

人類長寿化で実質の寿命というものがなくなり、仮想死後世界のある未来社会は、死ぬと決意した人間や癒しを求める人間には優しく、現実を生きようとする人間には厳しい社会です。死を回避しようとする人間から生物的に淘汰されてゆくのは、長期的な視点に立てば、人類の生物としての強靭さを喪失させるという皮肉な結果を導きます。

本作世界がユートピアであるか否か。居住者は真に幸福か、仮想死後世界がシステムとして立ち行かなくなる問題を孕むのか、等々、私たちの近い未来の姿に思いを巡らせながら、日々めざましく進歩してゆく科学技術に期待しつつもを慎重に注視していただく一助となれば、作者として幸いです。

また、本作では、肉体を脱ぎ捨てた人間の精神はどれほど変容するかということにも着目しています。主人公は、今から百年以上未来の世界を生きる筋金入りの理系青年です。彼は実質的に死のなくなった世界においても独特な死生観を持って生きています。彼は仮想世界の中では不死と認識し、仮想世界の中での役柄である赤井という存在をモノのように扱います。結果、彼はアガルタの全ての事象が疑似脳の中で生じる虚構と割り切り、自分はともかく住民のことを第一に考え、彼の職責において徹底的に住民に奉仕しようとしています。しかしそれは彼の生来の性質ではありません。

一方、現実世界で生身の肉体の状態にあっては、彼は自分の命を簡単に投げ出すような行為はしません。保身にも努めます。現実世界と仮想世界における彼の精神構造の差は、人間の心が肉体の存在とその形態、あるいは環境、与えられた役割よっていかに可塑性をもって形作られてゆくのかという問題を提起します。

今後は、仮想死後世界と仮想の神を取り巻く未来社会という舞台で、できるだけどなたにも楽しんでいただけるように、難しくならないよう心がけつつ物語を拡げてゆく予定です。本巻では仮想世界内に視点を絞った導入的な構成、比較的異世界の日常的なテイストとなりましたが、物語が進むにつれ徐々に群像劇の性質を帯び、サイバーパンク展開に移行してまいります。本作の続きは「小説家になろう」というウェブ小説サイト様にて無料でお読みいただけます。

なお、今回の出版に際しまして、本作と同時期にエリュシオンノベルコンテストを受賞しました九作品がございます。いずれも素晴らしい作品ですので、併せてお楽しみいただければ幸いです。そのひとつ、宝島社様にて大好評刊行中のアマラ先生の作品、「神様は異世界にお引越ししました」と本作のコラボレーション小説を、主人公が相互の小説世界にトリップするという形で執筆いたしました。二つの世界の神々のコラボレーション作品は、エリュシオンノベルコンテスト特設ＨＰに公開してございます。

最後になりましたが、美麗で精緻なイラストでキャラクターに命を吹き込んで下さいましたイラストレーターのなかばやし黎明先生。懇切丁寧にご指導くださり、新人にもかかわらず多くの希望を聞いてくださいました経験豊富な担当編集者様。コンテストの選考と出版までのバックアップに携わって下さったクラウドゲート株式会社様。出版をして下さった新紀元社様。作品の科学考証や、専門分野に関する相談に乗ってくださった、各分野の専門家の方々。

そしてこの書籍を今読んでくださっている大切な読者の皆様に、あとがきを借りまして、厚く御礼申し上げます。またどこかで、お会いしましょう。

高山　理図

ヘヴンズ・コンストラクター

著　者　高山理図《たかやまりず》
イラスト　なかばやし黎明《れいめい》

プロデュース　クラウドゲート株式会社

発　行　2015年4月21日　初版発行
発行人　宮田一登志
発行所　株式会社新紀元社
〒101-0054　東京都千代田区神田錦町1-7 錦町一丁目ビル2F
TEL:03-3219-0921　FAX:03-3219-0922
郵便振替 00110-4-27618
http://www.shinkigensha.co.jp/

印刷・製本　株式会社リーブルテック

ISBN978-4-7753-1295-7
Printed in Japan

本書は、「小説家になろう」(http://syosetu.com/)に
掲載されていたものを、改稿のうえ書籍化したものです。